Shadows
of the
Empire

—— 月见之章 ——

因可觅

著

北京联合出版公司
Beijing United Publishing Co.,Ltd.

图书在版编目（CIP）数据

月见之章 / 因可觅著 . —北京：北京联合出版公司，2018.4

ISBN 978-7-5596-1556-5

Ⅰ . ①月… Ⅱ . ①因… Ⅲ . ①长篇小说－中国－当代 Ⅳ . ① I247.5

中国版本图书馆 CIP 数据核字（2018）第 006718 号

月见之章

作　　者：因可觅

责任编辑：管　文

版式设计：刘龄蔓

北京联合出版公司出版

（北京市西城区德外大街 83 号楼 9 层　100088）

北京雁林吉兆印刷有限公司印刷　新华书店经销

字数 278 千字　720 毫米 ×1020 毫米　1/16　17 印张

2018 年 4 月第 1 版　2018 年 4 月第 1 次印刷

ISBN 978-7-5596-1556-5

定价：36.80 元

目录

CONTENTS

—— 月见之章 ——

— 楔子 —

帝弋二十七年，瀚州人族叛乱，擅出北郡，进犯宁州，来势汹汹。

自翊王朝缔造，六族臣服，尊雪宵弋为九州之主，号羽皇。然而，至帝弋二十二年，羽皇不事朝政，远离京都秋叶，隐居于坐忘阁。近年，举凡国事，概由太子雪吟殊决断，朝局平稳，民生安泰。

直至瀚州乱起，雪吟殊率军亲征，远赴灭云关平乱。

才九月，灭云关便覆了一层薄衾似的雪。空中鲜见纷飞的雪粒，伸出手去却能感受到触手即化的冰凉，满眼皑皑，正如羽人感应月力凝出的羽翼，耀人眼目，透出一股轻盈的冷意。

羽族军队驻扎在宁州门户灭云关以外，与人族叛军对峙。主帅营帐中，白发的羽族男子正以指节轻叩案沿，似在沉思。他的头发高高束起，身着紧衣短衫，除了左肩上一片银丝绣制的白荆花徽记证明他是翊王朝最尊贵的一员之外，装束与时刻准备上阵杀敌的其他将士并没有什么区别。

帐帘掀起，扑进一丝风雪之意。"殿下，青都来人了！"

雪吟殊心下一动，忽地站起，一个黑色的身影步入帐中，扯下风帽，露出不再年轻的面容。雪吟殊一怔："汤大人，你怎么来了？"

来人微微一笑，向他略施一礼，道："殿下召'月见阁'效力，汤罗怎能不来？"

"你是一个人来的？"

汤罗不答，算是默认。

面对意料之中的反应，雪吟殊心中失望，缓缓坐下，眼中那点被激起的亮芒已熄了，只是淡淡道："我是向陛下请调月见阁助力，却不敢劳动汤大人。"

"殿下，"汤罗注视着他，"我也擅用授语之术，你要月晓者做的事情，我都可以去做。"

"哦？你也擅用授语之术？那么，大人可会敌营潜行？可知如何隐藏羽族特异的体貌？可知行迹失藏时如何脱身？"说着，雪吟殊完全收敛了笑意，"难道大人以为，仅凭授语之术，便能轻易从人族大营中获取重要军机？"

汤罗位居当朝第一文臣，久居朝堂，虽然对于观察、探知一系的寰化秘术有很深的造诣，但在与人对战或是暗中与敌周旋之事上毫无经验。雪吟殊所说的这些，他一条也无法做到。诚然，他可以凭借自己的精神力控制他物，感知从授语之术中体察到的一切，但险境之中，恐怕绝难做到自身周全。

他紧盯着眼前年轻的储君，灼灼的目光透出决绝："请殿下给我一个机会，我一定探明殿下想要的消息，九死不辞！"

他的目光那样热烈，让雪吟殊产生一种错觉，就像自己要是不答应，有什么东西就会破碎似的。但他压了压心底的情绪，忍住了，不再看汤罗，而是起身看向帐中他时时参看的宽幅舆图。

在这寒风凛冽的灭云关外、两军对峙的宁州边野，羽族主帅营帐中最醒目的，竟然不是周边的地势图，而是整个九州大陆的舆图——汤罗眼中泛起复杂难明的神色。

雪吟殊的手指滑过浩瀚河山，最终点住晋北走廊一带，低声道："我记得老师说过，二十七年前，月见阁成名之战便在此处，那也是我父亲的成名之战。"

汤罗的目光变得悠远起来，连日颠簸带来的倦意也像是化开了，他追忆着，垂下眼道："是。中州一役，你父亲率三族联军，大败兴朝大军，击碎了最后一支能与雪氏抗衡的力量，终于令三陆六族衷心臣服，羽族也成为九州至高的主人。"

那时候，雪霄弋所率的联军实则孱弱，三族各有所图，名为联合，实际上反而相互掣肘。而人族王朝"兴朝"野心勃勃，气势如虹，三族联军中虽有名将，但世家出身的雪霄弋并不长于军事。他一向游历四方，精于奇术，在那之前从未亲身指挥过一场战事。

楔子

然而就是这样一种局面，联军却几乎不费什么周折，便将兴朝大军消灭殆尽。追其原因，却是兴朝大军大大小小几乎每一次战术安排，联军都事先得到了消息。

效忠于雪霄弋个人的月见阁，派出十七名月晓者潜伏在兴朝军各营，准确而迅速地将各路军情汇集传递。此等情形之下，联军将领也并非庸碌之辈，永远棋快一着，自然轻易吞下了兴朝军这条大龙。

但谁也不会觉得这是自己的功绩，俱对月见阁这一情报组织深怀敬畏。

世人只知月见阁无所不知无所不探，却鲜有人知道其背后的来历。他们唯一知道的，是月见阁只属于澜州当时的羽族王储雪霄弋。

甚至直到如今，它也仍旧是雪霄弋一个人的。雪吟殊几乎接手了一切军政，唯独对它连了解都未必谈得上。

看着汤罗，雪吟殊语气冷淡：“我记得后来，那十七名月晓者，全都死了，对不对？”

“是。”汤罗苍凉一笑，“你知道，他们并不是有什么神鬼莫测的能力，只是用自己的生命去换取那些军情而已。过度使用授语之术，他们必因精神力耗尽而枯死。”

“所以，这就是此次陛下连一名月晓者都不舍得调拨给我的原因？”

“不，不是的！”汤罗急切地道，“殿下不要多想，并不是执行军务就一定会有折损，只是……现在所有月晓者散于九州各处，一时并不能调集……”

“一时？”雪吟殊的声音略略抬高，“汤大人，我两月前将此事启奏陛下，直至今日，仍旧是‘一时’无法调集吗？”

汤罗哑然无言。雪吟殊又道：“老师，你知道此战艰险，才孤身前来，想要帮我。这份心意，我明白。只是……”他面上显出一点点悲哀之色，“于陛下而言，这样一场只许胜不许败的战事，毕竟比不上他要寻觅的那些‘真相’。”

自九州一统之后，羽皇雪霄弋便日益沉迷于神秘之事，四处寻找散落于各地的莫名物件，乃至五年之前，抛下朝局，归隐青都。没有人知道他在找什么，只是强如月见阁者，皆被用于此道。

汤罗掌管着月晓者的名单，也是直接向他们下达指令的一只手。但如果没有雪霄弋的旨意，他也不能随意调遣月见阁的人。汤罗本身也是一名月晓者，却从未受过与暗探相关的训练。他今日来，怀的是敌营涉险的莫大决心，然而……

"我真的可以……"

汤罗还想说什么，雪吟殊却打断了他的又一次请求。

"不要再说了！"他的语气中带上了为君者的威严，"汤罗，若竟要靠你这样的弱质文人去踏平前路，又置我羽族三军将士颜面于何地？"

斥责中，汤罗闭上眼睛，再度睁眼时嘴角竟浮现出一抹笑意："其实，殿下并不需要月见阁。"

雪吟殊没有回答。

"其实殿下甚至并不需要率澜州大军亲征，大可以由宁州守军抵御瀚州人族，毕竟连灭云关都尚未失守。"汤罗看着他，"但殿下却在出征之前，便向陛下请求调派月晓者，为什么？"

"为什么？"雪吟殊踏前几步，越过汤罗，伸手猛地拉开帐帘。朔风卷雪而入，衬得他的声音更加凛冽。

"因为，我们的威胁，不只来自瀚州的人族。"他语气冷峻，"瀚宁战线如果拉开，各州郡必定蠢蠢欲动。等到叛乱遍起，再做什么已经来不及了。"

"所以，为了这种想象中的可能性，殿下就倾尽朝中精锐，深入险境吗？"

"你们可能永远不会知道，九州有多少野心家。"触及这样政见相左的根本，雪吟殊不愿再争论下去，"总之，不需要月晓者的助力，不放一人一骑进入灭云关，这就是我会做到的。不管有没有月见阁，"他深吸一口气，"我，都会赢。"

太子雪吟殊率军出灭云关，越二月，两军会战。太子携烈翼营亲取北都主将铁连河，瀚州军溃败，不日俯首称臣。

翊朝允铁氏重回北都，不事追究，除原有驻军外，另增设翼云军于瀚州，以成钳制。至此瀚州方定。

第一章
曼 舞 之 杀

屹立千年的都城秋叶，历尽几番风霜繁华，不变的，是永远从容典雅的风姿。

人、羽两族都给这座城市留下了自己的印迹，百年前澜州雪氏入主，并没有掀起大的动荡，也没有刻意抹去异族的痕迹。因此秋叶一城仍似滔滔沧海，不动声色容纳百川，构成独具风格的繁华胜景。

只是直耸入云的皇宫内城，坐落于千年年木之上，一望可知是羽族的辉煌造物。

极天城的道路是倾斜的，但置身其上，不去特意留心，便不会感受到这一点。极其平缓的坡度引领你一路向前，等到蓦然侧望，就会惊觉自己已远离大地，空悬于明月照映的镶云道中。

镶云道由轻质坚固的兰槎木铺成，轻盈洁白，承重惊人。它围绕巨型树木绵延而上，如同月光织就的一道白练。除去宽阔平整的主干道，还有许多分支小路曲径通幽，伸向年木上的各处宫苑。粗壮的树枝如同巨梁，托起宽大的平台，有的隐于林叶深处，有的浮于空阔之所，其上不乏亭台楼阁、回廊流水，也有羽族古老制式的精巧树屋。自云端俯瞰，建筑物犹如繁茂枝丫上开出的无数花朵，又因其规模巨大，处于一角时，观感与寻常阁苑并无区别。

此时一辆马车缓缓行于镶云道上，马车金雕玉饰，极尽富丽，透出一点轻浮，与羽族一向素雅的装饰格格不入。

车中之人，是夏阳城百里世家的少爷百里胜。百里家虽然富甲一方，但毕竟不是朝堂中人，以他的身份，本不该出现在这样的深宫中，也不知活动了什么关系，竟成了今夜宫宴上太子的座上宾。

夏阳百里世家人称"明珠百里"，他们从事制贩鲛珠的生意，可以说得上是富可敌国。然而，钱再多的富贾，说到底也只是商人而已。据说百里胜厌倦了自家的满室金玉，一心从政，想要求一份仕途通达。

九州除三陆各族之外，海中还生活着人身鲛尾的鲛族。过去数千年，他们隐秘近于妖，而这百年来，鲛族与陆上来往逐年密切，也就再无神秘可言。

鲛人之泪离开身体便会凝结，世称鲛珠。但它们大多数是缺乏光泽的易碎晶体，真正圆润晶莹的明珠可遇不可求，陆上之人往往争相逐之。传说百里家最早发明了上等鲛珠的凝结之法——以特定药水涂抹鲛人之眼，再以秘术调理鲛人体质，便可使其哭泣时产出华美的珠子。此后百里氏豢养鲛奴无数，造"珠泪台"以产制鲛珠，一跃成为澜州乃至整个九州的财阀世家之一。

对于百里世家这样的望族而言，想在朝堂中占得一席之地，并不是什么奇怪的事。因此哪怕是百里胜这样资质平平的青年想要步入仕途，家族几番运作，也令他得以来到羽族王室的宫城中。

雪吟殊对于即将要见的人并不在意，整个下午都在玉枢阁处理政务，直到晚宴开始前一个对时，才回到储宫沐浴更衣。

沐浴已毕，他穿了一身雪青色的锦袍，笼上外层纱衣之前，由随侍侍女为他将散开的长发重新梳理。

面前银镜正对着窗，映了窗外渐落的日光，也映出身后那名女子的面容。雪吟殊微微一怔，认出此刻为自己束发的，并不是他所熟悉的几名侍女之一，而是一张陌生的脸。

日常为他束发的那名侍女，叫……叫什么来着？他心念了一动，却终究想不出那个名字。他对于生活起居并无特殊要求，更换一名随侍侍女这样的小事，最多也就得到他的一句随口询问："你是新来的？"

"是。"束发侍女的回答也很简洁。

这件事本来一掠而过，不会在雪吟殊心中留下丝毫波澜。然而，起身穿上三重纱衣之时，趁着其他侍女去取发冠，那名新来的侍女却以极低的声音说了

第一章　曼舞之杀

一句话。

"鲛女意欲行刺，殿下小心。"

雪吟殊伸入纱袖中的手微微一滞，面上却没有流露出惊异。他由着她将自己身上的衣饰仔细整理好，才淡淡问道："她要如何杀我？"

"以献舞之名接近殿下。珊瑚发簪之上，淬有剧毒，见血封喉。"声音清晰、简洁。

雪吟殊扣住这女子的手腕，注视着她："你是谁？叫什么名字？"

这女子有着银灰色的头发，深褐色的眼瞳，白净的肌肤透出一种明丽，而微微上翘的唇角则像带着一抹淡然的笑。她是羽人，但血统并不高贵。她微微仰头看他，眼中闪着明亮的光，说道："我叫汤子期。"

"好名字。"

这样的血统，却有着一个羽族贵族的姓氏，当然好得很。雪吟殊放开她，朝寝殿外走去，走出几步，忽然回过头，问："你……会不会打架？"

汤子期从容道："回殿下，我的剑术可是很好呢。"

雪吟殊扬了扬眉。限于自身骨质中空，羽人习武者本身就少，女子中长于剑道的更是屈指可数，汤子期答这话时，眉目间有着自信飞扬的神采，令人心头微微触动。一旁的其他侍女听着他们的莫名对答，不禁对汤子期侧目而视。

雪吟殊转头而去，只抛下一句："那你随我到流华厅侍酒吧。"

流华厅是一处小小的宴客厅，处在极天城西南、中央年木三分之一的高度上，是皇室随性风雅的待客之所。百里胜一介布衣，更非羽族，能成为这里的主宾，由太子亲自赐宴，自然大是得意。

今日列席的还有一些对人族友善的朝臣。百里胜既然要入官场，这些人自然一一拜会过，一时相互逢迎，倒是相谈甚欢。翊朝名义上一统九州，帝国之名却并非靠八方征讨而来，而是雪霄弋六族融合的理想，得到了各方推崇。因此羽族朝堂中并不排斥异族——当然，除了羽族之外，朝臣中也属人族最多。这也是百里胜踌躇满志，觉得自己能够在这秋叶京立足的原因。这宫宴就是他拔高身份的一个大好契机，因此即使执政太子高高在上，言笑举止不减威仪，他也已经十分满意了。羽族别具特色的果酒上来，他正筹谋着如何开口献上精心准备的礼物，雪吟殊的声音却悠然响起："听闻百里公子师从名门，剑若惊鸿，不知可否演上一段剑术，以助酒兴？"

百里胜一愣。他在外的名声，当然是文采飞扬、剑术高超。只是这虚名不知怎么传到太子殿下耳中了。别人如何看他不得而知，但他心里清楚，自己的所谓剑术，不过是看似华丽的花架子而已。

但既是舞剑，又不是比剑，也是花架子才好看。席间是该有歌舞的，要是寻常主人要求宾客献艺，未免失礼，但这一位偏偏几有帝君之实，在座的又无一不是帝都贵胄……百里胜的心念转了几转，打定主意，起身道："太子有命，草民自当遵从。"

"赐剑。"

入宫自是没有佩剑的，有宫人捧了一柄长剑给百里胜。剑当然是好剑，如盈盈秋水，锋芒逼人。百里胜道了一声"献丑"，便在流华厅中执剑舞将起来。

剑风飒飒，白衣飘飞，夜灯之下大为悦目。站在雪吟殊身旁的汤子期紧盯着当庭那个身影，心思飞转，握紧手中酒器，手心出了一层汗。

雪吟殊举起一只空盏。

汤子期反应过来，躬身为他斟酒。俯在他身前时，雪吟殊轻声道："若有人要杀我，绝不是百里氏指使的。"

他声音极低，没有第三人能够听到。汤子期心中一动，思考了种种可能后，心境恢复了宁定清明。

只是还要等着再看。

百里胜很快收住剑势，负手而立。相熟的各位自然极尽赞美之词，雪吟殊也微笑着缓缓击掌："百里公子剑术华美，此剑便赠予公子，以作留念吧。"

百里胜大喜："谢殿下！"

汤子期微微一笑。百里胜的剑术的确可谓华美，只是他脚下根基虚浮，其实也只堪一观。但这不重要，这只是一出短暂的序幕，无非戏中人不知自己身在其中罢了。

果然，百里胜还在微微喘息，便向雪吟殊拱手道："禀太子，草民微末小技，让殿下与各位大人见笑了。不过草民此次带来了夏阳最美的舞姿，相信不会让大家失望。"

得到雪吟殊点头应允后，随着百里胜击掌三次，在座之人首先听到一阵歌声。极尽空灵渺茫的声音，如同涨漫上来的一汪碧水，轻柔地把人淹没。很快，从纱帘之后走出一名少女。她垂着一头水藻似的赭色长发，脑后发髻插着一根纯白的珊瑚簪；身着薄如蝉翼的鲛绡丝衣，身体曲线丰腴柔美，双腿修长，但指间透明的薄膜、如鱼鳍的透明外耳，令人一眼即知她是一名鲛人。

"涟儿姑娘是夏阳最好的舞者，今日献上，还望能博太子一笑。"百里胜的声音谦卑中带着点儿得意。

百里家在夏阳建有一个梦潮馆，海水池由澈透的琉璃墙砌成，里面有美艳的鲛族女子专事舞乐。声音由专用的管道导出，客人在墙外便可以欣赏极具特色的水下歌舞。鲛人嬉于水中，柔若无骨，比之陆上舞蹈更显灵动自由。而这个涟儿，正是这些舞姬中最具盛名的一个，夏阳多少达官贵人都欲一亲芳泽而不可得。没想到百里胜为博上层欢心，竟把她直接送了出来。

化生了双腿的涟儿在流华厅中且歌且舞，没有配乐，她的歌喉却令陆地上所有的琴乐都黯然失色。她的舞姿给人的第一感觉是娇柔轻灵，可是细细体味，却能感受到一挥一摇中蕴含的力量。一种击浪搏风的力量。

她自厅口一路舞了进来，口中曲调越来越高亢，身体动作也越来越快，渐渐便接近了雪吟殊所在的主位。厅中的大多数人都在这曼妙乐舞中心醉神迷。歌声如同潮水，令人哪怕溺死其中也在所不惜。

汤子期微微低头，望着涟儿足尖轻点的舞步，她离这边还有十三步，十二步，十一步……

她单手置于头顶，指若兰花，不知何时掌心中放了一颗盈盈的明珠。那颗鲛珠足有鸽蛋大，碧绿的光华炫人眼目。看起来，她要将这至宝奉于当今九州之主——羽族太子殿下。

雪吟殊看着这缓缓近前的鲛族舞姬，眼中透出深刻的悲哀。

他伸手去取那颗鲛珠，而涟儿却又娇俏地收回手，另一只手扬起，宽大的纱袖覆上雪吟殊的头脸，整个人近乎依偎到他的怀中。

此时雪吟殊的视线被纱袖模糊。但汤子期分明看见，涟儿头上的发簪已经消失了。她的一颗心提起来，正想出手，涟儿却"啊"地发出一声惊叫。

雪吟殊站了起来，扼住涟儿的一只手腕。她的那只手中握着一支发簪，发簪通体莹白，尖端锐利如针，正指向雪吟殊的肩头。

涟儿眼中露出一丝惊惶之色，雪吟殊却不容她反抗，将她的手腕一扭。涟儿吃痛之下发簪跌落，正掉入案上的瓷碗中，打翻了瓷碗。瞬间，倾倒在案上的白芷清露泛起浓绿的泡沫，显然触到了剧毒。

在场所有人霍然站起，涟儿反应极快，另一只手一下丢掉鲛珠，去捞那有毒的发簪。雪吟殊想要阻止，但她的手臂像蛇一般滑下，还真让她把那簪子重又抓在手中。

但是她想伤人却是不能够了。雪吟殊抓住她的双臂，令她动弹不得，侍卫们也冲上前来，将他们团团围住。

"你们这些吃人的贵族！"挣扎中，涟儿大叫起来，声音充满仇恨，"为了夺取我们的鲛珠，你们害死了多少鲛人？就为了你们冠饰上有更华丽的装点，你们往他们眼里倒进药水，又用了多少狠厉的秘术？那些产珠人终日哭泣，为一颗上等的明珠被活活折磨、痛苦致死，这一切，全是拜你们这些陆上贵族所赐！你们——该死！"

沿海产珠的鲛奴境遇不佳，是人所共知的事。他们当中目盲者众，早衰早逝者也是不计其数。鲛珠说是眼泪，但为了诞生特别名贵的品相，付出的却是鲛人的生命。但谁也没想到这个场合下会有人这样说出来。

最紧张也最气愤的是百里胜，他抓着太子殿下赐的剑，怒指着鲛人，满脸通红："你！你这个贱婢，你怎么敢……你不是珠奴，我百里家有哪里对你不起，你竟然做出这种事来！"

"呸，在你们眼里，我们都只是奴隶。"涟儿恨声道，"我只是奴隶里面能为你们带来更多利益的一个罢了！"

看着眼前的闹剧，雪吟殊冷冷道："听说这位姑娘在百里氏梦潮馆从艺已有多年。"

"不，她的所为我概不知情，和我没有关系。"百里胜面色苍白，哀求地看向雪吟殊，"今日之事和百里家没有关系，万望殿下明鉴……"

汤子期此时已来到百里胜身后。这一刻的场面说不上十分混乱，只是每个人都惊在当场，只顾盯着涟儿与雪吟殊，根本没有人注意一名侍酒侍女的行动。

"涟儿姑娘，如果我说，这宫廷中没有一颗鲛珠，你可相信？"另一边，雪吟殊平静地问道。

鲛女却尖声大笑："功败垂成，不需多说。杀了我吧！杀了我……"

她的声音变回鲛人的高频震动，说什么已经听不清了。而她的面色渐渐泛青，汤子期心一沉，去看她的右手。果然，那只手握着的发簪尖端，已经沾上了鲜红的血珠，正缓缓滴落。

她心中掠过一丝哀伤。

"押送监察司审问吧。"雪吟殊倦怠地说道。

两名侍卫上前，要接过鲛女。忽然，鲛女感到雪吟殊的钳制略略松开，甚至在她背后轻轻推了一把。她脑中升起逃生之念，下意识地向前冲去，而百里胜正挡在正中，惊惶失措，眼看两人就要撞上。

就是现在！汤子期击向百里胜的手肘，同时从侧向执住他持剑的手掌。她的力度拿捏得恰到好处，出手又极快。百里胜手中的剑笔直刺出，她的收手也是迅疾。等到人们反应过来，看到的已经是百里胜的剑贯穿了那名鲛族刺客的身体。

这场欢宴终于沾染上了血腥的味道。年轻的鲛女尸横当场。百里胜站立不住，跪倒在地，面色如纸。

雪吟殊步入中庭，走近两步，和声道："诸位大人受惊了。"

"是殿下受惊！我等护驾不力，还请殿下降罪！"像是受了他这一句的提醒，流华厅中的这些人终于如梦方醒，纷纷告罪，只有百里胜白袍染血，跪伏在地，似乎想要说些什么，却嘴唇颤抖着一个字也说不出来。

视线不动声色地从汤子期身上掠过，雪吟殊面无表情道："百里公子临危不惧，手刃刺客，赏。"

第二章

海 中 公 子

望夜桥上已经闻不到血腥味，但还可以看到流华厅那边善后的人在进进出出。外头的冷风一吹，之前电光石火间的抉择和搏杀像是都遥远了。一个年轻的生命悄然逝去，除去一刻清洗血迹的匆忙之外，没有给这个夜晚带来任何波澜。

之后还有一些需要查明的事情，雪吟殊向自小与他一起长大的侍卫云辰交代了一番，云辰领命而去。雪吟殊望着远方，口中淡淡说道："最后百里胜的那一剑，是你使出去的？"

汤子期在他身后的阴影里静静地答："是，这么做，不就是殿下的意思吗？"

雪吟殊猛地回头，向她逼近一步："如果你错了呢？"

"本来我也不能肯定，"汤子期没有被他的气势震慑住，而是不卑不亢地对视，"至少在百里胜舞剑的时候并没有把握。但后来，殿下如果不是这样想的，那告诉我想杀你的人并不是百里氏，是为什么？你既已认为百里氏并非幕后主谋，言辞中又故意挑起他们和刺客的关系，是为什么？你说了这么多，又有意放开了鲛人，再不能领会，岂不是我愚顽至极？"

雪吟殊的目光在这夜色中如同一道亮光，要看穿她的内心。她极力不露出半点紧张，只是默默等待。终于，雪吟殊收起咄咄逼人的神色，竟道："多谢！"

汤子期略松一口气。她再天真，也不会认为在自己示警之后，他叫她去宴上侍酒，是为了保护他的性命。他必然有着诸般权衡，但时间紧迫，无法进行妥善的安排，只能走一步看一步。

一时无言，雪吟殊不再看她，只是说道："你是月见阁的人？"

"是。又怎样？"

他看起来倒是不愿意继续试探，而是直截了当地说："我谢的不是你给的消息，你可明白？"

"当然。"汤子期叹了口气。这位太子殿下，纵然不说耳目遍及天下，至少在这秋叶京，也是明暗消息尽皆通达。有人入宫行刺，他没听到半点风声，她的示警却如此准确，普天之下也只有月见阁一个可能。

"他……老师他既要如此，那便如此好了。"他说了这样一句，意兴萧索，"他还嘱咐了你什么？"

汤子期无端端被他的反应逗笑，不禁调皮道："吟殊殿下，我可是月见阁安放在您身边的眼目，就算我已经泄露身份，您也别这么理所当然地问及汤大人的授意吧？"

"泄露身份，难道不是因为你根本没想隐瞒？"雪吟殊一直冷肃的面上终于也透出一点笑意，"你既然想要的是开诚布公，如果我多加掩藏，不是反而负了你一片诚心？"

她与他真正相识，不过几个对时。这期间因着那样一场预知了的谋杀，彼此的神经都像绷紧了的弓弦。直到此刻，她才看到他眼底真正流露出的心性，明月之下，一扫此间的阴霾。

他们本该是针锋相对、字字心机的。他对月见阁积怨已深，而她是月见阁出于防患未然而放在他身边的一枚棋子。她把自己由暗子变成明子，要的不就是他说的这些？

她老老实实地说："是。是我太懒，胆子又小，不敢也不愿与殿下在机谋算计上周旋。我为的是月见阁，月见阁效忠于陛下，同样也是九州之上可为殿下所驱使的力量之一。因此，我无须向殿下隐瞒，也才可以将鲛女一事，明明白白地知会殿下。"

雪吟殊沉默了一会儿，突然说："她要杀我——只是因为我是皇族，是最有可能享用到上等鲛珠之人吗？"

"如果她临死所言是真的话。"

"可是我从来没有佩过鲛珠。这宫里也已经多年没有新进过鲛珠了。她却还是要杀我。"他说着，似乎有一点点不甘，但立刻又冷漠下来，"不过不要紧，这世上想杀我的人，也不止她一个。"

汤子期还想说什么，几名内侍朝桥上跑来，为首的向雪吟殊道："殿下，殿下您没事吧？御医已经候着……"

"没事。"雪吟殊摆摆手，"有件事我倒想问问。"

"殿下请说。"

他看了一眼汤子期，说道："原来给我梳头的那个侍女哪里去了？今天新换来的这位，扯断了我好几根头发。"

内侍看了看汤子期，忙道："这个是小的安排进来的，要是她做得不好，立刻换一个伺候您。"

雪吟殊看着一旁睁大了眼睛的汤子期，显得十分愉快："那扯断了头发的，就罚她去霜木园种树吧。"

"后来……太子殿下道：'百里公子护驾有功，大大有赏。'接着便赏了他许多金银良帛，还封他做了光华使。"

"光华使？这是什么奇怪的官职？"

"回公子，听说是每月满月之夜祈颂月神的官位，职位挺高。"

温泉池里的白皙男子听了这话，一下笑了出来："这个雪吟殊，简直太不厚道。"

头天晚上皇宫里发生的事，已经半点不落地传进位于秋叶京东南一隅的碧氏宅院中。碧府倚山而建，占地甚广，还圈有温泉活水，哪怕在澜州这样半年飘雪的地方，也是四季如春，暖意融融。温泉中的男子缓缓起身，迈出池子，待擦干水珠，一旁的温九忙为他披上长袍。

男子暗红色的长发披散在肩，长袍随意地拢着，洒脱不羁。深邃的眉眼外，显露的却是一种散漫的神情，令他整个人看上去有种慵懒的气息。他随意地走了几步，鲛绡丝袍里露出小腿以下苍白的肌肤。若仔细去看，可以看到肌肤上有着极淡的青色花纹，环绕蜿蜒，一直延伸到脚趾，如同浅墨画就，也如微微透明的血管。

那是尚未褪尽的鳞片的痕迹。

碧温玄年幼时是一名鲛人——然而只是过去而已。时至今日，除了足腿上浅淡的印迹外，他的外表已完全与人族无异。

可以用双腿行走，长时间暴露在空气中也不会死，再也发不出鲸歌一般高亢的嗓音，甚至无法在水中生活……浩瀚海洋已经抛弃了他，使他无法再说自己是一名鲛人。

然而就是他这样一个"不伦不类"之人，却因为是近海碧国国主的堂弟，仍有公子之名，身份显赫。这不能不说是个莫大的嘲讽。

古有碧氏，为七海鲛族所尊，建立碧国，受到九州各族的认可。十六年前，碧氏兄弟二人因夺位之争操戈相向。对于碧温玄来说，父亲失败丧命的过程，已经一片模糊。他只记得，母亲匆匆而来，抱起他说："玄儿，你的尾部会分开，趾膜会消失，你再也不能回到海中。这个过程很痛苦，但只有这样你才不会死，你愿不愿意？"

他又急又怕，泪眼蒙眬中抽抽噎噎地说："母亲，我不想死。"

母亲是一名高明的秘术师。她与另外两人一起，用了数种艰深的秘术，让他几乎完全脱去了鲛族特征——一个不能再在海中生活的鲛人，是永远都无法觊觎鲛族国主之位的。就这样，叔父放了他一条生路。

他被送到秋叶京，得到羽族皇后的照料。过不了几年，叔父去世，碧国新主碧温衡差人送来一顶珠铭宝冠，赐了封号给他，曰隐梁公子。

碧温玄一直觉得此事极其可笑。一名被驱逐出海的鲛人，连返回故国的机会都永不再有，却有这样一个身份，简直是让他连忘却前尘，当个普通人都做不到。

碧温衡的意思，他当然明白。梁者，桥也。内陆的鲛人越来越多，也有不少居于内海内河，碧国对于陆上事务的掌控，前所未有的紧要。他自然是最适合做这件事的人。

他年长后开始经营秋叶京的各项产业，并渐渐扩张到整个澜州甚至是中州，成为鲛族在陆上一个非官方的重要枢纽。这期间碧国确实给了不少助力。他曾得羽族皇后庇护，与当朝太子雪吟殊又是自幼至交，一切当然都顺风顺水。

"哎呀，雪吟殊这么一来，又让我欠了他好大一份人情。温九，"他坐在了池边的石凳上，有些苦恼似的说，"这样好了，把那坛子五十年的杏杨蜜酿送到宫里去吧。"

"啊？这事里有什么人情在？"温九却摸不着头脑。

"他暗中布置，保护了鲛人性命，我难道不该承情？"

"可是那个行刺的鲛女已经死了呀！"温九疑惑道，"她是当场死在太子面前的。"

"她当然不能不死。可是她的亲族呢？"碧温玄瞥了温九一眼，恨铁不成钢地道，"她行刺当朝太子，如果牵连起来，九族都难逃一死。而且她看起来与夏阳鲛奴羁绊极深，鲛奴与百里氏有死契，要是在他们中间查，那是死是活，碧国也无法干涉。她这样败坏百里家的好事，百里家怎么会善罢甘休？他们为了证明自己与此事无干，必然要在珠泪台掀起一番腥风血雨——又或者随便杀几个鲛奴以证清白。"

"所以……所以太子他……"

"他让百里胜舞剑，就是要看看这事情背后是不是百里氏的授意。如果百里胜知情，那他绝不会在席间触及兵刃，以免自己被卷进去。而其实百里氏是没有理由杀他的。确认了这点之后，他要做的便是把手刃刺客的功劳，安到百里胜头上去。"

"公子是说，那名鲛族女子，不是百里胜杀的？"

碧温玄笑了一下，把玩着石桌上的茶盏："百里胜刚入京的时候，咱们不是见过他？他那个样子，像是个能挺身而出杀死刺客的人吗？而且据你所说，当时刺客已被制住，边上那么多羽族侍卫，她对太子更全无威胁，百里胜突然把她杀了，你会想到什么？"

"这……杀人灭口？"温九眼前一亮，"要是百里公子看上去像是杀人灭口，那百里家也就无法置身事外了。"

"不，是他们只能置身事外。"碧温玄看着院子里快要凋谢的一树残梅，心中思绪万千，"百里家只要不是傻子，就会知道自己处在怎样的嫌疑中。偏偏他们无法分辩，更无法自证。他们可以恳请翊朝彻查，却不能够再主导对鲛奴的调查和处置，否则只会让自己在这浑水中越陷越深。"

"属下明白了。"温九高兴地道，"是太子深谋远虑，才使夏阳鲛奴的生死危机化于无形。咱们这杏杨蜜酿，送得不亏。"

第二章　海中公子

深谋远虑吗？碧温玄站起身来。没有人比他更清楚，只有在掌握的力量还远远不够时，才需要对某些事情费尽心机去周旋。堂堂执政太子，对于一个沿海的财阀世家，竟然要用这种手腕来应对，这不能不说是种悲哀。

虽然翊朝已经立国二十七年，各大郡、城名义上归帝国所有，但实为各自执政，羽族真正落到实处的权力不过限于宁、澜两州而已。甚至，宁、澜各城也都多多少少打着自己的小算盘。羽族的帝国看似光辉灿烂，内里却空空如也，那个人要做的每一件事，都举步维艰。

不但推行军政上多受掣肘，就连财政上也捉襟见肘，再加上各地多发的莫名天灾……他不得已要对百里氏这样取财不仁的人族世家生起笼络之心。

只是那鲛女如果憎恨的是产珠业，目标应该是百里氏才对。她跟在百里胜身边，千里迢迢地来到秋叶京刺杀一个对鲛珠并没有流露出特别喜好的太子……如果不是她太蠢，就是有人太精明。

碧温玄抬头看了看天色。灰青的云层压在半空，正是将雨未雨时。

一名仆人跑了过来，慌慌张张地叫："公子，公子您快去看看……"

"怎么了？"

"姑娘又爬到树上不肯下来……"

一个"又"字，让碧温玄嘴角一抽。他匆匆来到头进的院子，看到的是坐在槐树枝丫上的一个女孩儿，她两条腿垂下轻轻晃着，一派天真，在渐起的风雨下，轻盈得如同一个风一吹就会飞走的影子。

碧温玄心里常常这样担心。魅是缥缈如幻，是捉摸不定，总让人觉得什么时候就会突然失去。而这个女孩儿，对他而言又是这样重要。

他匆匆走到树下，站定了，换上笑脸道："阿执，下来。快下雨了，咱们回屋去。"

"鸟儿被雨淋。"少女看见碧温玄，像是有了依靠似的，更加气鼓鼓，说着，往旁边一指。碧温玄这才发现她还撑着一把伞，伞下是一个鸟巢。

她前段日子发现了一窝雏鸟。不知是什么原因，成鸟一直没有回来。她不肯把雏鸟搬离它们的家，就每日送吃食上去喂养。但时间逝去，雏鸟虽还活着，却个个无精打采。

"阿执最乖了，那么心疼鸟儿。可是阿执在上面，也不能为鸟儿遮雨，对不对？只有伞才可以保护鸟儿不受雨淋。"

　　少女咬着唇，似乎在思考他说得对不对。碧温玄又说了好半天，终于哄得她把伞留在树顶，自己跳了下来。他挽了她的手，她却挣开，自己开心地在渐落的微雨中蹦跳着。

　　魅在凝聚的时候难免会出点岔子，不管是躯体还是精神上的。阿执就是这样，这么多年了，她的外表长成了十五六岁的少女，心智上却完全没有长大。碧温玄常常想，要是她能一直这么天真无邪地过下去，也未必不好。

第三章

夜 风 呢 语

这一夜的风很大。

夜风掠过树影，拂动满院的灯火，火焰与阴影都在不安地摇摆。碧府中的巡夜依然安静，院中除了穿堂隐隐作响的风，没有其他声音。这座宽大的府邸就像它的主人一样，永远如一汪温盈的水流，静谧之下，掩藏暗涌。

少女在屋中安睡，带着沉稳的呼吸。

不知是不是风太大了，明明关好的窗子被吹开了一条缝隙。凉风涌入，连窗纱都掀起一角，悠悠地飘动起来。窗外的树影投上屋内的墙，如同一幅泼墨的画。而这幅画也在随风舞动，好似一出被暗中操控的影戏。

少女忽然睁开了眼睛。

她听见有人在轻轻地呼唤："窈窈，窈窈？"她的眼中忽然蒙上一层水雾。由梦转醒时的迷茫没有消退，反而更加重几分。

是谁？谁在喊窈窈？她是谁？我又是谁？少女的心中充满迷惑，这些迷惑却又乱成一团，令她无法说出口来。她有点急了，睁大眼睛，盈盈的眼中，泪水似乎就要夺眶而出。

一只手放在了她的额上，柔软而冰凉。一个女子的声音在耳旁说："乖孩子，不哭。睡吧，好好睡吧……"

她觉得这声音好熟悉，但却什么也想不起来。那个悠悠的声音恍如自语："是啊，你不是窈窈，窈窈早已经死了。她果然，还是死了。"

一阵微风离开了她。她翻身下床，站在屋中，眼前没有半个人影，只有飒飒飘动的窗纱。她满心茫然，却又无从诉起，脑子里一团模糊，令她忆不起过往，也辨不清当下。

房门被推开了。

窗户大开，月光与树影在地面上交织。阿执光着脚站在屋子正中，目光直直地看着窗外，空茫无物。然而脸上有不安，有喜悦，甚至还夹杂着一点畏惧。这就是碧温玄推门而见的情景。

不但阿执感知到了那人，他也在睡梦中被那种轻盈而浓烈的气息惊醒。有一瞬间，他想起了自己最痛苦的时光——灼热而黏稠的液体中，皮肤在撕裂，骨骼在重组，他的鲛尾变得不再完整……

他很快从那种痛苦中挣脱，彻底清醒过来，立即披衣来到阿执这边，见到她这样，才终于确定，那个女人，竟然真的在这当口回到秋叶京了。

他轻轻将阿执抱回床上，看见她的眼神仍旧一片迷蒙，他就知道，她其实根本没有醒。魅的精神力一向强大，比如这孩子，然而她的心智孱弱，一旦遇到懂得精神操控的同类，受到的影响往往也更大。她这会儿想必还在访客制造的梦境中，来日什么也不会记得。

碧温玄叹了口气，为阿执掖好被角，轻轻拍她的肩膀哄她睡觉，少女果然重新闭上眼睛，沉入睡眠。安置好她后，碧温玄叹了口气，面色微微发白，唇边带着一贯的轻笑，起身走向空荡荡的窗口道："是玉姨吗？深夜到访，晚辈未曾远迎，实是失礼了。如不怪罪，还请现身喝杯茶吧。"

他等了一会儿，屋内屋外全无反应。他正想放弃，忽然听到一声轻轻的叹息，和在一点点风声中，寒凉得如同冰雪。碧温玄眉头微微蹙起，凝视着窗外，有些紧张。然而又过了许久，再无动静，让人确知访客是真的离开了。

碧温玄回身去看阿执，温九闪身进来了，低头道："公子，跟丢了。我们要不要出动更多的人手去找？"

碧府称不上守卫森严，但也不是寻常人想来就来想走就走的。只是事出突然，现在手上这些人跟不上那个魅族女人也很正常。碧温玄摇头道："不用了。不过，传信给宫里，让殿下知道。"

"原来这个，就是殿下嘱咐公子寻找的那个人吗？"温九一时惊异，脱口问道。

"谁知道呢？月见阁那么故弄玄虚，他也只能找这个人，看能搞明白多少事了。"碧温玄握着阿执的手，若有所思，"对了，是不是之前有一名死囚抵京，也和月见阁有关？"

"是，是从缚龙城押送的要犯。"

假装成侍女的月晓者，消失十余年突然归来的故人，还有中州报过来的要案……只略略一想，碧温玄就觉得一个头有两个大。至于雪吟殊嘛，他或许对这样千头万绪的局面已经习惯了吧。每每想起这个每天只能睡两个时辰的朋友，碧温玄总是十分同情，又有些忍不住牵挂。

"所以，这出戏还有得唱，不知道他要怎么应对呢。"他那么轻声地说着，连身边的侍从都听不真切。

秋叶城外，密林之中掠过一个身影，它浅淡得如同一片扬起的薄雾，又像一缕弥散的魂烟。若有人看到，也只会以为是自己的幻觉。

魅族女人甩掉了身后追踪之人，终于在一棵大树下立定。她默默抬头，望向空中的一轮明月。月光下的容颜明艳无俦，只是眉眼间的神色却寡淡内敛，带着一抹淡淡的忧愁。

果然，此间已经没有任何她熟悉的人和事了啊。她深吸一口气，艳丽的面容隐去伤怀之色，眼中重燃一抹坚定。

那个最初的作品失败了，也是意料之中的。她还会回去看那孩子，只是出于一点点自知没有可能的奢望而已。现在好了，她可以专心按原计划行动了。

她谨慎地向前走了一小段路，到了约定之处。树林芜杂的枯枝残叶中藏着一个矮小的身影，混在凌乱的夜幕中，几乎看不出来。她几不可察地皱了下眉，轻笑道："伙计，东西拿来了吗？"

那个身影从树叶堆里站起来，一身短打，大大的眼睛仰视着她："你要的东西。"眼前这河络声音冰冷，"你的报偿，等我们要的时候再取。"

他从乱七八糟的树叶里拽出一个笼子，笼子上蒙着一层漆黑的遮布。此时明明没有风，遮布却在扑扑抖动。显然，里头困着不安的活物。

"放心，我们'风鸦号'的人，生意上的信用，可不比你们河络差。"女人道。

"记住，'风鸦号'已经沉了。"那河络面无表情地说。

女人面色一变，似乎就要发作。河络冷漠的目光投向她，竖瞳在夜色中闪闪发亮。她忽然意识到，无论如何，他说的都是事实，而此时此刻，她还有求于他。

女人只能压住一腔怒火，冷冷地道："那也与你无关。"

愤恨被理性抑制的时候，一片凄凉便漫上心头，她忽地有些心灰意冷。

河络不再多说，把笼子提手塞进她手里，转身消失在远处。

她轻轻掀起木笼子上的帷布，里头小小的生物出现在眼前。它们只有人的拇指大小，周身呈嫩粉色，一共五只，正在笼中不安地左右奔突。她轻轻捏了一下笼子上的一处机栝，笼中小鼠一下子安静下来，从焦躁凶残变得呆头呆脑，似已失了魂魄。

常居地下城市的河络总是擅长驱用这样半生物半机关的东西，比如将风，又比如这鼠偶。看不见的细丝埋藏在北河鼠的身体里，汇集于笼中机栝之上。只需要一点点的精神力，控制了机栝的人就可以控制这些鼠偶的行动。它的妙处在于不会受制于装置的控制距离，数十里内都可以对鼠偶操控自如，更连最低端的秘术师都可掌控。

她当然不是低端的秘术师，但她的精神力，要留着做更重要的事。

她打开笼子，两指一夹，擒出一只鼠偶来。

她试了试笼子上一个特定的小扣，很快就适应了这项操作。细绒般的丝线全部展开有数里之长，卷在轴上却只有巴掌大的一团。她的手指随意动了动，那鼠偶便随着她的心意向前爬行，灵敏得像她延长的手指。

她没有犹豫，驱使着鼠偶钻入叶丛，鼠偶一下便在视野中消失。

北河鼠的速度非常快，比得上寻常的马。且它身体细小，善于钻地，锋利的啮齿几乎能啃开任何东西。可以说，这秋叶京里，没有它到不了的地方，没有它找不到的东西——不管目标是在地面之上，还是在幽深的地下。

浅浅乱叶之下，第一只北河鼠没有马上行动，像在等待着什么。忽然，它漆黑的小眼睛发出一抹光亮，随即一闪而逝，重回浑浊晦暗。

这是它的操纵者将一点点微小的精神碎片打入了它的精神体中。

这个魅族女人要找个东西，光有这可供操纵的鼠偶可不行。她需要去感应那个东西的存在。那点精神碎片投出之后，她便彻底成了那只北河鼠，见它所见、闻它所闻了。

第三章　夜风呢语

她的一部分感知被来自这只北河鼠的知觉覆盖。鼻端涌入泥土和植物腐朽的气息。好在鼠类的眼睛很容易就适应了黑暗。她感觉到一种痛苦，但这并不是源自这恶劣的气味和环境，而是……她终于又一次使用了授语之术。

把自己的精神碎片侵入其他生物的精神体中，从而用对方的五感去感知世界，这就是授语之术的要旨。月见阁旗下的月晓者正是用这种方式，刺探到无数的情报。他们有时候也用鼠偶这样的东西，但大多数时候，往往就地取材，让任意合适的生物成为自己的眼耳口鼻。比如多年前中州之役的最终会战中，月晓者就是附身于兴朝主将的爱犬之身，旁听了完整的作战会议，导致中州人族一败涂地。

可她一直不承认自己是月晓者。她确实一直也和那个声名远扬神秘莫测的组织没有多大关系，她只忠于一个人——她的师父、寰化秘术大师章青含。后来他死了，她远走海外，以为找到了自己的生活。

她只好重新回来，把自己这一生该做的事情做完。

通常授语之术需要极高的秘术造诣，唯独月见阁这一系不同，并不需要占用全部的精神。如她这般高明的魅族秘术师，甚至在用授语之术感知鼠偶所觉的同时，还能分出心神，操控鼠偶的行动。

可惜鼠偶这种本来就有残缺的造物，是禁不起授语之术的长久驱使的。时间流逝，它们多半要筋疲力尽，死在外面。对此，她也毫不吝惜，死掉一只，她还有第二只。这五只北河鼠制成的鼠偶，足够她翻遍秋叶城了。

于是，黑暗中的森然树影之下，一个女子盘腿而坐，指间拨弄着一个线扣，轻轻弹动。但除了手指极微小的移动之外，她的面庞凝固成石，犹如一尊奇诡的雕像。

第四章

月 见 成 影

汤罗总觉得，秋叶京的镶云道是那么漫长。

虽然向上的坡度并不大，可毕竟每一次前往年木上层的玉枢阁，都是在向上攀登。羽人本性不喜车马，汤罗又是其中最恪守传统的那一类人，因此宁愿徒步走在这镶云道上。

只是不知是太久没走这条路，还是年纪真的大了，汤罗中途不得不停下脚步，稍事喘息。引路的内侍看出来，笑道："汤大人辛苦，玉枢阁就在前头，很快就到了。"

他摆了摆手示意无碍，顺便看了眼这名内侍，面孔很年轻，也很陌生。时至今日，这宫中的人，他已经全不认识。自从羽皇隐居，作为国相，他时常随侍。尤其是雪吟殊羽翼渐丰，且与他政见相左之后，他留在京中的时间便愈加少了。

现在雪吟殊召他回来，只有一个可能——念及此他泛起一丝悲凉的笑意。

他执掌月见阁十多年，虽然只是傀儡，可是风起云涌之时，他终究要成为首当其冲的那个人。

他们终于到了玉枢阁。汤罗肃容，整了整鸦青色的朝服，缓步而入。

见到汤罗进来，雪吟殊也不多说，拿起一旁的一份折子，掷到他身前。

"你先看看这个再说。"雪吟殊声音冰冷。

汤罗没有理会他的怒意，弯腰拾起折子，迅速浏览一遍，不由得吸了口冷气："这……不战而走，弃守十里堡，其罪当诛！"

这折子是中州缚龙城城主写来的。近日缚龙城押解了一名要犯进京。这个名叫王坎的犯人，是缚龙城管辖内一个叫十里堡的小镇上的守将。一个月前，他遭遇山贼夜袭，居然擅自率军逃离，将整个镇子拱手相让。

十里堡虽是弹丸之地，并非军事要冲，但涉及消息集散、行军补给，也算是个关键所在。那附近一向山贼横行，久剿不灭，令缚龙城城主头疼不已。山贼势大，十里堡守军人数不多，情势殆危情有可原。然而，不管是怎样的境况，都不可像王坎这般不战而退。这简直是奇耻大辱，惹得缚龙城城主震怒，对王坎欲以军法格杀。

这样的人，本来杀就杀了，可王坎为了活命，竟说自己的弟弟是月晓者，要求将自己交由羽皇处置。

月见阁是直接隶属于羽皇的特殊机构，月晓者是这帝国最神秘的人，其所涉相关之事谁也不敢专断。于是缚龙城城主便将人押解进京，上了奏疏，言辞激烈地要求严惩王坎。

他也是个聪明人，没把人送往羽皇所在的青都，而是送来了秋叶京。

"其罪当诛？"雪吟殊不动声色道，"按大人的意思，这个王坎确该治死罪？"

汤罗道："只要查明这奏中所言属实，两军对阵时临阵脱逃本就是死罪，何况这人身为主将，却犯下这样的大忌，没有轻赦的道理，只是……"

像是猜到了他的这个"只是"，雪吟殊露出一丝冷笑，但他没有顺着汤罗的话往下说，而是问了另一个问题："大人应该知道我为何把你从青都召回，我只问，那王坎是否真有个弟弟，是一名月晓者？"

汤罗略一犹豫，心里快速闪过那十几名月晓者的名单，最终在雪吟殊的逼视下道："是。王坎的弟弟，是月晓者十八号。"

月见阁当中，常常不以姓名相称，而代之以编号。也只有汤罗才熟知每个人的名字，甚至他们的亲属家眷。以汤罗十几年驱使月见阁的记忆，一下就确定了王坎所言不虚。

"那我就要接着问了，"雪吟殊站起来，缓缓踱到桌前，"你可知王坎为自己洗罪的辩护之词是什么？"

汤罗想了一想，心中一沉，道："难道他说……弃城而去是为了等他弟弟的情报？"

"不错，"雪吟殊怒意更深，"他还说，只要得到月见阁的情报，就可以在顷刻间重创敌人，他逃走是为了保存实力。那么大人一定也知道我接下去想问的是什么——你们的十八号，当时确在缚龙城一带吗？"

"绝对没有！"汤罗急道，"那时他在殇州苦地寻找陛下所要的东西，至今没有回来，怎么可能出现在缚龙城附近？"

"好，好。"雪吟殊忽然笑起来，"一个远在殇州的月晓者，就可令中州的参将置堡中百姓安危于不顾，仓皇出走。这就是月见阁的能耐吗？"

汤罗怕的就是这个，不禁咬牙："那是王坎强词夺理，试图减轻自己的罪名，才这样无中生有。"

这举动愚蠢至极，只是那王坎已经做了一件更大的蠢事，走投无路，也只能这般胡编乱造。但他这样一来，又置月见阁于何地？

"我知道是这样的。大人紧张什么？"雪吟殊语中流露出一丝冷意，"你手中有着月晓者的名单，可你真能全盘掌握他们各人的行动吗？"

汤罗后退一步，像是听见了什么不可思议的事："殿下这是什么意思？"

"你说我是什么意思？"

雪吟殊逼了一句，可汤罗看上去并没有回答的意向，他只是怔在那里，满面忧虑。看着他这样子，雪吟殊知道再逼下去也无济于事，便没有继续说下去。

汤罗长叹一声，终于还是把话题转到眼前的事情上来，他低头迟疑地道："那王坎的确该死，但……能否将此事暂且按下，再予以刑审？"

是了，如果杀了王坎，那么十八号从此也不能再用了。月晓者知道的秘密太多，其亲眷若为翊朝所诛，那么就不可能冒着风险，还给他自由来往的权利。

而为了防止十八号抗命不归，暂且隐瞒对其兄的处置结果是最好的。

雪吟殊怎能不清楚其中曲折？听到汤罗亲口说出来，他心中反而没有愤怒，只有深深的失望。他走到窗前，看着窗外摇晃的树影，漠然道："好，准了。"

太阳已经落山，这一天是暗月之日，只有漫天的星辰发出幽幽光华。此情此景之下，雪吟殊的身影看着格外孤独，汤罗心中忍不住涌起愧意，轻声道：

第四章　月见成影

"殿下……"

雪吟殊抬手制止，平静道："汤罗，你明白，对我而言，月见阁不得不除。"

汤罗全身一震。诚然，雪吟殊想要裁撤月见阁，已经是摆在明面上的事了。然而，这是他第一次如此直白地将此事宣之于口。

他无法坐视不理，紧紧盯着雪吟殊："在殿下眼中，月见阁真的有祸国之虞，不除不快吗？"

雪吟殊也看向汤罗，肃容道："我是怎么想的，你应该知道。除非父亲能使月见阁回归朝堂，为国所用，否则，别无选择。"

"为什么殿下不能……当它不存在？"汤罗的心沉了下去，语声低微，似在恳求，"是，这世上有王坎那样的人，可这罪过也不是我们月见阁犯下的。殿下就真的……丝毫不能相容吗？"

"不存在？"雪吟殊似乎诧异于这位老师此时的天真，他的话音中不觉带上一股森然之意，"怎么可能不存在？王坎存在，你们的十八号存在——而月见阁里里外外，又隐藏着多少这样的人？"

汤罗凄凉地笑了："殿下无须多说，其实只是，你想要这个九州吧。"

雪吟殊似乎失去了辩解的兴致，反笑道："那又如何？"

汤罗微微垂下了头。月见阁于立国一事上立下赫赫功勋，此后震慑四方，至今仍是盛名在上。没有一个掌权者会容许一个这样的组织在自己的掌控之外。经过四年时间，眼前这孩子已从一个青稚的少年长成一个真正的权者。这是他的必经之路，却终归令人齿寒。

"你的父亲，和你要的完全不同。"汤罗的声音中有着说不尽的疲惫，"你啊……不必如此，不必如此的。"

雪吟殊却只是选择略去汤罗的解释，继续道："有些事情，如果你觉得在陛下那里难以交代，让我见见你们阁主也好。"他的眉间带上一丝嘲讽之意，"兴许我和他相谈投机，引为至交，再也不为难月见阁呢？"

"阁主一向云游四方，难觅踪迹……"

"够了！"雪吟殊忽然喝了一声，"汤罗，这样的回答，你重复了这么多年，还没有腻烦吗？"

汤罗后退一步，露出凄然的神色，想要解释什么，却什么也没有说出来。

雪吟殊看他这副样子，心中的怒意更甚。月见阁已经创立二十九年，世人皆知，第一代大长老章青含，是雪霄弋的好友，也是一位不世出的寰化秘术大师。他离世后由汤罗接任长老之位。可是它还有一位阁主，始终没人知道是谁。外人都猜测所谓阁主就是雪霄弋，但雪吟殊却不这样认为。

如果这个人就是雪霄弋，没有任何必要这样故弄玄虚。汤罗也不用在每次提起这人时，露出这样近乎痛楚的表情。

这样一个确实存在的人，似乎近在咫尺，但不管雪吟殊怎么调查，仍旧对他一无所知。

"所以，你并不会告诉我，授语之术是怎么回事了？"雪吟殊冷冷地说，"老师，这些事，从我十四岁开始，就一次又一次地问你，今日我就问最后一次——"他突然走到汤罗面前，眼中射出锐利的光，"为什么每个月晓者，都精通授语之术？为什么月见阁，能令毫无秘术天赋的人，都会使用高阶秘术大师也无法掌握的授语之术？"

这种高阶的寰化秘术，正是月见阁的立身之本。授语之术一向是天分极高的寰化秘术师才可修习，要想熟练运用，更需花费漫长的时光。可所谓月晓者的这些人出身繁杂，更有寻求武道而对秘术一知半解之人，但他们都用授语之术探听到了无数的秘密。雪吟殊请教过几位当今有名的寰化秘术师，没有人说得清这是怎么回事。

在雪吟殊灼灼的目光之下，汤罗咬紧牙关，好阻止自己将一切真相说出来。在沉默中等待许久，雪吟殊最后的一点留恋终至冰冷。他收回目光，冷然道："既如此，请便吧。"

"这件事，是我对你不起，"汤罗终于开口，声音虽哑，却很平静，"因为我早已有愧于人，愿意用所有的代价去偿还。"他这样说着，想着那个月见阁里的孩子，犹疑渐消，甚至微笑起来，"但无论如何，我绝不会让月见阁之名在我手上消失。陛下也不会允许。若你我来日为敌，你也无须容情。"

他唇角带着笑，可是这一句说得坚沉如铁，冷硬悲凉。

眼前这位太子，他曾手把手地教其写字，在每个黄昏听其读书。不管多么久长的师生之谊，总会在后来各自不同的立场中被消磨殆尽。因着月见阁，他们不得不站在对立面上。灭云关一役，就是最后的试探。他知道终有一天。

月见阁，月见阁。它号称能知道这世上的所有事，却终究操控不了人心。

第四章　月见成影

他执掌月见阁这么多年，此时，却也只能说出一句形同诀别的宣告。

"大人放心好了，你只教过我怎么兴国安邦，怎么坚持自己的信念，别的又何须多说呢？至于你安排进我储宫的那个人……"雪吟殊的声音平淡，"我只想说，实在是多此一举了。我要针对月见阁，必有堂堂之举，又何需什么暗中的手段？"

有些事，其实并不完全出自他自己的意愿，他也只是奉命行事而已。但这却无从解释，也没有必要解释。因此对于雪吟殊的指责，汤罗没有任何辩解，只是略施一礼，便退出了玉枢阁。

雪吟殊一直没有看他，直到他转身离去，才终于回过头目送着他的背影，久久凝视，不曾移开视线。

雪吟殊有时候也想，是不是把月见阁逼得太狠了些。如能退让一步，他是不是不需要这样压住心内的不忍，将自己一向敬重的恩师变成一个敌人——至少，不需要这么早？

然而不可能。

月见阁早已不为军政所用，灭云关一事就是最好的证明。但它的威名仍旧远超翊朝正统三军。在很多人眼中，月见阁是个神话，也因此造就了羽族的战无不胜。在这样的光芒之下，三军之威不再那么令人关注，而月见阁又在渐渐失控——虽然帝弋和汤罗不这样觉得，但此次中州之事已然露出冰山一角。

真正的忧患在越州。在溯洄海南岸，月见阁的阴影正不为人所觉地笼罩下来。对那边的调查在隐秘进行，此刻他甚至无法向汤罗透露半分。

那么就这样吧。借此机会，斩断朝中上下对月见阁满心的幻想和依赖，这便是灭云关之役以后，他下定的决心。

雪家以月见阁震慑八方，现在他要将其彻底裁撤，一定会有人觉得他是在自毁长城。

然而他们心中的长城早已经不存在了。

如今各州郡各自为政，他执理国事以来如履薄冰，一举一动都要思虑再三，只怕又惹恼了哪路主家、势力。他的帝国、羽族的帝国不应该是这样的。

羽人的才智与风华，不能永远用在这样苟且的算计之上。

月见阁就是他选择的前路上最显眼的障碍，解决它能解决很多事。而它还在一日，他就无法放手去肃清整个九州的格局。

第五章

霜 林 之 夜

霜木园的日子很安静，尤其是你心若止水的话。

心若止水当然谈不上，但本着既来之则安之的精神，汤子期安安稳稳地在霜木园中住了下来。

霜木园位于极天城的偏角，是地面上的一个园子，园中满是高大的霜永木，每逢季交之时，直到新叶长成，霜永木的老叶才会纷纷颓落。正因如此，任何时候霜木园中都是亭亭如盖。

据说当今羽皇的妻子——已故的折仙皇后特别喜爱这一片霜木园。这二十年，羽皇的心思都不在朝政上。太子雪吟殊执政之前，举朝繁琐事务一向都是由折仙皇后处断，以致积劳成疾，于四年前薨逝。据说皇后卧床数月，到去世的那一天，回光返照，还来到霜木园散心，在园中溘然长逝。

折仙皇后逝去后，鲜有人涉足于此。于是霜叶年年如一，园子清寂得很。

只有一个已经一百二十岁的老羽人看林人守在这里。他年迈耳背，尝试了几天之后，汤子期就放弃了和他聊天的想法。

这安静的林子，这一日却来了一个客人。

汤子期正给一棵树培土，看着那清癯的老者踏叶而来，笑道："老师您总算来了。"

汤罗一身素衣，缓步走近笑着道："你知道我一定会来？"

"本来倒也不一定，"汤子期把锄头放到一边，迎过老师，调皮地道，"可我那么任性，老师一定会生气的。"

"你还知道我会生气。"

汤子期吐了吐舌头："要是太子真的全不知我的身份，为了避嫌，不管我在哪里，您都不会私下来见我的。现在嘛，我猜老师破罐子破摔，来看看我也无妨。"

汤罗哼了一声："你还提这件事？他让你到太子身边，我也给你找到了机会，我以为你会把握住的。"

"您说的机会，是宫宴上'假装无意'地救太子一命吗？"汤子期撇了撇嘴，"一来那鲛女并非真正的刺客，就算他事先不知情，也很难伤得了他。二来就算我出手救了他，我的来历师从，都得想个故事糊弄过去，而且他还未必相信。麻烦的地方实在太多，我是做不来的。"

"你要来太子殿下身边，自会为你安排好一切说辞，你又何须找这样的理由？"汤罗看着自己一手栽培的女孩，内心颇有些无奈。

"因为，我是为了月见阁来的，却不是受月见阁的派遣。"汤子期边说边观察似的看着他，神色微妙，"老师，你懂的，我是为了那个人。但我自有我的主张。"

"所以你是故意自曝身份？"汤罗话中带了一股倦意。

"也说不上故意不故意，只是顺其自然吧。"汤子期做出浑不在意的样子，"人生要是不能率性而为，凡事都得步步为营，可太累人了。"

汤罗神色不豫："是，你从小就主意多，反正我是管不了你的。"

汤子期还想说什么，却见汤罗面色暗淡，眼下隐着深深的阴影，她不禁敛容道："老师，雪吟殊这次召你回来，是为了什么？"

汤罗默不作声地从怀中掏出一份文书递给她，汤子期扫了几眼。"这个王坎，也太大胆了吧。"

"我本以为与吟殊的冲突还能再拖一拖，现在看来是不能了。"汤罗语中有无限怅然。雪吟殊的心思他当然觉察已久，一直都试图去回避和化解，直到日前玉枢阁一晤，一切都再无转圜余地。

汤子期想了想："那您对此事是什么态度？"

"我还能说什么？王坎当诛，那是罪有应得。但我还是请他暂且压住消息，待我召回十八号后再行刑罚。"

汤子期眼中目光闪动："您不该这么说的。"

"有何不妥？"

"王坎所为过于卑劣，杀与不杀，早成定局。您觉得雪吟殊召您回来，是只想问这个吗？"汤子期看向她的老师，"若他连这种事情都要问，那他就不是我们担心和畏惧的那个人了。王坎要定罪伏诛，为的不单是惩罚他而已。缚龙城位处中州要冲，历来不受翊朝制约。他们并不是没有胆量杀一个月晓者重罪在身的兄长，而是要试试翊朝的虚实。"

汤罗沉默片刻："那又如何？"

"月见阁的危机，并不是只有你我知晓。老师，您应该比我更清楚，太子与陛下不和、月见阁左右为难的传闻早在暗中流传。因此王坎必须杀得快、杀得果决，才能显出朝中是上下一心。因为王坎一事是没有理由拖延的。一旦拖延，便足以说明朝中另有一股可与太子抗衡的力量。"

"可他还是答应了押后刑审的事。"

汤子期垂下头。正是因为他答应了，所以才更可怕。这种事情他本来是不应该允许的，可是现在却如此宽和，令她不禁想到，一个人想要动手掐住你的咽喉之前，常常会给予温柔的恩惠。但这些同汤罗说只是徒增他的忧虑而已，因此她只说道："陛下早已不涉国事，太子实则与羽皇无异。要是一国之君处处受制，那些下臣的觊觎之心就会更盛啊……"

"可我没有办法，十八号不可能放任不管。近年来，月见阁内部也不是完全风平浪静。"

汤罗没有接着说下去。多年来他手中握着那份二十四人的名单，去驱使其中的每一个人，了解他们的渴求和软肋，如履薄冰。先不提帝弋与太子的嫌隙，名单之上的人目前他还有把握控束。最令他不安的，其实在这名单之外……

汤子期心中一叹。虽然她对月见阁的具体事务并不了解，却也知道汤罗的为难。如今这个局面，对于汤罗来说，对月晓者的控制只能更加收紧，别无选择。

所以，那个人想要裁撤月见阁一点也不奇怪。他并不是没有相容之心，他也一次次地试探过月见阁的立场，可是从灭云关到十里堡，他都失望之至。也许，他已经要失去耐心了吧。

"不说这个了，我倒是想问问你，"汤罗紧锁眉头看向她，"你……到底做何打算？"

说到自己，汤子期反倒一下轻松下来："没什么打算呀，这园子很舒服，近繁华又似山野，空气也很不错……"

"子期！不要忘了你要做的事。"

"不会忘的。"汤子期停了一下，说道。怎么可能忘呢？有些事镌刻在人的血脉里，想忘也忘不掉。她从未忘记，她的一部分是为另一人而活的。

"那你在这霜木园……"汤罗的声音中有些犹疑，"吟殊为什么会让你来到这霜木园呢？"

汤子期却没有明白他在想什么，以为他只是担心自己无法接近太子，便道："我在这里不会待很久的。"

"何以见得？"

"老师，一有涉及他们两个的事，你就方寸大乱，这都想不明白了吗？"汤子期并不掩饰自己的看法，"你心里清楚，他要动手了。可他手里并没有很多筹码。我是那个人的棋子，到了这里，也就变成了雪吟殊的棋子。他怎么可能不善加利用呢？"

汤罗忽然抬起头，满是忧虑："我真的不知道，让你到秋叶京来，是对是错……"

"不管是对是错，你我都无法改变。"汤子期的声音慢了下来，"就像你向雪吟殊隐瞒的那些事情，注定也无法永远隐瞒下去。因为这世上除了你我，还有一个人知道全部往事。雪吟殊一直在找她，也终究会找到的。到那时候，你苦苦保守的那些秘密瞬间就将变得毫无意义。老师，既然如此，你为什么不直接把一切告诉雪吟殊？也许还能给月见阁与他之间求得一丝缓和之机。"

"不，不！"汤罗猛地后退一步，就像听到了什么可怕的事情，"我答应过那人，不让他知道。至少不从我这里让他知道！"

"我会说服他的。"汤子期没有再劝说，只是说出这样简洁的一句。

汤罗五味杂陈地看着她。如果说这世上还有人能改变那个人的想法，那也只能是眼前这个姑娘。她坦然地说自己是棋子，其实谁又不是呢？只是他不知道，身为棋子，却紧握长戈，想要杀出一条属于自己的生路，是值得敬佩还是应该怜悯。

他这样想着，汤子期忽然又问了一个似乎也没什么意义的问题："老师，我突然很想知道，你见到的他，都是什么模样的？"

"他一直是个孩子，"汤罗迟疑了，像是回忆起什么，笑了笑，笑中却带着一种凄楚，"他一直是我记忆中的那个七岁的孩子。"

"可他在我这里，却从来都是一个少年。"汤子期仰起头，霜永木的叶子簌簌下落，在着地之前就飞快地融散掉，只余下枯残的叶脉，衬得她的声音透出微微的凉，"他看起来是那么自由，又那么寂寞。"

霜木园并没有因为这一场不为人知的对话有什么改变，汤子期更没有。她仍旧早睡早起，辛勤劳作。当然这只是她的自诩，实际上这片园子没什么活儿可干，天然的雨水恰到好处，树肥不用经常添加，一棵棵几个人也合围不住的参天巨木，修剪枝丫都没办法做到。因此她的生活日常就是扫扫落叶，练练剑，给看林子的老爷爷端茶送水什么的。他虽然眼花耳聋，交流不畅，但笑容还是很慈爱的。

园子里头有个苗圃，种着一点花果蔬菜，看园子的人大可以自力更生。树木无须照料，她就安心在这园子里种起了菜。云地兰、红铃果……都是生长周期特别短的植物，好好照料着，大概半个月就可以上桌了。

红铃果做成果酱是最好吃的。这天晚上，她做好了一坛子果酱，就高高兴兴上了床。星光洒落在藤织的窗沿上，一切都很闲适，她几乎转眼间就要睡着。

不知什么时候，有曲声传来。

她忽然回过神，侧耳细听，月色一样澄澈的声音自远处来，沉静中透出一种哀婉。她默默听了一会儿，辨认出这是筇笛发出的声音，曲调隐约熟悉。她略一想，想起今天这日子，忽地就有些感伤。

她推开窗子跳了出去，轻盈地踏上枝丫，循着曲子的声音找了过去。

不一会儿，她看见了吹响曲调的人。他在一株霜永木最高的那截树枝上斜靠着，宽大的月白色袍纱漫垂下来，随风轻轻摆动。她仰头去看，这个人身影与满天星幕重叠，飘然出尘。对她而言，这一切似曾相识。她曾见过有一个这样的人，在半空的星光下吹着筇笛，连吹的曲子都是同一支。

她叹了口气，跳上错落的枝条，来到他的身边坐下。

第五章　霜林之夜

雪吟殊一曲已毕，拢起衣袖，并不看来到自己身边的女子，只望着低低的一轮残月。

"你很想她吗？"汤子期轻声问。

雪吟殊略微侧过脸，看向她的目光中有一丝波动。他年年今日都来到这里，吹响这一支曲，却是第一次有人在这个时候来到他身边。

这女子的出现，隐隐牵动暗中的一张网，可偏偏他不能确定，她究竟是敌是友。

可是在这个静谧的夜，隔绝了外界的暗潮汹涌、就算多一位朋友，也不算一件奢侈的事吧？

他终于说："你知道今天是什么日子？"

汤子期看着远处，扶着枝条轻轻晃荡着："我见了你才想起来，今天是折仙皇后的诞辰。"

"知道我母亲生日的人很少，"雪吟殊静静地道，"因为她从来不过生日。"

"为什么？"

"这几十年俱是不太好的年景，到了入夏时节，不管是水患还是旱灾、虫害，都会渐露苗头。这时候母亲总是忙于调度物资、统筹救灾，哪里有心情过生日？"雪吟殊慢慢道，语调里透出一丝怅然，"每到这一天，不过是叫我给她吹一支曲子罢了。"

他的目光微微垂下，似在回忆。汤子期忍不住问："曲子是她教你的，对吧？"

"是啊，"雪吟殊有些意外身边的女子居然能猜到这么许多，"她常常吹这曲子。我很小很小的时候就学会了。"

"很好听。这曲子，我曾听过一次。"

雪吟殊更加意外了。这支《归雁曲》是母亲所作，从未向外流传。母亲去世后，也许当世只有他一个人能够完整吹奏了。

"你在哪里听过？"

汤子期没有答，只道："我听说，她是一个……很好很好的皇后。"

"励精图治，勤勉治国——这是不是根本不像对一个皇后的描述？有时候，我也希望她不是什么心怀天下的皇后，"雪吟殊转开头去，静静道，"而只是我的母亲。"

母亲对他来说是一个近而又远的词。她曾经威严端庄地走过大殿的长阶，让年幼的他迈开小短腿也无法跟上抓住她的裙裾；她也曾在病榻上握住他的手，轻声说："殊儿，你听，仙茏已经升起来了，你要领着大家飞的时候到了。"不管哪一种模样，她永远注视前方，目光坚定。

"'羽族应该傲翔于世，令九州澄明。'折仙皇后这句话，一直被人传颂。"汤子期也望向远方，"可是，我知道这一定很难很难。"

他略诧异地转过头，眼前这姑娘的脸庞在星光下泛着柔和的光华。

"很难很难吗？"他轻声说，像在自问，又像感慨，"从没有人对我这么说过，包括我母亲。她总是说，眼前这算什么，不算难，再难的事情，也都可以熬过去。"

"其实有太多的事情，和难或易没有关系，只是必须去做而已。"她微微笑着，内心坦然，"因为我也有这样不得不去做的事。"

"为了月见阁吗？"

"不是的，"汤子期看向他，"是为了我自己。"

雪吟殊内心一动，不再说话，又静坐了片刻后，他站起身来，就要离去。

"雪吟殊，月见阁并不是你的敌人。"她在他的身后说。

他的身形一滞："这不需要你来提醒。别忘了，你现在是个看林人。"

"好吧，"她有点沮丧似的，"那我就在这儿和一大片老树长在一起好了。"

像是有点不忍心似的，雪吟殊转回头来，脸上有着一点笑意："或者，汤子期，你明天随我出宫去。"

"要去哪里？"

雪吟殊想了想说："碧府。"

"鲛海碧国，隐梁公子的那个碧府？"

"秋叶京中，还有其他碧府吗？"

作为一个长久关注雪吟殊的人，她自然也对碧温玄了解甚多。雪氏与碧氏分别代表了羽族与鲛族的利益，同时也在一定程度上影响着鲛国与翊朝的未来走向。只是碧温玄此人，除了怠懒疏狂之外，外界并没有更多的评论……

"可不可以问，我们要去碧府做什么？"她毫不掩饰自己的好奇。

"碧温玄说，要找月见阁的人帮个忙。"

汤子期挑了挑眉。她的身份虽然称不上什么秘密，但也不应该如此轻易地就透露给外人。她一时不明白是他与碧温玄之间亲厚至此，还是他真对自己这个身份毫不在意。

"碧温玄这个人，是很讨厌的。"雪吟殊说了这么一句，眼中却透出意味深长的神色。

碧温玄把那名夜闯碧府的女人的消息传给他之后，他自然也把汤子期的事情对碧温玄说了。没想到这人也根本不好好思索这背后的深意，就兴高采烈地说："她一定是月晓者。有个月晓者到你身边了，太好了，快快快，此人借我一用！"

碧温玄以这样的语气说出来的要求，往往都奇奇怪怪。本来雪吟殊是不打算搭理他的，然而今夜，不知怎么有种冲动，竟这么说出口来。这样凭着心情、浑无计划的话，他很久都没有说过了。他忽然觉察到这一点时，心内反倒有点愉悦。

第六章
少 女 无 邪

次日他们来到碧府时，正是阳光慵懒的午后。雪吟殊也不让人去禀碧温玄，而是自己闲庭信步走进院子里。

三三两两白梨的花瓣随风零落纷飞，阳光斜斜地洒在枝条上，轻柔宜人。院子正中，一个看起来十五六岁的少女在踢着毽子。她脸上带笑，踢出各种花样，要是掉了就去捡起来再来，看上去玩得不亦乐乎。梨树下的石案旁，坐着一个青年，他左手虚握着一本靠在石桌上的书，右手支着头，闭着双眼，似乎正在小寐。他们走进院中，看到的就是这样一幅闲适懒慢、无所事事的景象。

碧温玄一副将睡未睡的样子。旁边的温九想去叫他，雪吟殊却摆了摆手，随手拾起一根稗子草，轻手轻脚接近碧温玄。

汤子期有一种感觉，好像来到碧府的院子后，雪吟殊整个人都轻快不少。他就像卸下了身为掌国者的那一份持重，像寻常青年般有了玩闹之心。

他拿着稗子草，就要去挠碧温玄的脖颈。可草枝还没触到他的衣领，指尖就感觉到一股刺骨的寒意。雪吟殊反应极快，赶忙收手旋身，空气中凝出的寒气一瞬间贴着身体掠过，打到屋子的门廊上，赫然是一片碎裂的白霜。

他一回头，看见阿执已经挡在碧温玄身前，心里暗叫不好。本以为她忙着玩毽子，反应不会如平日一般灵敏的，谁知一道寒芒先至，她的人也风一般闪过来了。雪吟殊赶紧扔掉稗子草说："阿执别急，吟殊哥哥什么也没干。"

汤子期一旁看着，却忍不住微笑。人们都知道碧温玄的身边有一名厉害的

第六章　少女无邪

少女护卫。只要有人对碧温玄不利，她就会奋力回护，不问原因，不讲道理。

外界还有传言，这个少女是一个魅，因为凝聚时出了意外，因此心智像个五六岁的孩子。碧温玄幼年身体遭遇过剧变，十分文弱无力，她跟在他身边，一有风吹草动就会发出强大的秘术攻击。

阿执不理雪吟殊，只是接连发出疾射的冰凌。她的印池秘术造诣已深，空气中没有水，却能把水汽凝成冰，状似锐刃，速度又快，看上去十分危险。雪吟殊接二连三地避过，都没闲工夫再说话。温九忙叫道："阿执姑娘！那是太子，你不是认识他吗？"

"欺负阿玄，阿执不许！"少女眼带怒气，声音清脆，手中已又结出透明法印。

雪吟殊早知她这脾气，今天怀了侥幸心理，此刻已经后悔。闹出这么大的动静，碧温玄却还在那里眯着眼睛，不动如山，雪吟殊恨声道："碧温玄，不要装睡了！快叫住阿执。"

碧温玄这才伸了个懒腰，睁开眼睛，摇着扇子含笑道："哎呀，阿执最聪明了。知道拿着痒痒草害人的都是坏人，应该打一顿。"

"嗯！阿玄不喜欢痒痒草，要打！"

说着话一片细密的冰幕已经朝雪吟殊笼罩过去，范围之大，左右腾挪间再难躲避。汤子期看着，一颗心都提起来，同时又有点幸灾乐祸。雪吟殊贵为太子，遇上这小丫头也是没辙。这一招看上去没什么杀伤力，但人要是被打中了一身冰水，免不了瑟瑟发抖、狼狈不堪……

雪吟殊一声轻喝，身后忽然张开银白色的巨大光翼，整个人腾空而起，转瞬间已经悬浮在空中，俯瞰着院中。

看到他为了逃避追杀，连羽翼都凝出来了，汤子期知道不能由着他们再闹下去，便眼睛一转，捡起丢在一旁的毽子，灵巧地挑了个花式："阿执阿执，过来，姐姐教你踢毽子好不好？"

阿执看看天上的雪吟殊，又看看拿着毽子的汤子期，显然内心十分挣扎。这时碧温玄才对她招了招手："我们不要管太子哥哥了，反正他飞上天去也打不着，不如等他下来了，我再挠他。"

他轻声细语地一说，阿执的眼光就像从冰化成了水，变回那个天真烂漫的小女孩，跑到汤子期身边，叫着："踢毽子！"

雪吟殊则小心翼翼地确认那姑娘已经不会再针对自己了，这才悠悠降落，着地后羽翼的光芒即刻消逝，恍若不曾存在。

"有人要是想捉弄我呀，我们阿执是不会答应的。"碧温玄得意地道。

"就你教出这样的好孩子。"

碧温玄也不理他，只微笑道："这位想必就是汤姑娘吧？"

汤子期忙着把毽子一抛，落在阿执的脚尖，惹得她咯咯笑了起来。她这才有空回过头来，向碧温玄眨眨眼睛道："碧公子，我想，你不是专门找我来教阿执踢毽子的吧？"

"虽然不是玩毽子，但也是因为我们阿执。"碧温玄摇着扇子，一派悠然，"阿执，这个姐姐就是能救小鸟的人呢。"

"小鸟！"少女一听，一下就丢掉了玩得不亦乐乎的毽子跑了出去。

片刻之后，她抱着一个大篮子似的东西回来了。

开口前，她看了看碧温玄，后者柔声说："你自己和汤姐姐说。"她这才凑到汤子期身前，给她看篮子里的东西，"鸟儿病了，不吃东西。"她比画着，"好多好多虫子、小米，都不要吃。鸟儿会死，阿执不高兴！"

她紧紧地皱眉。汤子期看见篮子里是三只尚未长出羽翼的幼鸟，毛茸茸的，挤成一团，奄奄一息。她理解了好一阵子才明白，阿执捡到的这窝鸟儿，成鸟不见了，而幼鸟精心喂养了好些天，非但没有长大，反而越来越虚弱无力，眼看着就要死去。

碧温玄想了好多法子，甚至找了大夫来看过，都没有见效。秋叶京是羽族城市，羽族认为鸟类是最不可侵犯，也是最自由的生物，凡人是不可以干涉鸟类的生死去留的。没有人会伤害鸟儿，同样也没有人懂得如何为鸟儿治病。

于是碧温玄突发奇想。"汤姑娘，你看，鸟儿不会说话，所以我们不知道它到底出了什么问题。你用上一次授语之术，感鸟儿所感，不就知道它哪儿不舒服了？"他笑嘻嘻地道，"救活了它们，在下感激不尽。"

汤子期看着他，一时倒有点不知道他是玩笑还是当真。授语之术这样使用，用来达成这样的目的，她真的是闻所未闻。可要想反驳，似乎他的话也没有什么不对。

"公子可知道，授语之术于施术者的精神力大大有损？"她最终还是问了出来。

第六章　少女无邪

"知道，"碧温玄继续笑道，"也许汤姑娘觉得，救活几只鸟不如为羽皇陛下找到几张谁也看不懂的发黄帛卷有价值，不值得用上授语之术。可我却觉得恰恰相反。"忽然收起嬉笑神色，碧温玄向汤子期揖了一礼，"这件事是我恳求姑娘的，和别的事情没有干系。"

汤子期脑中念头飞转。她看向雪吟殊，后者瞳色深深，正不动声色地看着她。她忽然明白了，这是在逼着她站定立场。他们认为她是月晓者，而月见阁一向只听从羽皇的号令，于是用这样一种看似无理的方式，来让她做出选择吗？

如果她愿意为这样一件事情，不惜损耗精神力，使用代表月见阁核心的授语之术的话，至少有一点投入太子麾下的诚意。若不应……她就不可能留下了吗？

然而还未等她想透彻，雪吟殊却开口说："你不要想那么多，这只是一件温玄想做的事情，就是这样简单而已。"

他似乎看穿了她心中的百般纠结，说出这样一句。并没有铺垫，也没有更多的解释，便令她心中一凛。碧温玄则笑道："汤姑娘，做人要是总想着别人的举动后面有什么深意，那可是很累的。"

是啊，她也才和老师说过，若所有事情都得步步为营，那就太累了。此刻又为什么要这样瞻前顾后，去擅自揣测眼前这两人的想法呢？几只垂死的鸟儿，救或者不救，她需要决定的事情其实就这么简单。

"我……碧公子说得有理，子期受教了。"

他们在那里磨磨蹭蹭，阿执看看这个，又看看那个，忽然抱紧了装鸟的篮子："你们不管鸟儿，阿执不理你们了！"

她说着就要跑出去，汤子期忙拉住她："姐姐可以救小鸟儿，阿执不要急好不好？"

雪吟殊与碧温玄对视一笑。但汤子期回过头来却笑得更加开心："可是殿下和公子都想错了。我啊，并不会授语之术。"

这下轮到那两人变得面面相觑，"可是你不是……"雪吟殊一开口便即刻想起来了。她是承认了自己是月见阁的人，可从来没说过自己是月晓者。这两种身份在世人眼中是一体，可是谁说月见阁中人一定是月晓者呢？

"但这鸟儿我却能认出来，"汤子期也不管他们，只自顾自道，"这是银尾雀，是每年春夏自宛州迁徙来的，幼鸟特别娇弱，长大之后尾羽是闪闪的银色，可漂亮了。"

阿执听懂了，露出向往之色。碧温玄道："我知道这是银尾雀，它要吃的东西和寻常鸟儿并没有区别。"

"现在这季节，银尾雀应该不少，"汤子期笑意盈盈，"两位公子愿不愿意跟我去城外一趟？"

本着对她的信任，他们去了城外。连日理万机的雪吟殊都禁不住好奇跟了来，要看看汤子期想做些什么。

到了城外，相较树影婆娑的羽族城市，树木反倒减少了。汤子期的视线在高阔的碧空上逡巡，忽然她跳起，袖底向天空射出一道银芒。雪吟殊看清她做了什么，不禁呼道："你……"

一只路过的飞鸟落了下来，汤子期飞奔接住。当她微微张开手掌，里面挣扎着的正是一只银尾雀。

"放心，我的袖箭只是扰乱了它的尾羽和气流，所以它才掉了下来。我可一点都没有伤着它。"汤子期解释着，"银尾雀的成长尤其依赖父母。成鸟除了要带回食物之外，还要每日以翅羽摩挲幼鸟，若不这样做，幼鸟的羽毛就长不出来，身体也会衰退，更无法长大。"

"好啊，"碧温玄惊奇道，"它可真娇贵啊。"

他们把银尾雀放进篮子里，上面罩了一个藤条编的筐子。银尾雀扑腾了一会儿，看到窝里的幼鸟，便落在它们身边，用羽翼将它们笼住。有了成鸟的陪伴，三只幼鸟像是活了过来，发出叽叽喳喳的声音。

"阿执和她，倒真是很投缘。"看着两个姑娘头挨着头，对着篮中的鸟儿笑容可掬，碧温玄心有感慨似的，"除了对我之外，阿执还没有待他人这样亲近过。"

雪吟殊没有接话，只是微笑着。他还记得，九年之前，当时年仅十一岁的碧温玄出了一趟远门，回来时就带回了阿执。当时她刚刚凝聚不久，看上去不过是六七岁的女孩子，瞪着一双漆黑的眼瞳，像小兽一样警惕。至于到底是在哪里遇到了她，或是找到了她，碧温玄总是含糊其词，连雪吟殊与他这样的关系，对此都不甚了了。

碧温玄轻轻咳嗽一声，雪吟殊关切地问道："又不舒服了吗？"

第六章　少女无邪

碧温玄苦笑了一下。像他这样的身体，在日头下只站这么一小会儿，就有点撑不住了。于是他们走开几步，到了一片树荫之下，坐下歇息。碧温玄闲闲道："关于那个人，你可找到什么线索了吗？"

"你知不知道，越州有一种动物，名叫北河鼠？"

"不知道……"

"那是一种速度很快、牙齿锋利的鼠类。它们小而灵巧，可以潜入许多隐蔽之处。河络可以把它制成鼠偶，从而操纵它的行动。交战时，有时会用这个东西去啃咬破坏敌方将风的关键部位……"

"好了好了，我又不想研究河络的鬼把戏，你告诉我结果就好。"

雪吟殊望向远处的目光闪了闪："在霜木园附近，发现了北河鼠的尸体。而且，检看的秘术师说，它身上残留的授语之术的精神游丝，很可能是来自于魅。"

魅虽已不算神秘，但毕竟数量不多。这样的话，其实指向就很明确了。碧温玄望向汤子期的目光只凝重了一瞬，就恢复了一贯的懒慢。因为阿执已经兴高采烈地提着鸟窝跑了过来，汤子期跟在她身边。阿执给他看："小鸟儿笑了！"

碧温玄宠爱地摸了摸她的头发。"这得一直陪到小鸟儿长出羽毛来吧，我们是不是应该把它带回家去？"

"这可不行，"汤子期笑着说，"它也有自己的家和孩子呢，我们借用一下子，就得把它放回去。"

"那这之后的几天怎么办？"连雪吟殊都忍不住问。

"每天都来'借'一只银尾雀，一直到这几只小鸟长大。"

"这……我想想找谁来干这活儿。"碧温玄看着温九，温九吓得连连摆手："公子别看我，得把鸟抓住又不能伤了它，我可不会干这个。"

"笨蛋，你不会用网吗？"

"别人做我还真不放心呢。"汤子期看着阿执笑道，"阿执，姐姐每天带你来这儿请大鸟儿来照顾小鸟儿好不好？"

阿执重重点头。

第七章

林 中 惊 变

自那天起，汤子期果然日日都去碧府，和阿执一起带着幼鸟出来，然后"劫持"一只成年的银尾雀来当临时父母。

除了因为阿执的这桩事情出宫之外，她其余时间仍在霜木园中。

这天夜里，她将睡未睡时，突然听到树顶之上传来响动，一下子便清醒过来。

霜木园所在地势较低，霜永木虽然也是参天巨木，但和支撑起一个高耸入空的宫城的中央年木相比，还是小巫见大巫了。如果从年木三分之一高度的崇明阁往下跳的话，很容易就会落在霜林的上方，落足于树冠之上。

那人是谁，她不太清楚。但从树冠之上细微的脚步声中，她可以判断来的是一个人族。人羽两族自身体重上的差异，使他们在树叶上行动的声音大有不同，无法掩盖。而人族不似羽族可以飞翔，可以直上树梢，最有可能的来处就是从崇明阁那里。

霜木园不是什么守卫森严的地方，这样一个宫城里的园子，虽不是来去自由，但略使点手段来往也并非难事，为什么要大费周章地走崇明阁那条路，她一时想不明白。

她悄悄起身，放好袖箭和短剑，轻盈地跃出树屋。

叶影森森，这片茂密的森林里，一向枝叶遮天蔽日，四周晦暗无光。今夜虽是明月之夜，透下来的一点稀薄月光，也破不开四周浓墨似的黑。

第七章　林中惊变

顶上那声音时隐时现，她跟着走了一小段路，它似乎停了下来。这儿接近霜木林的中央，一棵巨大的霜永木矗立在此，比其他树木要高大许多，足有十余丈高，几个人也合围不住，说是这片林子里的树王也不为过。她正想着下一步应该做什么，忽然猛地回头。

明明什么也没有发生，她却感到一股寒意侵入脊背。因为……灯光！

她的眼角余光看到了一个树屋窗口透出一层微微的亮光。

这林子里只有两个树屋。一个是她的，在那个苗圃边上，还有一个就是看林的羽族老爷爷的，现在他的窗口发着幽幽的光。

他一向睡得很早，而且因为年老，他的眼睛已经视物一片模糊。她从来没有见过他在夜半亮灯。他也没有理由夜半点灯。

她心里诸般念头转过之后，还是决定先到那边去看看。

她提防着四周，小心翼翼地沿着树干踩上枝条。树屋门上悬垂的藤条在随风摆动。

慢慢走到了树屋前，迟疑片刻，她终于猛地推门而入。一眼就可窥尽的小屋内空无一人，只有一张空床。这情形虽不令她意外，但心中的担忧更甚。

老羽人听力目力都十分不佳，腿脚也不灵便，如果遭遇变故，一定殊无应对之力。她虽然连他的姓名都不知道，可是朝夕相处了这些时日，她也绝不愿他蒙受不安和痛楚。

她正要离去，却忽然觉察到门后似乎隐藏着什么。她拔出短剑，渐渐靠近。就在她想要出手的时候，那扇门骤然关闭。隐在门后的人身形大现，她还没看清，手臂就被抓住，她立时就要挣脱。那人沉声道："汤子期，是我！"

面前这人是雪吟殊。他今夜穿了一身深青色翔服，浅褐色的眼睛里映着这屋中的灯火，闪闪发光。她惊了一瞬，倒也马上平静下来，低声道："你到这里来做什么？"

"捉贼。"他状似随意地答道。

"这宫里有贼，羽林卫不管，偏要太子殿下亲自出马吗？"

他做了个手势。她也知道现在不是挤对人的时候，立刻噤声，侧耳细听。极细微的响声从树顶传来，落到耳中都已经不是声音，而是微弱的震动。但稍有经验的人都能够感知，那是有人在交手，虽然没有金戈交响，但上面切切实实地在发生一场战斗。

无数霜永木繁茂的枝叶像一个顶罩，将上下两个世界分隔开来，上面发生了什么，他们一无所知。

"是你的人吗？"汤子期轻声问道，看他摇了摇头，又道，"这间屋子里的看林人呢？你可知道他的下落？"

"我远远见到一个人影从这儿一晃而过，才过来查看，屋子里已经是空的，接着你便出现了。"

看来他也是被此处的异状吸引过来的。她心里想着，不觉向门外踏出一步，但雪吟殊的手再次扣上了她的手腕。

这一举动充满了警戒与防备。汤子期想了一下，说："我不知道来的是什么人，也与此人没有关系，你能相信吗？"

雪吟殊凝视着她，像要看穿她面容底下的本心。他当然怀疑过她与今夜的来访者有所牵连，自从把她"发配"到霜木园后也专门留心过她的动向，但并没有什么异处。细究起来，这霜木园是他自己安排她来的，怎么看也是巧合的可能性更大一些。退一步说，有人想探查霜木园，如果她身为内应，那人就更没有必要动用北河鼠这种劳心损力的东西。

因此他不妨把话说开："你可知道玉霜霖其人？"

听到这个名字，汤子期的手指不禁收紧，但立即又松开："当然知道。"

"那你应该知道，她与月见阁有很深的渊源。"他更靠近一步，"如果来人是她，你会怎么做？"

玉霜霖是月见阁的故人。如果来的人真的是她，那么汤子期的身份就有些尴尬了。他这是要她先想明白自己的立场。

汤子期却丝毫没有迟疑："我与她素不相识，现在怎么能知道自己要怎么做？"她停了停，"虽然，秘术大师章青含为陛下建立了月见阁，可是玉霜霖作为他最得意的弟子，在他去世之后，却对月见阁弃之不顾，完全不知所踪，不得不由汤罗来掌控局面。我想无论如何，也不能说她还是月见阁的人。"

对于她这个态度，雪吟殊倒不奇怪。以她的年纪来看，应当没有经历过那个以章青含为首的时代。她与玉霜霖没有多大瓜葛，应当可信。那么，至少这一夜，他们不会成为敌人。

但他也不打算再在这里磨蹭。顶上又传来一声闷响，他不再迟疑，说道："我上去看看。"

第七章　林中惊变

汤子期看他的肩胛上白光开始凝聚，拉住了他的手："带我上去。"

汤子期是一名岁羽，除了每年七月初七的风翔典，其他时候是无法飞翔的。而中央那棵霜永木实在太高，从这里到树顶，以羽人爬树的身手也得好一会儿。她心里还惦记着那位老人，早一刻弄清楚发生了什么也是好的。

"不，"雪吟殊抽出手，"你我目标不尽相同，互不相扰，不如各行其路。"

"我可没有说过要各行其路。"汤子期笑道，"我来到宫中，就是为了接近你的，关键时候自然一定要抓紧你不放。"

雪吟殊愣了一会儿，像是不知道该怎么反驳这近乎耍赖的说辞，下意识命令道："松手！"

他这么一说，汤子期果然松了手。她扬起头道："你可以不管我，但你一走，我就叫林子外头的人进来。"她的笑容桀骜，带着微微的挑衅，"如果我没有猜错，霜木园外已经埋伏了大批严阵以待的羽林军，只要林中有什么风吹草动的信号，他们就会立时行动。"

雪吟殊不可能是孤身一人来到这林子的，前些天外围就已布置过一番，今夜只会更加周密。但他既然还是一个人出现在这里，必然就有不想让下面那些人知道的东西。事关月见阁的信息，他不会大意。

雪吟殊看着眼前这女子，她的面庞在此刻淡淡的月色下带着一种倔强，明明使人生气，却又有点令人怜惜。他心头触动，神色却淡漠，吸了口气，背后的白光暴涨，腾身而起，猛地揽住她的腰肢。

汤子期只觉一阵风自脸颊边掠过，自己已经飞了起来。

她紧紧贴在雪吟殊的身侧，闻到了浅淡的雪松的香气，在这夜风里清新而凛冽。她不由自主地叹了口气，心里想的却是，有个想飞就飞的交通工具可真是太好了。

光华凝就的羽翼带着他们冲破层层枝蔓，直上云霄。

压抑的黑暗一扫而空，漫天月光如倾泻而下的水流，流遍了这一片碧色的冠盖。此起彼伏的霜叶组成了一顷涌动的波涛。他们在树冠上站稳时，正立足于这一片摇晃的碧波之上。然而没有心思欣赏这样的美景，雪吟殊立即消去羽翼，两人在霜叶中伏下身来。

这上面一片宁静。除了他们搅出来的动静，没有半个人影。

之前的激烈交手声，他们两个人都听见过。如果说一个人的判断有可能出错，那么两个人的一致认知则不需要怀疑。

可是他们已经到了树顶的最高处，这片林子一览无余，之前在这上面发生冲突的人已经彻底消失了。

他们四处查看了一下，并没有发现有人冲开枝叶落回林中的迹象。而刚才雪吟殊振翼而上所费时间极短，如果有痕迹必定是能够觉察的。树顶上凭空消失的要是羽人犹可解释，展翼而去而已，但凭之前的仔细聆听可知，外来的那个是人族，另一个与他交手之人的身份不明，但无论如何，那名人族不该消失。

两个人在连绵不绝的树冠上又走了一圈，还是一无所获。

汤子期低着头，忽然低声叫了一声。

她此刻所在的位置是那棵最大的霜永木庞大树冠的中心。对于羽人来说，在枝条上行走如履平地一般。可是脚下这块地方给她的感觉却让她有些在意。

她俯下身，手掌轻轻拂过，掌下的叶片本该随之颤动，但它们却像是凝住了一般。她的手指再轻轻一点，几枚叶片竟融化般消失了。

"是一个幻术结界，"雪吟殊过来查看之后说道，"只是……好像已经毁坏了。不然不会让我们这么轻易发现。"

汤子期点了点头。雪吟殊略一思索，掏出怀中的笳笛，一声细而短促的鸣音划过天际。接着他又留下一个标记。

汤子期偏过头，像是想到了什么。突然，雪吟殊大喝："快退！"

但已经来不及了，她踏足的地方猛地崩塌，雪吟殊扑了过来攥住她的手，转瞬之间她的身下已经裂开了一个深不见底的大洞，而她悬挂在边上。

落回林中本来不是什么大事，可问题是，汤子期此刻置身的是最高的那棵霜永木的树顶中心。也就是说，她身下的这个深渊，位于树干的内部。

"抓紧！"雪吟殊叫道，"先上来再说。"

他话音未落，自己四周的枝叶却也尽数倾塌。两个人惶急地一起向深渊掉落，幸而相互间手还紧握，急变中也没有散开。

仓促间，雪吟殊的羽翼重新凝结，用力挥动。他搂过汤子期的身体，让她紧紧贴住自己的胸口，好让她随着自己下落。

只是一切发生在电光石火之间，雪吟殊的羽翼尚未绽放出光华，两个人便已落入树干深处。不算宽大的四壁影响了羽翼扇动，因此新结的羽翼只是减缓了他们下落的速度。

第七章　林中惊变

就像不久之前的升空一样，这一次他们是相依相偎着下落的。如果说前一次汤子期还有乱想些有的没的的兴致的话，那么此刻只剩下惊魂甫定的心跳。与此同时，雪松的气味安抚了精神，雪吟殊的银白羽翼发出宁和的光芒。在它的庇护下，再可怕的事情似乎也没那么可怕了。

第八章

树 下 洞 天

再次踩到坚实的地面，已经不知道过了多久。

"那棵霜永木应该没有这样的高度。"站稳之后雪吟殊的第一句话是这样的。

汤子期一想也就明白了。他控制着下落，对于速度自然有精确的把握。他这么说就意味着……

"中央霜永木的内部直通地底？"

"如果这是所谓地底的话。"

汤子期仰头，顶上漆黑一片，没有一丝光亮。雪吟殊看她这样，便道："落下来的路径曲折得很，现在是真上不去了。"

汤子期心中微微一动。如果说他们落下来不是直线，那么四周一定是有碰撞的，可是她没有感觉到这种碰撞。

只可能是……有人在刻意地保护着她吧。

"也就是说，有一个地下密道，它的出入口是一个树洞，"汤子期压下心底隐隐的情绪，沉吟着，"而且这棵树没有其他洞口，只有从树心垂直向下，才有可能进入吗？"

她这么一说，自己也就悟到了。这应该就是那个人一定要自崇明阁落到树顶上的原因吧。毕竟从园中寻找一个找不到入口的树洞还是多有不便的。

"恐怕还不仅仅是这样。"雪吟殊道，"你没发现这里给人的感觉很古怪吗？"

　　被他这么一说，汤子期才蓦然惊觉。这儿残留着一种……秘术禁制的味道。秘术当然是没有气味的，可这种味道却能侵入人的每一个毛孔里。她之前没有一下子反应过来，是因为这儿留下的感觉她太熟悉了。

　　外头没有光，可前头的远处却透过来一点雾蒙蒙的亮。雪吟殊没有多说，只道："先往前走看看。"

　　他们向着雾光处走了一会儿，确定没出霜木园的地界，就看见路似乎到了尽头，前方是个拐角。

　　"小心。"雪吟殊说着，挡在当先，朝那边走去。

　　然而比他们更快，一个人影斜斜地从拐角后头飞出，直直地朝他们撞了过来。雪吟殊与汤子期下意识地避开，由其从身旁掠过。

　　那人硬生生扭动了身体，双足钉在地面，好不容易才稳住了自己的身形，禁不住大口喘息，看起来似乎略有损伤。

　　这人戴着深红色面纱，看不见面容，但裹在黑色劲装之下曼妙的曲线，还是显露出她是一个女人。

　　"玉霜霖？"汤子期脱口而出。

　　女人回头瞥了他们一眼，开声果然如铃般清脆："看来各位都是有备而来。"

　　她虽然看到了雪吟殊和汤子期，但似乎对他们两个并不在意，眼睛死死盯着前方，目光中有畏惧也有向往。雪吟殊与汤子期默契地从两侧接近玉霜霖的身后，终于看到了拐角后的景象。

　　那后面再无通路，只有一个小小的凹陷的暗阁。阁内的木质陈设干净而简单，却刻着雪氏特有的白荆花花纹。

　　汤罗挺身直立，面寒如霜。他的身后，看林的老羽人双手笼在袖中，正冷冷地望着他们三人。

　　他的双眼仍然浑浊无光，可是瞳孔里极细微的一个点却锐利如针。他的腿仍是瘸的，站在那里整个身体都有些歪斜，却不知为何就是发出一种不可逼视的气场。

　　然而这两个人给予汤子期的震动，都远不及汤罗身后的东西带来的震撼。汤子期只觉得一盆滚水兜头泼了下来，令她全身发烫，血液的翻滚在一瞬间几乎令她支持不住，想要伏地发抖。

汤罗身后是个小小的白玉台子，上面悬浮着一颗白色的珠子，发出浅浅白光。那光芒像雾气一样，轻盈而祥和，幽深而博大，带着一种使人心情平静的力量。然而她无法平静，只有一种似火焚心的焦狂。

她从来没有见过这个东西，但在目光触及的一刹那，她就认出了它。可以说它彻底改变了她的命运，可是它始终若隐若现，直到今日，才猝不及防地出现在她眼前。

它叫月见石。

难怪玉霜霖费尽心机也要来到这里。

汤子期定了定神，很快督促自己平静下来。如果玉霜霖想要窃取月见石，那么汤罗一定是早就知道月见石保存在此处的。那么看林的老人也知道吗？

与汤子期不同，雪吟殊并不知那枚悬石所代表的意义。他的眼睛甚至没有看向汤罗，而是看着他身后的那个老羽人。玉霜霖看上去是吃了亏的。汤罗缺乏战斗经验，那么使她受了伤的和之前在树顶与之交手的，只能是这位其貌不扬的老人了。

而且他在这人身上感觉到了危险。

就像战场上被伺候在旁的暗箭瞄准一样，他直觉到一种针对自己的杀机。可是他不明白这是为什么。他从来没有在任何人身上体会过这一点。

僵持中，还是汤罗先开了口："吟殊也到了这里，那就再好不过了。"他指了指玉霜霖，"这名魅女，意图窃取我国中至宝，现在交给你处置最好。"

雪吟殊淡淡笑道："老师说的至宝是什么？我还从来没有听说。"

玉霜霖却娇声笑起来："原来太子殿下什么都不知道吗？他们竟是这样对你的，令我都心觉不忍呢。"

雪吟殊没有被她激怒，只是带着毫无改变的笑容道："如果不是我什么都不知道，这位夫人，你又怎么能如此顺利地闯到这里呢？"

玉霜霖一窒，她闯入极天城确实也来得太容易了些，雪吟殊是有意放她进来的，因为她知道太多他想要知道的东西。

"那我要多谢太子殿下了。"玉霜霖一笑，"那么殿下既然给了我一份人情，不如好人做到底，这会儿就放我离开。汤大人可以做证，我什么也没拿。"

汤罗闻言踏前一步。

第八章　树下洞天

"你想要的是什么？"雪吟殊也朝着玉霜霖逼近，遥遥一指那边的悬石，"那又是什么？若现在夫人仍然觉得我皇宫内城是想来就来想走就走的地方，未免就想错了。"

玉霜霖冷笑起来："你们几个羽人要联手留下我这样一个弱女子，也不嫌丢脸吗？"

"擒拿入室行窃的盗贼，有什么好丢脸的？"一直没有开过口的老羽人忽然说道。

"偷？"玉霜霖的声音有微微的冷，也有微微的哑，"我只是要取回属于我们的东西。"

月见石是属于魅的。它是上天赐给魅族的礼物，可惜她逃避了这么多年，现在才终于可以直面这件事。

"哈哈哈哈哈！"看林老人突然发出一阵狂笑，"你觉得它是属于你的？章青含这么觉得，雪霄弋也这么觉得，你们通通都想把它占为己有！你们这些贪得无厌的人！"

雪吟殊忽然有种奇怪的感觉，面前这个老者似乎身处深渊中，是在穿过无尽虚渺的时空对他们说话。

玉霜霖咬牙道："你是谁？"

"你要保住月见阁，是为了赎罪，对不对？"他的手指着汤罗，汤罗不能承受似的垂下头。他又转向雪吟殊："你要毁掉月见阁，是因为你想要更大的权力！你不能容忍雪霄弋什么都不管，还掌握月见阁这样最负盛名的精锐。你们各有理由，各有目的，可是有没有想过，月见阁是什么？是什么使月见阁成了今天这个样子？没有！除了利用和背叛，你们什么也不会！哈哈哈哈！"

他的笑声猖狂而带着凄厉，汤子期看着这个老人，觉得自己的腿在颤抖，她几乎要猜到他是谁了。她知道，但她还没有做出反应，雪吟殊的声音便穿透了这凄狂的笑声，带着压制一切的力量："所以，月见阁是什么？它为什么是这个样子？"

看林老人死死盯着他，齿间发出啞啞的声音，却没有说一个字。

此时玉霜霖正缓缓后退，似乎想悄悄脱离人们的视线。但她没走几步，雪吟殊头也不回，只缓缓道："玉夫人，不管我出不出手，也不管这个密道的出口通向哪里，只要我不说让你走，你就走不了。你可相信？"

　　他没有任何别样的举动，说出来的话却不容置疑。此刻落到密室中，虽然有点意外，但其实于大局无碍，他的人随时可以出现在他希望的任何地方。密室中虽然各人各怀心思，但说到底，只有他是真正掌控全局的。

　　然而他又是了解信息最少的。

　　玉霜霖显然也清楚这点，迅速地道："我知道，你不过是想听个故事。但这故事太长，不适合在这个地方讲。"她目光幽深，似乎落在不知名的地方，"要是你信得过我，来日清风朗月之下，再细细说起可好？"

　　"这里不合适，可以上去说。"雪吟殊笑道，"魅的形迹一向难寻，如果不是夫人别有所图，也不会困在这里。想走可以，至少把话说完。"

　　"太子殿下，你也不用急着弄明白月见阁的事。"玉霜霖忽然笑了笑，"因为，那不是什么让你开心的事情。"

　　"这不是你应该关心的，你只需要把你知道的告诉我。"

　　玉霜霖的神色变得有些迷离。雪吟殊紧紧盯着眼前这个女人。他常常觉得，自己和那些神秘的过往之间隔了一条茫茫的大河，这条河也许是滚滚如水的时光，也许又不全是。有一些东西面目晦暗不清，隐于暗处，令他觉得它们在伺机而动，说不准在什么时候就会扑上来露出凶狠的獠牙。

　　不得不说，他一定要查与月见阁相关之事，除了那些理性的原因之外，这种不安的直觉也是他不愿承认的一个重要因素。

　　"其实也没什么，"玉霜霖道，"我的老师已经死了，所以归根结底，月见阁只和一个人有关。你一定听说过他，却从来没有……"

　　她的话音戛然而止。

　　一道无形无质的力量袭来。雪吟殊猛地把汤子期拉到一旁，玉霜霖回过身，眼神中有极度的震惊。雪吟殊可以感觉到，这道力量掠过自己身侧时有一丝的迟疑，然而它转瞬就朝玉霜霖直冲而去。玉霜霖的反应也不慢，她的掌间推出一道浅橘色的光芒，刹那间似乎触到一扇透明的墙幕——不，与其说她的秘术被一道墙挡住，不如说那团光芒阻止了墙体的推进，如果不是这样，它早已撞碎、裹卷了玉霜霖的身体！

　　从汤子期的角度可以看得很清楚，玉霜霖使用的是近火的郁非系秘术，而另一头则是控制空气的亘白系秘术。扭曲的空气让光线都卷曲成旋涡状。这旋涡的起点则是那位看林的老羽人。他的手平直伸出，面容狰狞，显然正以全身精神力操控着秘术的攻击。

他的暴起发难谁也没有想到。而且，这样看来，他竟是要置玉霜霖于死地！

他们瞬间就进入正面对抗，其余的人根本无法插手。但僵持的时间很短，透明的旋涡骤然溃散，橘色火焰向老羽人呼啸而去。

然而就在这电光石火的一刹那，汤罗扑向那个老羽人，于是橘色火焰冲上他的脊背，冲击使他与老羽人一起倒了下去。

"老师！"汤子期冲了过去。

显然玉霜霖赢了。然而尽管如此，她也是额上汗水涔涔而下，面色惨白。她不确定似的喃喃道："难道是你……你还活着？你竟然能……"

雪吟殊明白自己应该首先看住玉霜霖，然而毕竟更忧心汤罗的伤势，一时也顾不上她。他过去查看汤罗的情形，按住汤子期道："别动。"

汤罗背后的衣物焦黑一片，但这并不是最要紧的。更重要的是，玉霜霖使用的郁非星力承载了十分深厚的精神力，没有万全准备的汤罗如同被巨浪推打的小舟，血气翻涌，此时不要移动是最好的。

然而却有一只枯瘦的手伸过来，抓起他的衣领。

老羽人似也无以为继，勉力支撑着身体，低声叹道："你这是何苦，为了这么一具躯体，不值得。"

汤罗笑笑："主上有难，以身相代，欣幸之至。"

"可是就算这样，我也无法再用了。"那老羽人露出有些懊恼的神色，而后却是全然的漫不经心。

然后他就猝然倒下。

雪吟殊一把拉起他，却发现他已经死了。彻底地毫无征兆地死去了。

汤罗神情平静，看不出对这个老者的死亡有一点点悲伤，只是咳出一口鲜血，虚弱地闭上眼睛。

汤子期望向老者的尸身，眼中泛起复杂难明的神色。雪吟殊回头去看，玉霜霖果然已经不见了。

"殿下！"此时几名羽族侍从奔来，对这混乱的情形露出惊讶之色，但他们也都是久经考验的人，并没有多问，只是等着雪吟殊的示下。"先上去，"雪吟殊道，"从这儿逃出去一个女人。抓住她，下手不要太重。"

当夜，回到园中之后，雪吟殊立即将那个密室派人看守。那枚空悬的圆石显然是一种秘术造物，出于谨慎，他没有将其随意移动。找了几名秘术师来看，他们都说，从中感受到异常充沛的寰化星力，此外再说不出所以然。

玉霜霖闯入极天城，就是为了这枚悬石无疑。但她受到攻击之后说的那句话是什么意思？"你还活着"，她是对着那名老羽人说的，他是谁？雪吟殊当时的第一反应是章青含，可是越想越觉得似乎没有那么简单。

汤罗舍身为他挡下玉霜霖的一击，并且称其为"主上"。除去羽皇，雪吟殊想不出还有什么人能得汤罗如此回护。当年，章青含虽秘术一道声名远超汤罗，但说到底两人都是雪霄弋旗下同辈的幕僚，不可能令汤罗如此奋不顾身。而更奇怪的是，汤罗为他抵挡了玉霜霖的攻击，他却仍旧悄无声息地死去，给人的感觉似乎是油尽灯枯，而对此汤罗一派平静。

他差人去查，很快查清了那名看林老人的来历。他叫森河，五十年来都是这宫苑中的花匠，十八年前由折仙皇后指派，来到霜木园守林。其时他已经一百零二岁高龄了。他默默无闻一生，并没有任何奇异的经历或者言行。他会非常粗浅的亘白系秘术，却没有任何人知道他具有与魅族秘术师一较高下的能力。

五十年，几乎要赶上羽皇的年纪了。难以想象他的入宫与月见阁有什么关系。然而十八年前皇后命他入住霜木园，看似极普通的一个安排，今日突然蒙上了一层深意。

"所以，堇岚姑姑对于霜木园中的古怪，至少是知情的喽？"知道宫中变故，赶到宫中的碧温玄也一下想到了这点。折仙皇后闺名羽堇岚，曾抚养他多年，私下里他都是这么喊的。

"我也很想说服自己，母亲可能并不知情，可是，还是没办法让自己相信。"雪吟殊露出苦笑，"现在想来，那些年母亲在霜木园中的流连，终究是有原因的。"

碧温玄宽慰道："堇岚姑姑这么做，总有她的用意。"

雪吟殊自然明白好友的善意，但胸中还是有难以驱散的憋闷。虽然他曾后悔，母亲在世时没有问清楚月见阁的诸般原委，但始终觉得是自己的失策，从来没有想过母亲与父亲、汤罗一样，是有意只对他一个人隐瞒。

第八章　树下洞天

"霜木园的布置，是她安排的。"雪吟殊道，"为什么，就连母亲也是这样，在我眼皮底下做了这么多的安排，却一个字也不对我说，怎么能，她怎么能？"

碧温玄的手放上他的肩："吟殊，你现在是一国之主，"碧温玄言辞上是从来不在乎僭越不僭越的，"时至今日，董岚姑姑做了什么，已经没有关系了啊。"

呵，没有关系了。哪怕她是他的母亲，也已经离开这个世界整整四年。她对他的影响不可估量，但终究会慢慢消失。他是这帝国的主人，主宰众生，这一点无从更改。

他望向碧温玄，点了点头，后者的目光悠然春水般注视着他，只是淡淡地微笑着。

"玉霜霖有什么消息了吗？"碧温玄问道。

"很快就会有。这一点倒是没什么可担心的。不过……"

"说到这个，不如我来求个情吧。"碧温玄笑道，"我知道你要找她盘问些事情。虽然之前闹得不太愉快，但她毕竟有恩于我。我年幼遭遇变故时，如果不是她和章青含从旁相助，我今天也不可能坐在这里。所以，由我负责把她带回来，如何？"

雪吟殊苦笑道："其实我并不想为难她。她丝毫不肯合作，我也是迫于无奈。"

"关于这点我倒是可以解释解释，"碧温玄道，"两个月前，你们在溯洄海巡弋的官船，是不是击沉了一艘海盗船？"

雪吟殊的目光闪了闪："一直以来，溯洄海海盗猖獗不衰，近年更有雪砂盐泛滥成灾。海军和他们发生冲突，互有伤亡，也是常事。前一阵子确然剿灭一队海盗，难道说……"

"我也是刚刚得到的消息。这些年玉霜霖隐姓埋名，混居于海盗船'风鸦号'中。她此次回来的原因是什么我不清楚，但多少和'风鸦号'覆亡有关吧。"碧温玄得意地拍了拍雪吟殊的肩，"你看，这些海上的事，你还是不如我清楚啊。"

雪吟殊则若有所思地看着他："你这么说了，我当然可以信得过。"

"其实吟殊，玉霜霖没什么可担心的，我更在意的是那个姑娘。"碧温玄露出玩味的笑容，"汤子期，是个很有趣的人。"

"有趣而危险。"

"所以呢？你是为什么让她到霜木园去？"碧温玄幽幽地问。

雪吟殊一愣："什么？"

"霜木园是堇岚姑姑生前最喜欢的地方，也是她辞世时的所在，你平日是不喜欢有人到那里去的。"

"我只是随口……"

"真是随口？"

"当然。"

碧温玄"嘁"了一声，显然不信。

当时只是不想让汤子期那样心想事成地留在自己身边，才随意指派了一个地方。选了霜木园，只是随口。

回想起来，只是因为当时那种没来由的感觉吧。"难道你不觉得，她给人的感觉，和我母亲很像吗？"

"哪里像了？"碧温玄叫起来，"堇岚姑姑温柔端庄，贤淑慈祥，哪里像这个汤子期……"

"她们的眼睛很像。"雪吟殊简单地说了这样一句，便不再说。

她们的眼里都有一种慧黠。更重要的是，她们注视他的目光中有一种类似的说不清道不明的情感。这令他心惊，虽然他不清楚那是什么。

第九章

魅 影 如 歌

"老师，这一切本来和你全无牵涉，你做的这一切，值得吗？"

"没有想过值不值得。"

"可是别人欠下的债，你永远也没办法还清。"

"不是还债啊，我只是……只是想再看那孩子一眼。"

汤罗感觉自己在一团迷雾中，找不见来处和去处。他觉得累了，想要坐下来，一低头，一个十来岁的小女孩仰头看着自己。他的心里忽然一动，不由自主地去拉小女孩的手。

孩子的手又软又凉。孩子小鹿般望着他，嘴角咧出笑容："所以，你要推我下去吗？"

汤罗猛地睁大眼睛，发现浓雾散尽，自己站在一个悬崖边，毫厘之外就是看不见底的深渊。他一动，脚下的砂石簌簌滑落。他踉跄着后退，猛一甩手，不知怎么那孩子就轻飘飘地飞了出去。

他是想拉她回来的，可是没办法。他只能趴在崖边眼睁睁地看着她如飘絮一般落向深渊。

她的眼神里有恨意，可是神情却那样镇定，就像即将粉身碎骨的不是自己，而是他汤罗一样。

汤罗惊出了一身冷汗，一下子从噩梦中醒了过来。

但确实仍旧有一双深褐色的眼睛看着他，只不过眼神柔和，带着微微的欢欣："呀，老师你醒了。"

"这是哪儿……"汤罗摇了摇头，想让自己彻底摆脱梦魇。

"是汤府，"汤子期摸了摸他头上的毛巾，感觉凉了，便取下来，"您觉得还好吗？"

"我没事。我们那时在霜木园……"

"那已经是两天前的事了。老羽人死了，玉霜霖跑了。当然，雪吟殊也没有为难你我。"汤子期笑笑，"否则，我也不能回来照顾你。"

汤罗闭上眼睛："给我准备入魂香吧。"

"老师你刚受了伤，身体虚弱，不应该在这个时候去见他。"

"不用说了，我自己有分寸。"

汤子期不再劝，起身捧起案上的香炉，来到床前。她照着汤罗的指点，找出他压在箱底的锦盒，把它放在汤罗手边。然后她扶着老师坐了起来。

"那么，我出去了，有事叫我。"

说完这句，汤子期退出屋内。房门四闭，青烟漫起，她在屋外都忍不住去想汤罗将要见到的情形，忽然打了个寒战。

人的精神是很奇怪的东西，又脆弱又强大。在特定的时候，它可以把红颜认作枯骨，也可以把斗室看成沃野。当用某种方法把肉身对现实的感知全部屏蔽，就会有另外一个世界徐徐开启。

什么是真，什么是幻，凭心而定罢了。

她守在屋子外面的院子里，想了想，叫来一个府里的仆人："大人醒了。去准备一壶最好的茶来。"

仆人道："姑娘，有客人来了吗？"

她抬头笑了笑："客人很快就会来吧。"

她在院子里一个人喝茶。秋叶京最好的茶，入口微涩，香气散开了，是一种暖融融的感觉。可是茶这种东西，太温柔了。她还是更喜欢酒一点。她不禁有些怀念之前去过的夏阳，喝过那里的苦艾白，那样强烈刺激的味道，可以让人真切地意识到，自己还活着。

轻飘飘的脚步声响在院外，又响在院墙之上，类似于雪落的声音。汤子期默默地听着，不言不动，默默喝着自己的茶。外头那人显然还在犹豫，但形势会逼着她立时做出决断。果然，不久之后一道影子一晃，她还是落在了院中。

也不知道是不是错觉，魅哪怕成了人，投下来的影子也特别浅淡。女人似乎并不想隐藏自己，只是望着汤罗的屋子，神情微冷。

"你来了，"汤子期道，"你一直在等他醒。可是，你为什么早不来？这时候来，他是不会见你的了。"

"他让你在这里等我？"

"不是的，我自己在这里等你。"

玉霜霖脚步轻移，来到石案旁，拿起一盏残茶，轻轻转动："为什么？"

"因为现在，只有我愿意和你做个交易。"汤子期放松地把自己的茶盏斟满，"你想得到月见石，那是不可能的，可是你想知道的东西，我没准可以透露一点。"

玉霜霖紧盯着她："你知道我想知道什么？"

"你没有从一开始就联络汤罗，无非是觉得月见石还是你所熟悉的那个东西。可是现在，你终于觉察到它的不同了，对不对？你想知道它到底发生了什么变数。"

"好。"玉霜霖道，"既然你说要交易，那你想要什么？"

汤子期像是自语般道："你还记得你自己虚魅时候的事吗？"

玉霜霖霍然退后半步，姣好的面容蒙上一层寒霜，连手中的剑都隐隐有出鞘之势。魅对自己凝聚之前的种种一向讳莫如深，这么问确然是很失礼的。汤子期却坦然看着她，接下去吐出的字眼更加冷锐："不记得了吗？那么我想知道，章青含章先生，是怎么死的，死时又是什么样的情形。"

"你到底是谁？"玉霜霖终于忍不住喝出声来。

那些事已经久远到不会有人追究，何况就连当时，雪霄弋与汤罗也只是惋惜他的不幸身故，而没有深入去细究他的死因。为何这个年轻的姑娘却如此紧抓不放？

"这只是我想要的一小部分，"汤子期却像一点也没觉察到她的杀意，反而轻快地笑着，"但是，我要得虽多，对你来说，却也不是什么不划算的买卖。或许你我最终想要的，是一样的呢。"

"我为何要信你？"

"如果你不信我，会怎样呢？"汤子期掰着手指头，"保守估计，这宅子外面，现在有十五名想要捉拿你的暗卫。要不是因为这里是汤府，他们不敢擅自闯入，我想又是一番苦战吧。"

玉霜霖静默着。汤子期看了地上一眼，极细微的血迹落在石板上，洇开的红点如同石头上本来的斑迹。"而且，你受了伤，撑不久的。"

她闯进皇城内宫意图盗宝，此罪可轻可重，但雪吟殊要拿住她，这倒是真的。那夜她趁乱逃出已经是侥幸了。他不愿闹得尽人皆知，没有公开搜捕，但如果不是不想将她重伤，就连这两天她也是躲不过的。

眼下想安然脱身是不可能的了。她既已回来，也并不想走。只是听汤子期这么说，她反倒笑了笑，傲然道："我玉霜霖不是什么磊落的人，可是也不喜欢威胁。"

魅的身影很快消失了。汤子期看着笑笑，一点阻拦的意思也没有。她只是拿起桌上的茶，送到嘴边，却已经凉了。

她估摸着时间差不多了，回到汤罗的房间。汤罗已经穿上家常布袍，坐在桌旁，除了面色苍白之外，看上去并无大碍。

她步到一旁，点亮了蜡烛："老师，回来了。"

汤罗点了点头，她又问："他说什么了？"

汤罗语气中有深深的疲惫："你想得没错。他说一切依你的意思行事。"

汤子期静了一会儿，笑道："可是我倒没有想到，他还有另一个壳子呢。"

汤罗微微偏开头，不愿回应，他转了话题："玉霜霖来过，你把她吓跑了？"

"不是我故意吓她的，她自己心虚，我有什么办法？"

"要是你费点心思笼络她，没准还是能让她好好合作。"

"没办法的。"汤子期拨了拨烛花，摇晃的火苗在她脸上投出淡淡的影子，"因为说到底，她真正想要的东西，已经不在这个世界上了啊。"

她在夜色中行走，无边无际的黑暗像要把她吞没。身后的追兵如影随形，甩也甩不去。羽人真是太讨厌了，他们有着比人族轻盈得多的步伐和十分充足的耐心。他们在不同的地方围堵她，可架不住她鱼死网破的架势，又多少有点投鼠忌器，倒几次让她逃了出去。

其实就连她自己，也没有想到自己现在还有这样的血气。她想，自己一直是最软弱的，不然当年也不会在老师惨死之后，抛下一切，避世而去。若不是"风鸦号"给了她一个安身之处，还不知道会在哪里流离。这安身处太安逸，让她以为自己这一生也就这么倏忽过了。

然而现在"风鸦号"已经沉了，是被翊朝的官船击沉的。想到这个，她就觉得越来越浓烈的疲惫感袭来，让她想要停下来。

汤子期说，没有人愿意和她交易，其实不对，只是她不愿意和摧毁"风鸦号"的人做什么交易而已。

她最终在一个废弃的树屋里停了下来。身后的声音似乎真的安静了下来，要不然，就是因为她的听觉不再敏锐。她想起离开越州南边的溯洄海时，有人对她说："活下去，做你想做的事情，不要犹豫。"她以为自己终于可以回头面对一切，到头来才发现，巨大的压迫之下，还是会想放弃……

她想，也许是自己过惯了逍遥的生活，吃不了苦，也坚持不了太久。她在屋中坐下，克制住自己的喘息，几乎想要睡过去。

屋外一条条无声的黑影接近，包围了这个残旧的屋子。等到人都到齐，为首的招了招手，人影移动起来，每个人都守住了一个可能脱逃的要道。

最棘手的任务可能就是这样"要活的"。玉霜霖的行动非常灵巧，更何况秘术惊人，真的是十分令人头疼。不过这时候，就算她变成羽人，也插翅难飞了吧。

他们正要动手，一盏灯自远处摇晃着过来。暗卫们只好停止了行动，等着它接近。它看似慢吞吞，其实没一会儿就到了眼前。一个长袍木屐的青年来到了屋前，他满不在乎地推了推门，门没有开。他想了想，似乎才想起什么，从身上摸出一把钥匙。

暗卫头领暗暗叫苦。隐梁公子这张脸，他还是认识的。他实在不知道这人为何跑到这个地方来，而屋中尚有未知的危险。他只迟疑了一瞬，不得不硬着头皮现身。

"碧公子！"

碧温玄回头一看，对于出现在眼前的黑衣人一点都没有惊讶，很是和煦地打着招呼："小风，你也在这儿啊。"

暗卫头领面色有点绿了。他姓风倒是没错，可是没人叫过他小风，他也搞不清楚这位公子哥儿到底是认识自己还是随口乱叫的。他只好问："公子怎么在这里？"

"这是我家的谷仓，我来看看。"碧温玄指指眼前的房子，理直气壮地说。

暗卫头领在心内大骂。这个小破屋子里面哪有一粒谷米，而且大晚上的，他一个鲛国的贵公子，看什么谷仓。他不得不说："我们在执行任务……"

"嗯，"碧温玄做了一个停止的动作，"你不用说。现在没你们的事，你们可以回去复命了。"

暗卫头领一时没反应过来，碧温玄又说："这里头藏着的，是雪吟殊让你们捉拿的人。你找着了，见着了我，这之后的事，和你们再没有关系了。"

暗卫神色有些冷了下来，手放在刀鞘上："属下是为殿下办差，不可如此行事。"

"我是一个人来的，"青年仍旧不紧不慢，"连我家阿执都没有跟来。你们这么多人，拦着我很容易，可是这里风这么大，我可不想老是傻站着。"

暗卫头领瞪着他，看着他把门打开，大摇大摆进了屋子，一时不知道该不该出手阻拦。他摆明了要截下这个目标。然而他这么文弱的一个人到这里来，仗的不只是与太子殿下的交情。他们这些人，还真不敢对鲛国公子动手。

"回报宫里，这儿继续守！"最后暗卫头领只能咬牙对自己的人下了这样一个命令。

碧温玄走进屋中，自己手中提着的灯照亮了半间屋子。魅女持剑在手看着他。他有时候忍不住惊叹，魅是那样一种奇特的造物，汲取世间的精神游丝，从最开始的无形无质，到希望融入人群，真正地体验和感知世界，于是千难万险地凝聚成形……也许是荒神为了补偿他们，所以绝大部分魅不管经历多少沧桑，面容都很难苍老。就像现在，玉霜霖虽然满面倦容，但一双眼睛仍是清明的。他们僵持了一小会儿，玉霜霖扬了扬眉："阿玄，你长大了，你想怎样？"

"玉姨，不要那么紧张嘛。"碧温玄慢慢走近，"我是来帮你的，你可能信我？"

"哦？"玉霜霖的神情柔和了一些，"为什么要帮我？其实我们也不过在你幼时有过一面之缘。"

"能把救命之恩说得这么轻描淡写，我更是要有所回报才是。"

"你要怎么帮我？"

"太子殿下所要的，只不过是一段往事。对你来说，这应该只是举手之劳。"碧温玄谆谆善诱道，"我虽然不能直接放你走，但此件事完了就不再纠缠，我还是可以保证的。"

玉霜霖不耐烦起来，心里想着覆灭"风鸦号"的罪魁祸首，道："我不愿意和翊朝打交道。"

"是因为'风鸦号'吗？"碧温玄笑笑，"动手的是翊朝官船没错，但'风鸦号'在溯洄海多年逍遥，为什么会一朝覆灭？始作俑者真的是翊朝官方吗？"

"你是什么意思？"玉霜霖一把抓住了他的胳膊。

碧温玄安抚地覆上她的手，温言道："更多的我也不清楚，毕竟海上的消息到我这里时已经转了许多道了，但溯洄海这段时间风浪诡谲，相信你也深有感触吧？"

"不管是谁干的，无论如何，船和人都无法再回来了。"玉霜霖漠然道。

"可你那夜来，难道只是为了看一看阿执？"碧温玄握着她胳膊的手猛地收紧，目光由温意变作咄咄逼人，"不要告诉我，你只是想她了。我不知道你到底想要什么，但你千里迢迢逃得命来，这么简单就要放弃吗？"

玉霜霖沉默着。

窗外传来一点点细微的响动。碧温玄走到窗边，撑起一点破旧的草帘子往外看去，平静地道："他们走了，你自由了。话我只能说到这儿，要是你想就此离开，我绝不阻拦。"

玉霜霖这时终于慢慢放下手中的剑，笑了笑："小阿玄，你既然来了，我也不叫你为难。你那位太子朋友想知道的故事，我可以讲。但我也有想要知道的事情，你也要让那些知道内情的人开口。"

碧温玄回头蹙起眉，试探地道："你是说……汤老爷子和他的女学生吗？"

"看来，大家想的都差不多。"玉霜霖面色苍白，眼中却生出一道亮光来。

第十章

公 开 一 切

这天清晨，一打开汤府的院门，不承想一个柔软的身躯就扑了上来，汤子期一惊之下揽住怀里的人，小姑娘天真的面庞就近在眼前了。

"嗯？阿执？"

"汤姐姐，鸟儿，飞！"

"阿执是说，鸟儿会飞了，要让它回到天空去，是吗？"

"嗯！"

少女已经直起身子，银尾雀在她的怀里不安分地摆着头。汤子期看着这天真烂漫的小姑娘，心里头倒有点踌躇。

"阿执，你是一个人来的吗？"

"不是，阿玄说，御风亭！"

转头之间，碧温玄与雪吟殊出现在门外，两个人身着常服，在清晨的阳光下神采奕奕。汤子期想了想，对阿执说："阿执的意思是，要去御风亭放飞鸟儿？"

"嗯！汤姐姐一起。"

于是这场郊游说走就走，就像随心所欲的一次花开。

擎梁山终年积雪，等到山麓上的春雪融尽，积寒之下热烈的生机才焕发出来。莺飞草长，红杏白梨，竞相争艳。要说这盎然春色中有什么风雅而无人叨扰的好去处，那就是御风亭了。

第十章　公开一切

秋叶京倚山而建，出了城向北而行，曲折蜿蜒的小道一路往上，便可依稀看见一处青木碧瓦的亭子。它建在悬崖边突出的嶙峋山石上，就像会随风而动，常人要攀岩而上十分困难。据说这亭子当年是几名可以日日飞翔的羽族贵族建成的，百经风雪，依然挺立。

两位公子，两位姑娘，加上各自的随从，一行人悠悠然然来到御风亭。要上这么一个地方，对别的人都没什么难处——其他人要么是能飞翔的羽族，不能飞的也都有一副好身手——只有碧温玄从来体力不佳，秘术修习也是三天打鱼两天晒网，让他爬这个山，等他上去恐怕天都要黑了。

看着弱不禁风的碧温玄，雪吟殊微笑起来，拽住他的胳膊："我带你上去。"

碧温玄却抽出手连连摇头："不要不要。我要是连这都上不去，岂不是大大丢脸？"

他走到御风亭下头，吹了声响亮的口哨，不一会儿就有一个藤织的篮子自上面放了下来，青色的藤条上缀了一枝火红的云炽花，十分好看。他施施然走到篮中坐下，得意地朝众人挥了挥手，再抬头时，看见阿执的一只脚已经跨了进来。

"阿执……这个篮子只能坐一个人。"

"阿玄在哪里，阿执就要在哪里。"

碧温玄感到自己有些失算："这个……要不阿执先上去，我一会儿再上好不好？"

阿执定定地看着他，他跨出篮子来，阿执也跨出来；他跨进篮子里去，阿执也跨进去。少女怀里拢着银尾雀，一句话也不说，一脸淡定地挤在他身边坐好。

碧温玄看着身边的女孩子，抓着头发甚为苦闷的样子。雪吟殊却十分幸灾乐祸："好了，还磨磨蹭蹭干什么？快让上面拉上去。"

"我也不知道这个东西载重多少，要是坐两个人，绳子真断了那可是粉身碎骨的事！"碧温玄连连摇头。

雪吟殊却不管，上去就拉绳子。上头的人得到信号，果然就转动轮盘，装着两个人的篮子就晃悠悠地离地而起。看碧温玄苦着脸，雪吟殊道："别担心了，摔不着你。"

他向云辰打了个手势。他和云辰就展开双翼，随着碧温玄与阿执缓缓上升，护着他俩。反正不管这个装置是谁做的，按理说不会连这样两个瘦瘦弱弱的人都受不住。万一真的出了事故，他和云辰两个也正好可以一人拽住一个。

等到人都上去，御风亭里花、果、酒、茶已经一样不少。之前的吊篮装置立在崖边，是两个河络在操控，只要一拉扳手，轮盘就会自动转动。

雪吟殊想起一件事来，之前上山的路上，见到过三三两两的河络，看上去不似平常。他问起来，碧温玄就说："那些是来建'山中歇'的河络，你忘了？这件事你可是点了头的。"

他这么一说，雪吟殊就想起来了。去年碧温玄讨要擎梁山的一处地块，说要建一个专门供给河络的地下客栈。虽说大部分河络已经适应地面上的生活，但他们对地下城始终怀有一种情结。每年因游历或商贸经过秋叶京的河络不计其数，但最正宗的河络客栈也只是各色物事尺寸较小的居所而已。怎样能让客人满意，让河络们宾至如归，当然是碧温玄这样的生意人需要绞尽脑汁的了。他决定在擎梁山下修建一个地下客栈，专供河络使用，还有一个原因当然也是能够更集中地获取来自河络内部的消息。

阿执手里捧着银尾雀，抬头看了看天空，又看了看碧温玄，忽然道："阿执舍不得！"

"不是在家时说好了，要放飞鸟儿的吗？"碧温玄道，"在笼子里待一辈子，鸟儿会不开心的。"

"鸟儿飞走了，阿执不开心！"

汤子期握住她的手："鸟儿会飞过千山万水，看到许许多多阿执不能看见的东西。也许有一天，还会带着它的孩子回来看阿执。这样阿执开心吗？"

少女歪着头想了一会儿，然后重重点头。

她恋恋不舍地将银尾雀放在脸旁蹭了蹭，忽然伸直双臂，张开手掌。雀儿在她的手上轻轻啄了两下，振翅飞上天空。

"鸟儿开心，会找到家吗？"

"一定会的。它会自由自在，找到它自己的快乐。"汤子期看着远去的银尾雀，眼中流露出不自觉的向往，认真地回答道。

雪吟殊看着两个姑娘，没有察觉到自己的唇角露出了微笑。她们如此欢欣喜悦，消失在天幕中的那只鸟儿那样自由自在和快乐……他从未如此由衷羡慕。

第十章　公开一切

但对于他，这只是一瞬间。他还是收起笑，向碧温玄道："她来了吗？"

"她？"汤子期敏锐地回过头来，"我想也是，殿下和公子让我到这儿来，恐怕不会仅仅是陪阿执放飞鸟儿这么简单吧？"

雪吟殊看着她，目光深沉。碧温玄却笑眯眯地抢着道："我就说了，汤姑娘心里一定明白。再说，放飞了鸟儿，我们家阿执多开心啊。"

"只是殿下事务繁忙，如果不是确有要事，恐怕不会有这样的雅兴吧。"汤子期笑笑，"而她和公子颇有渊源，要找一个见证人的话，碧公子是最合适的。因此我想，也不会有别的事了。"

"可不是吗，"碧温玄十分理所当然地道，"我是受人之托。汤老爷子身体有恙，实在不好意思叨扰，只好麻烦姑娘了。"

"所以，玉霜霖来了吗？"

随着这句话掠过一阵微风，空气里甚至生出隐隐的香气。远远地，山麓之上，一名穿着月白长裙的女子沐风而来，头戴长长的帷帽，颇有飘飘欲仙之感。今日的玉霜霖少了几分戾气，多了清雅的风韵。她来到众人面前，欠了欠身："诸位久等了。"

"但你们又怎么知道，我愿意把一切都说出来？"汤子期的声音蓦然低沉，眼睛一转不转地看着雪吟殊。

"因为你们相互间信不过，而你也有想要从她那里知道的东西。"雪吟殊缓缓答道。

"汤子期，我先兑现曾向太子殿下允诺的故事，"玉霜霖坦然在亭中坐下，"之后，我们再交换彼此想要的信息，如何？"

"好。"汤子期嘴上答应了，随之却长长地叹了口气。那个人一直在避免这一切，汤罗一直在回避这一切。可是她既然来到这个风云变幻的秋叶京，总有一天是要将一切说开的。

玉霜霖沉默片刻才又开口："还是从月见石说起吧。它是在二十九年前诞生的。那时候，当今羽皇还只是澜州雪氏的家主。当时雪霄弋与家师章青含是好友，四处游历，一年只有三个月时间在京中，这个你们知道吧？"

雪吟殊点了点头。他的父亲雪霄弋一直无意于政事，年轻时就有言论，说九州即将覆灭。他为此追逐各方异象，想要弄清九州覆灭的原因，以及何去何从。可是，虽然近年灾难不断，他却并没有多少证据证明这个世界如他所说的危如累卵，这就只能被视为疯魔之语了。

"当时我也跟在老师身边。我们在宛州经历了一场秘术暴动，许多寰化秘术师不知经历了什么，失去理智，用精神控制术控制平民百姓自相残杀。我们百般调查之后，终于发现一处极其强大的源自寰化主星的星力源流。那些寰化秘术师想要利用那股力量，却遭到了反噬。寰化星力本无正邪之分，只是那些人太过贪婪，释放出了心中的无尽欲念，才酿成大祸。于是大家群策群力，最后老师以身犯险，终于将那股喷薄流泻的寰化星力封印住，让周边恢复了平静。"玉霜霖提到恩师章青含，声音悠远，"据陛下与我老师推测，那是一片寰化星脉，不知何故出现异变，就像要将自身全部的星辰之力在短期内释放出来。而封印完成之后，这股力量就只剩下一个出口，那就是一枚小小的圆石，也就是你那日在林中看到的那枚……月见石。"

雪吟殊眼光一闪："星脉是什么？"

玉霜霖道："我们在游历中曾发现一些星辰力特别充沛的所在，陛下赐名叫星脉。它们究竟是怎样诞生的我也不清楚，只是陛下曾说过，若星脉是一片沙漠，那么星流石不过是流散的一颗碎沙而已。"

雪吟殊与碧温玄脸上都显出惊讶之色。

"星流石本就是诸神赐给凡间的礼物，可以使一名秘术师获得远超自身上百倍的力量。星脉如此强大，为什么此前从来没有听说过它的传闻？你们发现了多少处星脉？"

"你无须在意，"似乎看出了雪吟殊在想什么，玉霜霖道，"星脉一向只有陛下一个人能够明确感知，感受不到的人自然不会相信它的存在，因此无须过于担忧会引起动乱。星脉应该在九州大陆存在已久，并没有人能够真正利用它。"

"原来如此。"雪吟殊暂且放下这一块的忧虑，让注意力回到月见阁上，"按照夫人所言，月见石就是宛州寰化星脉的缩影了？"

"不是缩影，而是泉眼。"玉霜霖纠正道，"它本身只是普通的白英石，但却可以调引那个寰化星脉的力量。如果说那一片星脉是寰化之力汇成的大海，家师所做的就是将大海封闭，只留下月见石这一个出口。而在这之后，寰化星脉本身则沉寂下去，再无异象。"

玉霜霖的语气云淡风轻，可是在场之人都感受到一种激荡之情。哪怕是汤子期，其实也没有真正听过月见石最初的来历。她对那个世界极熟悉，却从未

第十章　公开一切

这样跳出它本身，对它进行审视。

"看来章先生确是不世出的寰化秘术大师，连星脉这样的力量都可以操控。"汤子期心情复杂，语气微冷。

"这倒也未必，"玉霜霖却不以为意，"只是那片寰化星脉出了异象，老师借用它自身之力，将它修正而已。而且，我们确实无法将其完全封住，最后才会留下月见石这样一个造物。

"在最初，月见石所连接的澎湃而无序的寰化星力几乎连老师都要被反噬，只要接近它，老师那样强大坚定的精神都难以保持稳定。我们都觉得应该找个地方将月见石二次封印起来。然而老师怎样也不愿意舍弃它，因为他难以放弃那样强大的星辰之力。他甚至不一定要利用它，而只是出于一个秘术师对星辰之力的崇拜。"

"可是现在的月见石，似乎并不会干扰接近者的精神。"雪吟殊想起当日看到月见石的感受。而且近日在它周围的守卫，也并没有发生什么精神上的变化。

"现在的月见石是安全的。因为老师找到了令它稳定甚至是'使用'它的方法。"玉霜霖语气愈加深沉，"那就是，找一个与之相合的精神体，进入月见石，成为它的核心。智慧种族的意识是强大而有序的，这样月见石的寰化星力也会从混乱变为有序，进而收放自如。只是要找到这样一个人是很难的，他必须遵循某种特质，自己对此也必须拥有坚定的信念才行。当时老师和我们这些他门下的秘术师，都不符合那种特质。不过就在他几乎要放弃的时候，终于找到了这样一个符合条件的人。

"只要他愿意进入月见石，成为它的核心，就可以改变一切。"玉霜霖接着道，"当时陛下对灭世之说的查证也进入瓶颈。九州战火缭乱、灾害频发，很多地方我们都无法前往。他意识到，关于灭世之说、关于星脉，要找到更多的佐证和信息，首先要做的就是一统九州，这样一切才可能顺利进行下去。他们当时苦于没有一个契机。而我的老师则想到，如果月见石真能稳定下来，它强大的寰化星力一定可以造就一个无与伦比堪比的鬼魅的情报组织。

"他们对那个人也是这么说的：'你是否愿意踏平九州战乱，终结这生灵涂炭的乱世，还六族一个明净的天空，令羽族傲翔于世？你是否愿意为这愿景牺牲一切甚至是生命？'那人热血沸腾，大声答'是'。于是在我们的法阵护持之下，他真的抛弃肉身，以纯粹的精神形式投入月见石中，成了这个秘术造物的一部分。"

"真的只是这样吗？"汤子期忽然问，眼中压抑着一抹哀痛，"真的是他自己心甘情愿，而没有人劝说他、引导他，甚至是诱骗他吗？"

"呵，什么是劝导，什么又是欺骗呢？"玉霜霖平静地道，"每个人都只能说出自己看到的东西。我只能说，那个时刻，他真的是发自内心的愿意。否则仪式是不可能成功的。"

"那么，他死了吗？"碧温玄问了另一个问题。

"他的肉身死了，精神当然没有死。但他的精神是否与月见石融为一体、他到底会面临什么，当时我们没有人知道。在他进入月见石之前，老师教会了他授语之术。最初他当然不会使用，但在进入月见石之后，他将自己的精神碎片分出二十五份，寄放在二十五名当时最优秀的间谍身上。在强大的寰化星力支持下，这件看似不可能完成的事情真的成功了。"

"那些人就是月晓者？"雪吟殊有些难以置信，"你是说，月晓者自己其实根本不会授语之术，他们放出去的精神碎片，都来自那个进入了月见石核心的人？"

"正是。但那个人却无法再操控那些精神碎片了，它们只能由各个月晓者自己控制。而很快，他自己也和外界失去了联络。我们再也感知不到一点点他的存在，不知道他的精神是否真的消融了。好在月见石与月晓者的运转十分正常。此时，人族大举来犯，中州之役中，陛下与月见阁一战成名。之后就是创立帝国，月见之名传扬四方，令各方都深怀忌惮。更多的事情应该就不用我说了。"

将近三十年，令各方闻之失色的月见阁，仅仅依附于一个将授语之术运用到极致的精神体，这恐怕是谁也想不到的事。但雪吟殊想到的是另外一件事，他面沉如水，道："这些事情，他们为什么不肯告诉我？不管是父皇、母后，还是汤罗。我看不出来这一切有什么极力向我隐瞒的必要。"

玉霜霖轻轻一叹："你怎么没有问，那个放弃一切进入月见石中，凝聚了紊乱的寰化星力的人是谁？"

雪吟殊心头忽然泛起一阵强烈的不安，背上一片寒意。他强自按下这微微的恐惧，问道："他是谁？"

"他就是羽皇与折仙皇后的长子、当时澜州雪氏的太子雪咏泽。"

雪吟殊腾地站了起来，"不可能！"

第十章　公开一切

"为什么不可能？哪里不可能？"

雪吟殊直直地盯着玉霜霖，像要看穿她的谎言。可是玉霜霖声音平静，帷帽之下似乎没有一丝变化。雪吟殊咬着牙，想要反驳，但终究一个字也没有说出来。

为什么不可能？那一瞬间，他发现这种"不可能"却是那么地合理。他一直是帝后唯一的子嗣、雪氏唯一的帝胄，一生下来就被立为太子，一切就像是理所当然的。然而，他的确隐隐约约地知道，自己曾有个兄长年幼时早夭。但为免帝后徒增伤心，所有人都避免提及早逝的那名幼童。久而久之，所有人都彻底忘了他，包括雪吟殊自己。

那个人似乎没有留下任何痕迹，哪怕是一件旧物，抑或是……一个牌位。没有陵寝，没有墓牌，没有祭奠。这一切风平浪静时不需质疑，一旦质疑，便再掩不住触目惊心的真相。

他那天恩泽世的父母不愿意让他知道，他们的第一个孩子，是这样子被毁掉的。

有一个人先他而生，本该拥有他所拥有的一切。

有一个人绝不存在于这世上，却生死未卜。

有一个人舍生取义，成就了现在这个帝国，可是现在，却已成为帝国的一个暗面……

"啪！"

清脆的一声响，一只茶盏跌落在地，摔得粉碎。这声音让这一刻有些失神落魄的雪吟殊蓦地凝聚了心神，而摔碎了茶盏的汤子期笑笑："不小心手滑了，抱歉。"

雪吟殊被这一声脆响警醒，很快恢复了自己的镇定和敏锐，冷锐地道："玉霜霖，照你所言，事情发生时他还是个幼童。一个孩子，分得清什么是决绝，什么是冲动？也罢，不提这个，你还没有告诉我，霜木园中的看林人森河是谁？"

"这却不要问我了。殿下，我的故事已经讲完了。"玉霜霖转过头对着汤子期，"我虽然有些猜测，可很多事情，更需要汤姑娘解惑呢。"

第十一章
故 人 成 殇

那时候，他才七岁。

一个七岁的孩子，哪里懂得什么是决绝，什么是冲动？

是的，他不懂。而那样的话语太过炽烈，令幼小的心灵无法抗拒。"你是否愿意踏平九州战乱，终结这生灵涂炭的乱世，还六族一个明净的天空，令羽族傲翔于世？"作为羽族雪、羽两大世家最受人关注的嫡子，人们总是告诉他，振兴羽族是每一个世家子弟的使命，更何况他天赋绝伦，将来是一定要担负重任的。

他五岁作《月下吟》，文藻华美，借古言今，被宁、澜文人一时传颂；他六岁出行，路遇乞儿，便将自己最喜爱的佩珠赠予，救了那孩子一家的性命；他七岁时，就可用小小的特制弓羽，射落百步之外的一片橡叶……他有过那样好的韶华春光，却终止于这样简单的一个问句——为了羽族，为了天下，你是否愿意？

那是章先生说的。他疑疑惑惑地去问父亲，父亲缓缓点头。他又去问最尊敬的老师，汤太傅低着头，像要掩去眼中的泪水，最终告诉他："是真的。"

于是他就没有去问娘亲。娘亲一定是舍不得他的。虽然他也舍不得娘亲，但为了天下的大业，总是要有牺牲的呀！

这就是他当时最真实最天真的想法。

然后呢？微光闪烁的法阵猛地带来浑身无一处不撕裂的痛苦，天地不再是那个天地，变成了一片极致的混沌。余下的只有黑暗到纯粹的黑暗，虚无到疯狂的虚无，还有那样漫无止境的岁月，无法回忆，无法触及……

汤子期蓦然打断自己的念头。眼下哪里是想这些的时候，稍有差池，就会失之千里。

"雪咏泽还活着，对吗？"率先开口的倒是玉霜霖。可见她想知道这个，也是为时已久。

"当然，否则月见阁又如何能够维持这么多年？"汤子期道，"若非阁主安在，月见石乃至那片寰化星脉，都有再次失控之虞。"

"这就对了。"玉霜霖一拍双手，"我这些年虽远居海外，但也曾听说月见阁阁主之名。我想着除了他也难有别人了。否则头十年没有阁主，忽然冒出个阁主来，岂不奇怪？"

"阁主之名，是折仙皇后传扬出去的。但这一点我也是近年才知晓，我本以为她看出我父亲总想将月见阁引为他用，所以才扶持了一个阁主以为制衡。"雪吟殊不辨悲喜地说道，"现在看来其实不是。"

"其实是折仙皇后时隔十年，终于清楚了自己长子的处境，才想要以这样一种方式，使世人不至于忘了他。是吗？"碧温玄看着汤子期道。

"我想是吧。"汤子期却只看着雪吟殊，"这二十年来，月见石由汤罗持有。他坚信雪咏泽的精神没有崩坏或毁灭，一直想找回那个孩子。与章青含的另有所图不同，他一心一意想要与月见石中的精神体取得联络，并且很快便成功了。他甚至找到了让自己的意识短暂地进入月见石的方法——他，重新见到了雪咏泽。"

雪吟殊终于问道："那么月见石中，是什么样的情形？雪……雪咏泽，又是怎样的存在？"

"他成了那个世界的主人。"汤子期淡淡笑着，"你们知道主人是什么意思吗？就是，他可以任意改变那个世界的模样，无论风霜雪雨、烈日狂沙，无论苍苍林海、茫茫汪洋，无论何种变化都在他的一念之间。他……是那个世界的神。"

在她的描述中，那人是如此俯瞰众生，可不知为什么，她的语气却是那样悲凉。碧温玄心里大为触动，勉强故作轻松道："他付出了常人难以付出的东西，也成了常人难以成为的神，这么说倒也不枉了。"

"可是，如果那个世界上没有人呢？"汤子期继续笑着。

诸人心中忽然一震。对的，那个世界当然是没有其他人的，也不可能有。

汤子期微微抬头，亭子边的一棵树树叶飘落。她手一指，突然问："你们可知道，那片树叶要落在哪里吗？"

"十有八九要落到崖下的吧……"碧温玄回答得快，但话音未落便即收声。因为一阵南风将那叶片卷起，吹进了他们所在的园子，正落在汤子期的脚下。

汤子期俯身将其拾起。"如果，世界上的每一片叶子飘落，你都知道它的轨迹；如果每片叶子是否飘落，其实都出自你自己的意念；如果只要你不主动去驱使，整个世界就是一片死寂，连雨都不会下一滴，再也没有你掌控之外的东西，你会怎样？"

"我会疯。"雪吟殊回答。

"是啊，"汤子期松开手，叶片便随风飘去，"更何况，不管他怎么努力，那个世界的空间都只有一点点。也许是裹化星力终有极限，也许是他还不够强，他创造出的那个世界，始终只有十里方圆。哪怕是肆意翱翔的天空，也有一个极限的高度，算来不过千丈而已。"

雪吟殊犹疑道："他就在这样一个世界里，活了二十九年吗？"

"二十九年算得了什么呢？"汤子期低下头，"因为那个世界不但空间有异于外界，时间也是。那里的时间流逝，要比我们慢上许多许多。所以，他已经在那里度过了很长很长的时光。"

"是多久呢？"

"以我去见他，在其中待上六个对时而言，这外头点的一炷香，只燃了三分之一不到。"

"那……"玉霜霖诧异道，"以此算来，他在月见石中，岂不是已经待了上千年？"

一时间众人尽皆沉默。空无一人的寂寞，没有任何未知的世界，把这当作一场梦也罢。可这场梦对那人而言已经持续了上千年，并且，没有任何醒来的可能。

他们在此处相谈时，短短的每一句话，对他来说都是漫长的时光。这样周而复始没有任何变化的岁月，对他来说没有尽头。

他没有疯，也倒是件奇事。

汤子期前些年常常觉得雪咏泽会疯，但他没有。慢慢地，她便习惯了那人身上的喜怒无常，也就慢慢地相信了，在什么也没有发生的千年时光中都没有疯的人，无论发生了什么都是不会疯的。

最先从这样的震撼中走出来的人，是雪吟殊。他只是一字一句地道："我要见他。"

"你见不了他。"汤子期却断然答道，"不然你以为，折仙皇后为什么会郁郁而终？"

她说得毫无婉转，无异于在雪吟殊的心上又捅上一刀。他一直以为母亲是因为朝政上的内忧外患，心力交瘁才积劳成疾的。他一直内疚自己十六岁以前，没有多为母亲分担一些。可是想到保存在霜木园之下的那枚莹石，想到母亲时常心事重重地流连，他不得不承认，一切都被颠覆了。

但他霎时就封存了心中的千般滋味，只冷冷地道："那你告诉我，怎么才能见到他？"

"并不是所有人都能见到他。折仙皇后就是那样求而不得。只有他真心愿意见，并且与月见石有过精神碎片交换的人，才有可能。比如森河，比如，月晓者。"

"好。那么森河是谁？"雪吟殊也不纠缠，而是单刀直入。

"他是霜木园的看林人。"

"为什么折仙皇后选择了他来守护月见石？"雪吟殊截断了她，"当时他已经一百零二岁了。他那日所用的亘白秘术虽令人吃惊，但以皇后的身份，要找到能力更强、同样忠诚的守林人也并不是什么难事。为什么是他？"

他这样一针见血，令她全无周旋的余地。她只好慢慢地说："森河的身份，我也是刚刚才知道的。他有一点点的精神碎片存于月见石中。寻常人要是如此，必死无疑。可是，只有森河没有死。因为那点精神碎片，使雪咏泽在一定程度上，可以操纵森河的肉身。"

雪吟殊的语气中却充满怀疑："要是雪咏泽可以操纵我们这个世界中的人，那岂不是意味着，他也可以在这个世界中重获肉身？"

"这却是不能的，因为能操纵的时间只有一两个对时。"汤子期叹了口气，"你忘了吗，月见石中的时间速度数十倍于外界，他来到这个世界哪怕只短短一两个对时，月见石中的世界没有了他，也可能天翻地覆，甚至重归混沌。此举不管对于他还是对于森河，都要损耗极大的精神力。何况，那天动用了森河本不能够使用的秘术，所以他才衰竭而死。"

"所以，我猜的倒是对的？"玉霜霖自语道，"那天交手之时，我已隐隐感到他身上充沛的寰化星力与月见石同出一脉。所以，他是自己在守护着自己吗……"

她的声音低微，帷帽被微风吹起，露出一角苍白的面容。汤子期忽然靠近了她："现在你应该告诉我们，你是因为什么而回来的了。"

玉霜霖退开一步："你想知道的就是这个？"

"你从一开始就想要夺取月见石，是想重复章青含做过的事吗？"汤子期逼问道，"二十年过去了，为什么你想再一次尝试？你到底又想到了什么？"

"哈哈，哈哈哈。"玉霜霖忽然发出一阵奇怪的笑声，"虚魅是没有记忆的。可是虚魅在精神上又和一个凝聚成型的魅没有任何区别。叫我怎么说？你们这些羽人、鲛人是不会懂的！"

她衣袂飘飘，隐然有离去之势。而汤子期的反应也出人意料，她忽然抽剑朝玉霜霖掠了过去。

玉霜霖后退着抵挡，然而在快速的换招之间，她显出一种怪异的姿态。碧温玄眼神一动，唤道："温九……"

一旁的雪吟殊却阻止了他："事情不太对。"

碧温玄也觉察到了，玉霜霖整个人在剑影笼罩下给人一种虚幻缥缈之感。而汤子期的攻势虽然绵密不绝，却并不指向要害，似乎只是想逼玉霜霖使出更多的招式。

雪吟殊移步守住向南的通路。云辰、温九领会到他的意思，一左一右卡在了东西两个方位。碧温玄看着中间激烈相斗的两个女子，微微蹙起了眉。只有阿执毫无所觉，好奇地望着战况。

汤子期的剑势终于慢下来，但这是因为玉霜霖的动作显出一种呆滞，她才有意放慢了节奏。不但如此，片刻之后，她忽然凝住了身形，任凭玉霜霖的双手朝自己拂了过来。

"啊，汤姐姐！"阿执才不管眼前场面诡异，只知汤子期似乎落了下风，不管不顾地一扬手，冰凌混杂的水花便朝玉霜霖席卷过去。

第十一章　故人成殇

玉霜霖的手拂上汤子期的身体，然而出乎意料的是，她的手掌就像消失了，只剩下轻飘飘的衣袖掠过。与此同时，阿执的水花将她整个人裹卷着抛了出去。

玉霜霖犹如一个软绵绵的布袋被抛起又落下，摔在地上一动不动。

汤子期用剑尖拨了拨地上的冰花，里头哪还有玉霜霖，只有一件月白色的袍子和轻飘飘的帷帽而已。

"空蝉术。"汤子期有些懊恼似的，"我们真是傻瓜，来的根本不是玉霜霖嘛！"

碧温玄也十分气愤："这个人怎么能言而无信到这种程度。"

雪吟殊反倒笑了："她可和你说过她会亲身前来？"

碧温玄有些尴尬："还真没说。"

"本来空蝉术哪有那么容易瞒得过人，还不是因为我们以为公子你安排好了一切？"汤子期眼里有一抹促狭，"没想到碧公子也有失察的一天。"

"真是难以抹去的污点啊。"碧温玄哀叹着自己的一世英名，"温九，布置人手，重新找到玉霜霖。"

"不用了吧，"汤子期道，"她既然能来这里，说明自己早已脱身。出了秋叶京，要找到她就没那么容易了。"

空蝉术是一种寰化秘术，可以让施术人操纵某个对象作为傀儡。当然本来傀儡是很简陋的，只能行动，难以欺人耳目。即使像玉霜霖这样的高超秘术师想要骗过大家也是不可能的。只是山上声音空旷，她又用了帷帽遮掩自己，众人的注意力被她所说的话吸引，竟完全没有想到这一层上去。

只是精密的操纵难以持久。汤子期觉察到异样之后，以交手试探，果然顷刻就原形毕露。玉霜霖今日用的傀儡本身就是秘术造物，术法消散之下，竟已无踪无迹了。

雪吟殊问："本来你想从她那里获知什么？"

汤子期正要回答，然而她的声音突然被一声巨响掩没，就像震耳欲聋的响雷在滚滚而来。所有人都惊讶地望向声音发出的方向。似乎是擎梁山的某处发生了什么可怕的事情，而且就在这附近。每个人都感觉到脚下的山体在微微地震动。

雪吟殊道："云辰！"

　　云辰道："是。"也不用他多加吩咐，便展翼前往响声传来的方向探查。

　　但只稍停一会儿，还是碧温玄的人先带来了消息。"公子，山中歇出事了！"

　　"到底怎么回事？"

　　"施工中塌方了。具体情况还不清楚。"

　　雪吟殊果断道："先过去看看。"

第十二章

河 络 客 栈

一行人很快到了"山中歇"所在的山顶。那里的场面混乱，有不少伤者，但也都受到了暂时的妥善处置，好歹没到不可收拾的地步。还在忙碌的工人大多是个头四尺左右的河络，包括管事的也是一名河络领工。碧温玄拉住他："到底发生了什么，下面的情况怎么样，还有人在下面吗？"

"回公子，现在我们也不清楚，事情是突然发生的。"那个叫胖大海碌英的河络苦着脸，"已经打好的高度几乎全塌了，下面还有几个人。"

雪吟殊道："是塌方还是爆炸？"

以之前他们在御风亭感觉到的动静来说，不像是天然塌方，更何况由以能工巧匠著称的河络设计建造的地下建筑莫名塌方，也太匪夷所思了点。

"我推测是离沼灯引起的爆炸。"胖大海抚着额头道。

离沼灯是一种适合在地下空间使用的照明方式，没有明火那样加快空气消耗的缺陷，也没有发光矿石高昂的成本，因此常常用在河络开凿的空间中。叫离沼的气体装在透明的密封容器中，点亮便可照明。离沼灯唯一的缺陷是如果泄漏，遇到某些矿石的粉尘，容易发生剧烈膨胀，引发爆炸。

因此离沼灯的外壳坚而不脆，寻常失手摔在地上之类，是不会致使离沼泄漏的，河络对它的使用也特别小心。然而只要是人，就难免会有疏漏。这样的事故虽然少见，也不能说是前所未有的。

"先救人。"碧温玄明白现在不是追究事故责任和原因的时候，"下面的人，位置确定吗？"

"领工，你快去看看！"突然有好几个河络工匠跑来，上气不接下气地抓着胖大海说，"乌鸦嘴疯啦，他要让离沼再炸一次！"

胖大海道："怎么回事？你们拦住他啊！"

出口那里陆续跑出来许多河络工人。其中一两个好像还受了伤，他们围了过来，有一个道："有七个人被困在通道深处了，我们本来要把沙土挖开好救人出来，但是乌鸦嘴说来不及了。然后他就开始要拆离沼灯……"

胖大海急了："这不是乱来吗？你们怎么不拉他出来？"

"我们打不过他，没办法只好找您了……"

碧温玄听得迷惑，问："胖大海，这个乌鸦嘴到底是什么人？"

"他是我们刚雇的一个工人，干活又快又好，就是脾气特别怪，没想到关键时候……"

碧温玄看这几个人说得不清不楚，知道再问也没有什么用，便朝山中歇的出入口走去："我下去看看。"

胖大海却一把拉住他的袍襟："碧公子，这不行，乌鸦嘴如果不听劝，真的再搞出什么来，这儿整块都要毁了！"

碧温玄果决道："我必须去！"

"太危险了，"温九急忙说，"公子，还是让我去吧！"

"我是这山中歇的主人，有些事只有我才能决断！你不用多说了。"碧温玄毫无回转余地。温九心中焦急，却也知道主人平时看似散漫，打定了的主意自己却是劝不回头的。对碧温玄而言，塌方事故已经让碧氏损失巨大了，绝不能让底下被困的工人再有什么危险。何况这同时也事关碧氏声誉。

身边一只小手拉了拉碧温玄的袖子："阿执也要去。"

"阿执不许去。不然阿玄要生气了。"他对这个小姑娘说话的语气也是前所未有的生硬。

阿执噘起嘴，脸上露出不服气的狠劲儿，令他一阵头疼，但他绝不可能让她也跟着自己冒险。

雪吟殊一只手搭上他的肩："你带着阿执留在这里，我替你下去看看。"

河络们与一两个干零碎活儿的羽人犹疑不定地看着他们。

还没等碧温玄拒绝，忽然汤子期就上前一步，高声说道："太子殿下，让我陪您一起下去。"

这一声点明了雪吟殊的身份，河络们露出惊讶的神色。以胖大海为首，在场者纷纷行礼。碧温玄的目光掠过汤子期，泛起复杂难明之色。

帝国的太子，秋叶京至高无上的那个人，这样的身份足以平定人心。而以碧温玄为主导的碧氏，在翊朝的地位也会更加明晰。大家都是聪明人，从雪吟殊为碧氏亲身涉险的举动中，自然能看出一点深意。

他代碧温玄去，足矣。

"汤子期跟我来，温玄留下。"

"不行，这是我的事情。"碧温玄不肯让步，"吟殊，你不要和我争这个！"

"碧温玄听命，"雪吟殊却不理他，高声道，"情势危急，伤者可悯，必须马上尽力医治。我命你在此处置一应事务，不得有误！"

他拿出身份来说这样一番话，当着这么多人的面，碧温玄是无法再反对了。现在的情形也容不得他们再争。他只好拱手道："是。"

"你……凭什么啊。"然而雪吟殊转身而去时，碧温玄仍旧抓着他的手腕。那底下真的是情况不明，最大的危险就是无法判断有多危险，由不得他不焦虑。

"凭万一有什么事情，我逃命比你快。"雪吟殊严肃道。

碧温玄终于松开了手。这几个人的心思转了好几道，但一切对话都发生在转瞬间。胖大海已经引着雪吟殊向入口走去。

汤子期跟随而去，见云辰也跟随一旁，她却叫住了他："云辰，你不要下去，留在这里帮助碧公子。"

她的声音极低，云辰流露出讶色："为什么？"

"这件事情没有那么简单。下面情形不明，上面更不能出乱子。"汤子期看着已经开始调度急救事宜的碧温玄，快速地说，"你是太子的腕臂，留在这里，他的威慑就在，有事也可以代表殿下处置。"

侍从盯着她看了好一会儿，垂首道："是。"

当这个字一脱口，他忽然为自己感到惊讶，因为自己这近乎毫不迟疑的顺从。他再抬头，雪吟殊、汤子期与胖大海三人已经下井了。

对于出现在自己身边的只是汤子期而没有云辰，雪吟殊只是稍稍挑了下眉，未出一语。倒是汤子期主动开口道："我让云辰留在上面了，以防万一。"

他点了点头，算是认可她的安排。吊架上的轮盘开始转动，三人缓缓沉落。底下是河络开凿的奇妙世界。

"山中歇"说是一个客栈，其实称之为一个小集镇也差不多。在规划中，它是个方圆将近一里的地下市集，有着河络传统的各类设施，以供在秋叶京往来又恪守传统的河络做短时落脚之用。但他们刚开始动工不久，开凿的地下空间还没有多少，便发生了这样的事件。

昏暗的微红光线，照着一个俯身认真工作的中年河络。他的身躯健壮结实，面上的皮肤因为汗水而泛出光来。尽管紧绷着身体，但那双琥珀样的眼睛却十分镇定，只注视着手中的工具，目不转睛。

他是如此专心致志，似乎连他们下来都没有觉察，还是胖大海碌英喊了一声："乌鸦嘴，你在干什么？"他才站起来，看见除了胖大海之外的两个羽人，似乎有点吃惊。但他毫无理会他们的意思，只是向胖大海道："头儿，我在救人。你上去，让他们随时准备下来抬人。还有伤药医护也尽快备齐。"

他一说完就又弯腰去拨弄一地的管子，手臂却被人一把抓住。他扭过头，一个羽人英俊的面庞出现在眼前。那双浅褐色的眼睛真诚而又深不可测。

"放开我！"他挣了一下，竟没挣开来。他的身手在河络当中算是不弱的了，竟然被一个羽人悄无声息地制住，还无法挣脱。

"伤药医护这些东西上面会准备好的，只是你要告诉我们你想怎么做。"雪吟殊能一下制住这河络，也是因为出其不意，现在自然不会轻易放过他。要是这个乌鸦嘴给不出满意的回答，他就打算先与胖大海一起把他绑上去，之后再找人来救援伤者。

"有七个人，在那堆砂石后面。"乌鸦嘴明白了自己的处境，往通道尽头一指，"半个对时内不通，他们都会窒息而死。"

他们现在所处的，正是这个已开凿的地下空间的中央部分。乌鸦嘴所指之处，则是一个被堵住的通道。乌鸦嘴道："离沼引起的爆炸堵死了这儿，里面是个很小的空间，没有其他通气口。里面的空气不过十方半，只够维持七个人半个对时的呼吸。哪怕已经砸死了一两人，也不过能撑近一个对时。这个通道太狭小，人力挖掘至少要三个对时才可能挖通，调其他器械更没时间，到时候人都死光啦！"

"你为什么知道得这么清楚？"雪吟殊没有放开他的意思。

乌鸦嘴似乎对他提出的这个问题感到不可思议，几乎是低吼道："我看见了！爆炸发生的时候我就在这里，还有什么可为什么的？"

听他的意思，似乎只要看见了，做出这样精确的判断就理所应当。雪吟殊的目光投向了在场的另一个河络，想从他那里看出乌鸦嘴所言有几分是实。但胖大海看起来比两个羽人没好多少，只结结巴巴道："这……你是怎么算出来的？"

"这个以后再说！"乌鸦嘴满脸不耐烦，"现在我得用离沼把这个地方先炸开才好救人！"

雪吟殊与汤子期对视一眼：之前那一场由离沼引起的爆炸，本来就有些令人生疑。要是又有人要用离沼来制造爆炸的话……难免会令人想到，之前的爆炸是否与他有关。

但仔细去想，一个人若是真与此有关，更不该不避嫌疑地待在这里。

"你要用离沼爆破，怎么能不伤到被困的七人？"雪吟殊问道，"照你说的，里面的空间很小，必定是要被波及的。"

"我会分三次，一共六个铜管的离沼来引爆。第一组一个在以石堆中心为起始点的六尺三寸、三十度处，另一个在五尺二寸、三十六度处；第二组一个在七尺五寸、四十七度处，另一个在八尺四寸、一百一十二度处；第三组一个在十二尺七寸、六十度处，另一个在十三尺一寸、一百四十度处。我还会控制离沼的用量和浓度，这样两侧力度平衡，既可以将砂石震开，又不往里冲，这样能让后面受到的冲击减到最小。虽然最靠近这头的人有可能再度受伤，但至少其中五个人是绝对安全的。当然，这只是我现在的基本计算，每一组离沼管放置的距离和角度，我都会视当时的情况实时调整。"乌鸦嘴一口气说道。

如果说之前的计算让胖大海只是略感惊讶，那此刻他已经是惊得说不出话来。与两个羽人的外行不同，胖大海也是在开采矿脉、地下建筑行当里摸爬滚打多年的人了。这些对岩土的计算几乎是他的本能。在乌鸦嘴说话的时候，他心里其实不停地根据他的数据进行验证，但涉及对通道深处的冲击，最终结果在他那里还是一团乱麻。然而不管怎么说，他还是直觉到这人说的是对的。

"领工大人，"汤子期见他发呆，忍不住道，"他说的到底能有几分把握？"

胖大海回过神，沉吟一下："后面用离沼炸开通道的可行性我说不准，但前面他推算的维生和救援时间，十有八九是准的。"他也很清楚被封的那块空间的地形大小，知道与乌鸦嘴说的所去不远。

雪吟殊放开了乌鸦嘴。乌鸦嘴活动了一下酸麻的胳膊，只听见羽人说："我信你。"露出全盘托付的表情，"要做什么就快开始吧。"

乌鸦嘴扑到地上，继续把照明灯里的离沼导入一根根铜管中。他做得很小心，不让离沼漏出半点，一边忙一边咕哝："之前我就和他们说过了，那些人一个都不听我的，一溜烟跑了，浪费了这么多时间。还有你们，要不是你们，我早把这些离沼管造好了。头儿，过来搭把手。"

对于河络惯用的工具，两个羽人深感自己帮不上忙，雪吟殊便道："要不要上去找人来帮忙？"

"千万别。"乌鸦嘴阻止道，"这儿很快就会再次坍塌，多一个人下来，这个时间就早一分。也就你们是两个羽人，身体轻捷，否则要来的是两个九尺高的夸父，这儿早全塌了。"

这话说得汤子期与雪吟殊面面相觑，一时间大气都不敢喘一下。但过了片刻，汤子期忽然反应过来："恕我直言，河络的地方，夸父恐怕是进不来的。"

夸父身形巨大，与矮小的河络形成两个极端。就说送他们下来的吊架，夸父也是挤都挤不进去。听到自己的瞎扯被戳穿，乌鸦嘴哈哈大笑起来，其他人也就都笑了。之前的严肃气氛瞬间消失殆尽，大家都轻松了不少。

胖大海道："乌鸦嘴，这位可是太子殿下，你都敢吓唬，胆子不小啊。"

"什么？"乌鸦嘴突然站了起来，转身面对雪吟殊，圆圆的琥珀色眼珠中蕴含着什么激烈的东西，"你就是当朝太子，雪吟殊？"

雪吟殊点头道："正是。"

乌鸦嘴深吸了一口气，一副要说些什么的样子，但最后又猛地回过头，一言不发，重新埋头干起活来。

雪吟殊和汤子期面面相觑，又不好打扰乌鸦嘴，只能从旁静静看着。没过多久，在胖大海的帮忙下，装了离沼气体的铜管都准备好了。乌鸦嘴站起身，正色道："好了，这儿很快就要真的塌了。三次爆破之后，算上抬动伤者引起的动静，这儿还能支持一刻半钟。头儿，你去叫人准备担架下来，人不要多，四个就行。一定要找身手敏捷的，时间正好够抬七个人上去。还有，让没事的人别在下井入口附近待着。"

第十二章　河络客栈

他们此时已经退到入口的吊架处。胖大海已经对这个乌鸦嘴言听计从，应了一声就赶紧上去安排了。

见胖大海离去，两个羽人却站在边上，乌鸦嘴脸上的两道浓眉绞了起来："你们还愣着干什么，怎么不走？"

雪吟殊道："我说过了，我信你。"

信一个人，就要给予绝对的信任。他一贯是这样的。他们当然可以一走了之，但在诸事未决之时，他没有留下这河络一个人在这里的道理。里面还有七条人命，这件事的过程和结果，也不该由乌鸦嘴一个人承担。

何况这个河络流露出的平和自信，让他觉得不会失败。

乌鸦嘴抬起头看向雪吟殊，眯起眼睛，突然露出大大的开心的笑容。

"好嘞，看我的！"

尽管坚信不会有事，但这一刻毕竟生死攸关，雪吟殊自然而然地抓住了汤子期的手。

他的手温热干燥，令她不禁微微侧过脸，目及他的面容。在这昏暗无光的所在，他的轮廓棱角分明，坚石般沉定。

与他的哥哥完全不同。

没有特别加快的呼吸，心中也没有更多的涟漪，她只是暗暗叹了口气，回握住了他的手指。

"准备好，来了！"

河络大喝一声，竟然还透出一种欢快的激越。随着他拉动细细的引线，通道深处轰然炸响。

第十三章

月 影 者

　　碧温玄在上面等了许久，终于有了动静，上来的却只有胖大海一个人。他急了，一把抓住胖大海的衣领："殿下呢？"

　　"殿下没事！快跑、大山、猫眼、碎石，你们快下去抬人！"胖大海一路上在心里敲定了人选，一边劝慰，"公子先别担心，殿下他一定平安无事。"

　　"什么叫一定？"碧温玄下了力气，几乎把胖大海拎了起来，"下面究竟什么情况？"

　　胖大海迅速把乌鸦嘴说的话与雪吟殊的决定说了一遍。碧温玄虽然觉得这是大大的乱来，但也无可奈何。很快，就听见下面传来一声震颤的闷响。

　　"三声之后，立即下去！"胖大海吩咐着已经在入口处待命的四个人。

　　接下去的时间，碧温玄便死死盯住这出入口。陆续地，受伤的人都被抬了上来。一个又一个，第七人后面钻出一个河络满头是灰的脑袋，在这个河络之后，汤子期与雪吟殊才一前一后跃了出来。他俩虽也是刚从翻滚着岩土的井坑跳出，衣服上沾染了尘土，但仍旧带着羽族特有的风雅高华。

　　碧温玄总算放心了，走过去就捶了雪吟殊一拳："害我白白担心，回头去登云楼吃饭，可要你请客了啊。"

　　旁边的乌鸦嘴则撇嘴道："要闲聊待会儿也来得及。这儿就快塌了，你们不走，我可要走了。"

　　他说完便纵身向远处跑去。其余人恍然大悟，赶紧撤离。一时间，人、羽、河络竞相赛跑似的，一个比一个跑得快，当然也没落下伤患。快跑和大山抬着一个受了伤的河络，跑在了所有人的前头。

待大家都到了安全处，果然，"山中歇"那边再次传来沉闷的巨响和震动。这次比之前的几次持续时间都长，还有数次余震。可知之前他们待过的那个地下空间已经全部崩毁了。

听着闷雷般的轰轰声响，碧温玄远远眺望，一向轻忽的眼神中浮现出一丝凝沉之色。

毁了一个施工中的地下客栈，这点损失对他来说当然不算什么，但朝中局势复杂，任何事情都不会那么简单，这令他隐隐有些不安。

雪吟殊来到他身后，淡淡地道："留心那河络。"

碧温玄微微低头，心领神会道："我明白。"

不远处，那个被喊作乌鸦嘴的河络也望着山中歇的方向，喃喃自语着："这是真神的旨意啊。"

"什么是真神的旨意？"竟然有人接话，他转头一看，是那个羽族女子，她正微笑地看着他。

"不得真神的允许就在地下大兴土木，才会引起这样的灾祸。"

"所以，真神一不高兴就天塌地陷，造成多少死伤也无所谓吗？"

"你这是什么意思！"乌鸦嘴跳了起来。对于河络的主流教义来说，任何质疑真神的想法都是不允许的，"你竟敢侮辱真神，是要与我们河络为敌吗？"

汤子期道："你真的认为，这场灾祸是出于真神的意志吗？很多事情，归根结底的缘由都不是神，而是'人'啊……"

乌鸦嘴微微张开嘴，眼里闪出一丝惊异。但他很快将自己的目光收回，低头不再说话。

汤子期也不管他，去到碧温玄那边。这个一贯的甩手掌柜已经忙得一句话都没有空说了。

还好，清点人数之后，之前被困的七人中，只有一人伤重。最早的爆炸则造成两人死亡。清理现场，安排伤者，抚恤死者……他有太多事要处理。他有意将这一天安排成踏青郊游，结果却是这样事与愿违。

"阿玄很忙，阿执接下去要乖乖的哦。"汤子期未雨绸缪，替他扫除后顾之忧。

"嗯！"少女一向还是很乖的。

雪吟殊看着碧温玄，也微微地笑道："大概是老天嫌他过得太懒太闲了吧。"

汤子期撇了撇嘴："和你比，谁都会显得很闲吧。"

待他们驱车返回宫中，已是月上中天的时分。马车中，雪吟殊双目微合，似乎有些疲倦。

这一天发生的事情太多，他所获知的东西，也是那样至关重要又奇诡莫测，他需要沉下心来去梳理和思考。

汤子期却什么也没有想，而是专心看他。

他算是一个很好看的男人，有着棱角分明的轮廓、深邃的眉眼、挺拔的鼻梁和削薄的唇，在羽人极致的优雅之中，隐隐透出一丝权者的冷峻气场。但哪怕他不再有这样的面容，只要如此刻一般平平静静地坐着，这种气场也不会消失。

因为那是一种坚定和强韧。

这段日子的观察，她感受到的就是这样的坚决和宁定。和她熟悉的另一个人完全不同。那么这种不同，足以促使她选择将来的路吗？

"你一直在看我，"雪吟殊突然开口，"你在看什么？"

汤子期一笑，"我在看，你是不是一棵好树。"

他睁开了眼睛。看到他的眼神，她才知道自己之前的判断错了。他哪里有半分疲倦之色，眼里仍是那样熠熠生辉。也对，要是今天这样的情形就让他流露倦意的话，他就不是这帝国翻手为云的人了。

他淡淡道："我不是一棵树。"

"良禽择木而栖，背靠大树好乘凉，你是不是一棵好树，对我可很重要呢。"

雪吟殊双眼微微一动，道："我还有一事不明。"

汤子期望着他，目光不避不让："什么？"

他迎着她的目光很久，甚至在一瞬间露出一丝隐忍的焦狂，最后却转过头，掀起了车窗上的帘子。

夜幕中的秋叶京很美。宽阔笔直的街道两旁，点点灯火汇聚成河，前行的马车便似在其中缓缓徜徉。灯火之后的建筑已模糊成影子，看不出究竟是人族还是羽族的屋宇。作为最繁华的人羽混居的城市，也是少见的容纳六族平等相处的城市，博大而丰富的胸怀、包罗万象的历史，都给它的夜色平添一种迷人。

这是他的城市。

不知是不是这样的夜色令人无酒自醺，他的神情放松了许多，转回头看向她："你是谁？"

他这话说得过于轻描淡写，令人难以相信，之前深深对视中的犹豫与纠结，是为了这样一句话。但这句话恰恰令她难以回答。她能做的只是故作轻松地一笑："这些日子，你还没有查出来我是谁吗？"

"你是宛州人。你的祖父叫汤赫，曾在中州之役的联军中担任千翼领，却不幸战死。你的父亲叫汤升云，在十六年前的南宛事变中被俘，你与母亲也一起受缚。两年后，翊朝虽然收复南宛，但被俘军士却大多受害，其家人也往往受尽凌辱。你的母亲就是那时候死的，那一年，你才四岁。"

他当然调查过，还查得十分深入。这样的字句因沉积的时光而褪去了鲜血与苦难，说起来倒也宛如平常。可是这一切，真的是造就了眼前这个她的关键所在吗？

"那时候的事，好多都记不清了啊。"听他说得这么清楚，汤子期反倒有些惘然。

"你虽然姓汤，但已是汤氏旁支的旁支，与杉右汤氏嫡系出身的汤罗并没有什么关系。你幼年一直在宛州流浪，直到十一岁时被汤罗收养。但他没有把你带在身边，而是对你严厉有加，请了三位老师，分别教你剑术、政史和军事。看起来，让人不得不想到，他要选你接掌月见阁。"

"你只说对了一半，"汤子期道，"来日我是要接掌月见阁的，可我做的一切并不是为了这个。"

雪吟殊笑了笑："你知道我刚才一直在想什么吗？"

"你在想，今天我和玉霜霖讲的故事，究竟有几分是真的。"

"不对。我不会把脑子花在这样没有意义的事情上。"

他这么说，她倒有些意外。她和玉霜霖所说之事，过于匪夷所思，虽然听上去合乎情理，但细细想去却没有任何方法可以验证。他听且听着，不会完全相信，这点她是有心理准备的。

但是他竟然丝毫不为此困扰，一句"没有意义"就撇在一旁。

"或者你在想，怎样利用月见石毁去月见阁？"汤子期猜道，"毕竟月见阁的存在必须依附于这件秘术造物，摧毁了它，月见阁自然不复存在。寻常人会这样想也是难免的，只是我劝你不要动这心思，因为月见石所连接的是星脉的力量，它自身并不……"

"不！"他打断了她的话，目光灼灼，"难道在你心中，我为了裁撤月见阁，就会什么也不顾吗？"

汤子期顿时悚然一惊。在她的心里，他始终是铁腕深谋的帝君，达到目的才是最重要的，并没有多想其他。

"……冒犯了，请恕罪。"

"我想知道，他还有没有离开月见石的可能。"雪吟殊闭了闭眼，"我是说，如果你说的一切是真的，他还有没有可能……离开那样一个世界，重新变回一个我们这个世界中无拘无束的羽人？"

她久久地沉默了。她的确没有想过，这人会说出这一句来。等了许久，见她一言不发，他才又长长地叹了口气："我愿意他回来，不是为了月见阁，不是为了当下的朝局，我只是觉得……他太寂寞了。"

太寂寞了。只是单纯的人与人之间的悲悯。他说得无限怅然。汤子期终于无法忍受，离开座位，伏下身，依在他的膝前。

"他无法离开，至少现在还不能。可是，他已经学会了把一片混沌变成自己想要的世界，学会了让外界的精神体进入那个世界与他交流……他学会了很多很多原先不会的东西，也许有一天，他能够学会重新回来也说不定。"她低声说道，"但他现在想要的，也努力想去做到的，其实只是保有月见之名而已。因为……那是他用尽一生去换取的东西啊。"

雪吟殊不动声色道："就是为了这个，你才到我身边来的，是吗？"

"是。"

"所以你想要的，就是我放过月见阁，是吗？"

"是。"

"那么你觉得，我会因为一个素未谋面，甚至不确定是否存在的兄长，改变我自己要做的事吗？"

第十三章　月影者

"不会。"

雪吟殊笑了，于是他好整以暇地问："那你要用什么方法，让我改变主意？"

"你想裁撤月见阁，只是因为你觉得，它于帝国无益，却在方方面面构成隐患。"她说得非常自信，"但如果它成为一个对这个帝国大有助益的存在，你自然就不会想要毁了它。"

"你能让月见阁摆脱桎梏、回归朝堂？"

"不能。"

"那你要怎么做？"

"现在朝中最需要的，是充实军备，打造一支能够真正代表羽族君临九州的骁勇之师。"她低沉的话音中含有风起云涌的激越，"同时将力量渗透到各州各族中，笼络夸父、河络和鲛族，削弱和分割人族势力，使他们相互间不能联合呼应。这一切的一切都障碍重重，殿下不曾畏惧。而我，无论力量怎样微薄，也愿意在你身旁，与你一道倾力开创一个盛世。"

他没有想到，自己心中日夜回转却无处可诉的话，会在这一刻由这样一个人说出来。他看着这个半跪在眼前的女子。车厢狭小，他们之间近在咫尺，鼻息可闻。这一瞬间他因她那激扬的神采，也有了一种冲动，想要伸手将她扶起，执手共看天下。然而他终究不是一个冲动的人。他忍住了刹那的情绪，双手仍旧拢在袖中，一动不动："你做的事情，无法与月见阁相抵消。若我觉得月见阁仍于社稷有妨害，并不会因你的存在而心慈手软，你可明白？"

"明白。"

"这样也无所谓吗？"

"我会代表月见阁，我会让你觉得，月见阁是有用的。"

他心中诸般念头翻涌，不禁俯身靠近了她："你可知道帝国眼下最大的隐忧是什么？"

她沉吟了一下："瀚州铁氏臣服之后，中州人族安分了些，反倒是越州河络在蠢蠢欲动，还有海中……"

她停了下来，似乎有一些没有想通透的事。雪吟殊追了一句："海中怎样？"

"我知道海中来的雪砂盐近年在沿岸泛滥成灾，殿下一心想要肃清，却牵涉甚广。按理说那些运送私盐的海盗不该那么张狂,这其中是否涉及碧国甚至羽族要臣?恕子期所知不明。如果殿下可以明示……"

他仔细地看她的面容,她的眼里有着纯粹的执拗和真诚,令他相信,那个隐在暗处的症结她是真的毫不知情。其实何况是她呢,就连汤罗也未必知道那背后的来龙去脉吧。

"好了!"雪吟殊打断她的话,逼视着她,"我们现在谈的是月见阁。我再问一遍,你真的认为月见阁有用而无害?"

"我会尽我所能。"

这样天真到近乎质朴的表达,实在配不上她一直表现出来的机敏。

他心内叹了一声,面上却只是严肃:"要做我身边的手和眼睛,可是需要考试的。"

她认真地看着他。

"我马上要命你去查一件事,你觉得是什么?"

"乌鸦嘴的身份、来历和目的。"

车身略略一震,车子停了下来,它早已奔过了白绸一般的镶云道,停在了玉枢阁前。哪怕已经入夜,也没有人会以为他要回储宫休息,来到玉枢阁就像是自然而然,不需请问。

他跳下车来,缓步而行。宽大的袍袖随风扬起。

"即日起,着汤子期随侍玉枢阁,"他悠悠的声音抛落身后,散在夜风中,"赐号'月影者'。"

第十四章

秋 毫 可 察

"所谓'月见',就是'明月之下,万物皆可目见'的意思,那他说这'月影者'的意思岂不是,阴影遮挡之地,月见阁看不到的东西,你也要看到?哎呀呀,这可是很重的压榨……哦不,很高的期许啊。"

"为什么挺好的名字,被你这么一说,就显得我们的陛下与太子殿下都那么头脑简单、用词直白?"

"因为大道至简啊,你没听说过?我这是对他们大大的褒扬。"

碧府的卷蓝水榭上,碧温玄慢吞吞地翻着账册,汤子期在一旁和阿执一起,拿着鱼食逗池子里的鲤鱼。

她来到碧府已经好半天了,正赶上碧温玄特别忙碌的时候。山中歇那里已经封闭起来,但后续的事情还是一件接一件,非他亲自处理不可。这还不算,碧氏一些产业的例行报账也挤在了这几日,所以哪怕是他这种懒人,也只好连连哈欠,牺牲掉宝贵的午睡时间,来处理这些"浪费生命的俗务"。

还好卷蓝水榭凉风习习,才使这位疏懒散漫的碧氏主人没有办法用体弱中暑为借口逃避工作。

汤子期在这里等了一上午,他见了七八拨人,这会儿终于有了一点空闲时间,也就有了点闲扯的心情。

"所以,你这是做什么来了?"碧温玄喝着银耳茶,"你不在玉枢阁替我们那位殿下出谋划策,跑到我这儿来喂鱼,是为了什么,月影者?"

"汤姐姐是为了阿执高兴。"汤子期未开口，一旁的小姑娘已经开开心心地回答了出来。

碧温玄一笑，柔声道："阿执高兴就好。不过汤姐姐也许还有别的事要说呢。"

"这个别的事，倒也就是个小事。"汤子期笑道，"碧公子只用告诉我，那个乌鸦嘴是什么身份来历、来秋叶京干什么就好了。"

"他叫你查的事，你就这样来问我？能有点敬业精神吗？"

"那个乌鸦嘴是你的人，你去查一查不是十分方便快捷、顺理成章吗？"汤子期笑得坦然，"对于一个调查者来说，知道从哪里最容易拿到自己想要的信息是最重要的。不要告诉我你什么都不知道。"

碧温玄不情不愿地从怀里摸出一个贝壳丢给她："你听听这个吧。"

汤子期拿起白色贝壳，入手粗粝，微微生凉。她认出这是聆贝。它可以记录下一段时间里的声音，要重放的时候投入火中，声音就会重现。他既然能拿出这个东西来，就表明一开始的时候已经想好了要把谈话记录下来，和雪吟殊共享了。

但这儿只有水，没有火。她今日来碧府也并没有携带火折。碧温玄故意不唤下人取火过来，就那么幸灾乐祸地看着她。汤子期想了想，拿过喝完银耳茶的空碗，到水榭外拢了一碗树叶，然后对阿执眨眨眼睛："阿执，汤姐姐想要一个冰制的小镜子。"

"什么样的小镜子？"

汤子期一阵比画，阿执也不知听没听懂，手一伸，湖里的水珠跳入她掌中，瞬时就结成一个冰凌。

"对对，这里再凸出来点，再斜点就好了。"

随着汤子期的嚷嚷，阿执手中的冰块折射着阳光，终于呼啦一下把碗里头的树叶点着了。

"阿执好厉害，不但会用水，还会点火呢！"两个姑娘开心地击掌。尤其是阿执，对于自己还有制造火焰的能力，感到前所未有的新奇。

作为印池系的秘术师、一个天赋极高的魅，阿执对于水与冰的操控，可以说是炉火纯青。她虽不通郁非的火系秘术，制造出这样一个冰凌却毫无困难。也正是因为她心智不全，愈加心无旁骛地专注于秘术之道，才会有如此成就吧。

汤子期将聆贝扔进火中，传出一个中年河络的声音。

那是胖大海碌英。他本来是京中一家河络土木行的老板，碧温玄筹建山中歇，聘请了多名河络建筑大师进行选址和设计，第一阶段的工程就是由胖大海所在的土木行承包的。

"……您是问乌鸦嘴啊，他叫乌托莫山，三个月前才来到秋叶京。那时候他说他在城外遭遇了劫匪，可狼狈了。我看他可怜，就收他在工地上留了下来。"

碧温玄道："那他是从哪里来的，有什么传承？"

"这我可就不知道了。就听说他之前从宛州开始旅行，说是为了游历。但我看他的年纪和见识，都不像是刚开始历练的年轻人。只不过他不说，我们也不问。到了工地上，他什么活都能干点，但也没有感觉到有什么地方特别惊人，直到这次……"

宛州吗？宛州河络从商者多，但这个乌鸦嘴显然不是一个商人。河络的确有青壮年外出游历增长见识的习惯，但一个有如此惊人准确的爆破分析能力的河络，却没有人知道他的确切来历，未免让人特别在意。

如果他是个人族，这样神秘莫测倒也没什么。但河络性情爽直，也没有层级之见，所有人都是真神平等的孩子，人们只崇敬真正的强者和智者，绝少发生什么怀才不遇的事。山中歇的事情发生后，他们去询问过秋叶京的河络工匠大师，他们都把头摇得像拨浪鼓一样，不相信一个随随便便的河络能做到这样的事。他们说，能做到这件事的河络，当世不会超过五人。考虑到没有时间进行详细计算，连爆破装置都是就地取材，能做到的人就更少了。

这五个人都有各自明晰的身份，绝不可能是这个乌鸦嘴。

这就十分耐人寻味了。按理来说，乌鸦嘴这样的人，一定在河络部落中备受尊崇，不可能这样悄无声息地流落在外。更何况，他自称游历，理应各处周游，更不应该与胖大海签下长达一年的雇工合约。

汤子期心中的念头转动着，聆贝中的声音没有停："另外，离沼泄漏的源头我已经查清了，就是我们的一个小工，迷迷糊糊地没有把灯上的阀门扣紧，才酿成大祸。公子看看离沼灯就明白了。"

声音停了一会儿，似乎是碧温玄查看了河络专用的离沼灯，他道："这么说，阀门与灯芯是联动的，本来要是阀门没有扣紧，灯芯是倾斜的，也无法点亮。但那一盏灯正好联动装置也出了问题，所以才造成这样的恶果？"

"正是这样。那名小工我已经暂时扣下了，不知公子是否需要对他进行询问？"

"你先看好他，我自会派人查问此事。你退下吧。"

聆贝的记录就到这里为止。汤子期仍在思索，轮到碧温玄舒舒服服地伸了个懒腰："所以嘛，去查离沼泄漏的事儿，就交给你了——月影者。"

汤子期扬了扬眉，也不理会这人，只转头笑眯眯地对阿执说："汤姐姐要走了，下次来，给阿执带好吃的糖葫芦哦。"

"嗯！"阿执被碗中燃烧的树叶吸引，也并不在意她的离开。

待汤子期走远，在一旁等待已久的温九才上前，道："公子，水央昨晚已经到了，您什么时候见？"

碧温玄把已经过目的账目丢到一边："就现在吧。"

"是。"

没过多久，亭榭下的水面开始急速涌动。碧府中的这个湖连接着销金河，而销金河最终也会在雾水流域流进潍海。在蛛网一般的漫漫地下支流中，这里与外海有着一条曲折的通路。很快，淡绿的影子在水泡底下浮起，就像一片摇曳的水草。

汤子期从碧府出来后，去了胖大海的土木行。

因着有碧温玄的交代，胖大海十分配合。她先去见了那个未将离沼灯阀门拧好的河络。出了这样的事，他暂时被胖大海扣押，以备追责。汤子期到时他正躺在小屋的床上辗转反侧。

听说她是太子授命前来查案的，那年轻的河络一骨碌坐起身来，大大的眼睛盯着她，霎时就盈满了泪水。然而突然他又砰地躺下了，一言不发。

"西平啊，这就是你的态度吗？"汤子期在河络矮小的凳子上坐下来，不紧不慢地说，"我听说之前你喊冤，现在你可以为自己辩护了。"

"有什么好辩护的！"西平再次坐起，"一人做事一人当，那些兄弟是因为我的疏忽才死的，是我……对不住他们。"

"所以，为了让他们死而瞑目，你能做的就是不让始作俑者逍遥法外，而不是把一切都掩藏在心里，不是吗？"

西平犹豫了一会儿，终于再次慢慢坐起，睁着大眼睛问："那真神还会原谅我吗？"

"我不懂得你们的教义，但我相信真神会认可诚实。"

西平咬紧了牙，似乎内心在进行着挣扎。他一开始觉得自己是冤枉的，但没有人理会他，只是把他关在这个小屋中。他等来等去，不知不觉认命了，只觉得一切都是自己的责任，更不想出卖朋友。可眼前这羽人一说，他心里的希望又被撩了起来。

他左思右想，过了好一会儿，才道："我检查安装全部离沼灯的那天……就在我们要出发前往山里的前一天晚上，我的一个好朋友来找过我。他带了酒菜来，我们喝了不少，我喝醉了。第二天早上醒来，他已经不见了。"

"不见了？"汤子期道，"也许他先行离开了？"

"不，是我在那之后再也没有找到过他。他好像失踪了。老实说，他要是没有失踪，我倒不会怀疑起来。"

"你是说，是他在离沼灯中做了手脚？"

西平摇了摇头："我没有说过，也不知道到底发生了什么。这些天想起死去的那些兄弟，我的心里就……这次事故无论怎么说都是我的错。但我只希望能查出真相。我也希望我对他的怀疑是错的。"

汤子期道："你这位朋友叫什么？是什么来历？"

"他叫落山风，我们特别谈得来。但我不知道他是什么来历。朋友只要交心就好，哪里要问那么多。"

汤子期叹了口气。河络就是这样，只要看得顺眼，就能肝胆相照，还管什么身份来历？要是在越州、宛州的河络城市，至少还有母姓和氏族可以区分，但澜州居住的都是零散的河络，有游历路过的，有走商的，虽然也有胖大海那样定居的，但终究不成体系。单独一个失踪的河络，确实很难追查。

汤子期又问了些关于落山风的样貌体征等。出来之后，她也向胖大海询问了几句。胖大海则对于这个落山风一无所知。那只好动用雪吟殊的力量查查看了，应该不至于一点蛛丝马迹都找不到吧。

说是让她查，但当然不止她一个人在查。雪吟殊在秋叶京乃至澜州的力量，都会尽可能地配合。她默默地伸出一只手，有时候还是有点难以相信，这只手有一天也会握住操控他人的绳索。

这就是那个人想要的吗？

"乌鸦嘴在哪里？"

胖大海咳了一声："乌鸦嘴这些天可忙了，向他请教的人不计其数。这会儿是晚饭时间，大概又被拖去大堂了吧。"

河络最勤学好问，尊崇智者。乌鸦嘴那么露了一手之后，自然而然被大家敬若天人。除了对他冒险救人的感激之外，更多的是对高超技术的崇拜。每天都有人要拜他为师，还有其他土木行来挖墙脚的，弄得胖大海烦不胜烦。

但乌鸦嘴还是那样我行我素。有人缠着他问问题，他也会指点一二，但拜师却免谈。

汤子期去了河络们聚餐的大堂。果然，乌鸦嘴坐在长桌首位，河络工人们簇拥着他，殷勤地为他斟酒切肉。乌鸦嘴面色淡然，姿态随和，却也看不出太多表情。

汤子期并没有进去，隔着窗子看了一会儿，却发现乌鸦嘴的举止有些奇怪，但一时又说不出怪在哪里。

等到一盘豚鼠肉被河络们分食光，乌鸦嘴拿毛巾擦了擦嘴，她才恍然大悟。

她心里不禁生出一分慨叹之意。转头离了这里，想了想，吹了声呼哨，过不了片刻，雪吟殊给她的人手便出现在身旁。

"从现在起，保证那个叫乌鸦嘴的河络的安全，不可松懈。"她做了安排，暗卫领命而去。

第十五章

乌 鸦 嘴

汤子期向胖大海告了辞，却转头又返了回来。等到河络们散去，各自回了各自的住所，她也避过旁人耳目，来到乌鸦嘴的房门之外。

自山中歇的事情之后，胖大海便给乌鸦嘴安排了一个宽敞的单人房间。此刻汤子期仍不想现身，只透过窗纸窥视。

刚刚从晚宴归来的乌鸦嘴，回到屋中的第一件事情，是扒开屋角的暖炉。气候渐渐转暖，大多数屋子的暖炉都停了火，但为防着倒春寒，炉中的火炭并没有收拾起来。乌鸦嘴拨弄了片刻，从暖炉里头拿出了一个裹着的纸包，打开之后，里面是一个白白胖胖的馒头。

汤子期忍不住扑哧一笑。这应该是他事先藏好的食物，要不是饿极了，还不一定拿出来。

乌鸦嘴大嚼了几口馒头，漠然道："羽族姑娘，偷看别人吃饭可不怎么礼貌。"

汤子期本来也不想隐藏，便也不扭捏，带着微笑推门而入。

"放着晚饭桌上那么多美味珍馐忍着不吃，这定力我也是佩服。"她进门这样笑盈盈地说。

乌鸦嘴冷笑一声，也不理会她，自顾自地吃着馒头。汤子期想了想，从腰间拿出一个小小的皮质水袋朝他抛了过去。乌鸦嘴接住，眼神略有些复杂。汤子期笑道："馒头干涩，就着水吃会好点。"她又补充道，"放心吧。"

乌鸦嘴不再迟疑，爽快地拧开水袋就喝了一大口。

待他全吃完，汤子期才道："既然已经觉得这里如此不安全，为什么还不走呢？"

乌鸦嘴的神情有些踌躇不定。他在聚众晚餐时假装正常吃喝，实际上把所有食物都处理掉了，没吃下任何东西，可见他对于身边的一切已经持有一种绝不信任的态度。然而他还是安安静静地待在这个土木行里，只平静地说："我不能走。"

"这里有对你重要的人，还是重要的东西？"汤子期单刀直入地问，"你怀疑有人要杀你，你可知道那是谁？"

乌鸦嘴沉默许久，似乎默认了一切，但却没有说出更多的东西，到最后也只是说："我的终点不是这里。"

"乌鸦嘴先生，有些时候如果能开诚布公一些，人生就会简单很多。"汤子期叹道，"我们也算是生死与共过的朋友，不是吗？"

"河络，认准了谁是朋友，就绝不会去伤害和利用。"乌鸦嘴注视着面前的羽族女子，"所以有时候，河络交朋友会特别慎重，甚至，有些朋友，我不敢交。"

汤子期也不再纠缠，爽快一笑道："好。但你今天喝了我的水，我还是很开心的。我相信，我们终有坦诚相见的一天。"

乌鸦嘴吃着馒头，大大咧咧道："我也希望有。"

"还有一件事我得让你知道，"汤子期轻轻松松地道，"我已经让人暗中保护你了。当然，我交代了他们别跟太近，免得你心烦。不过遇到什么事情别忘了大声求救，如果嫌弃吃馒头没胃口什么的，也可以让他们给你带点好吃的……"

"我不需要羽人保护！"乌鸦嘴站起来，恼怒不已。

"这可由不得你。反正我不告诉你，你也不会知道，现在嘛，你继续假装不知道就好了。"汤子期却不管他，只是几乎俏皮地说着。此事她本可以不告诉他的，但这就算她的诚意吧。

乌鸦嘴还想说什么，却见羽人女子已出门飘然而去。

将这一切回报给雪吟殊时，他刚刚处理完一天的政务。玉枢阁里仍然灯火

第十五章　乌鸦嘴

通明，汤子期随随便便地斜倚在窗台上，月光将她的身影投入屋内，在满室灯火中显得轻浅而灵动。

雪吟殊倒是给她安排了一个坐席，但她受不了正襟危坐。第一次跃上窗台的时候雪吟殊看着她，眉间一动，不可思议似的，却没说什么，她也就心安理得了。

"所以，你派了一群人去保护乌鸦嘴，别的什么也没做？"雪吟殊仍翻着桌上的一些奏折，头也不抬地说。

"对呀。"汤子期理直气壮地承认，"因为接下去的两件事，可是我自己做不了主的。"

"哪两件？"

"第一，查查那个落山风的来历。据我看来，胖大海和西平，应该都是不知内情的无辜者。如果他们的话可信，那么这个落山风就很可疑了。"她说的这个调查，就不是小范围的了。要查一个可能已经离开秋叶京的人，只有雪吟殊能调动多方之力。

雪吟殊点点头："胖大海此人已经定居秋叶京多年，最看重自己的土木行，也没有和任何势力有过牵扯，当非局中之人。至于你说的西平，事故已经发生了，他的身份其实并不重要。"

"乌鸦嘴连土木行的饮食都丝毫不碰，可见觉得自己身边的危险已经到了近在咫尺的程度。这也是我立即着人对他暗中保护的原因。但就算如此，他还是只是警觉防范，既不攻击，也不逃离，我想要么他不知道对手在哪里，索性以静制动；要么就是胖大海的土木行里有他割舍不下的东西。当然也可能两者皆有。"

"所以，他不动，你想让他动起来？"

"对。因此第二件事是，我想让胖大海解雇他。"

"你这也够坏。"雪吟殊忍不住笑了出来，"对于河络来说，工作可是很重要的事。动不动就让人家丢饭碗，手段也太狠了吧。"

"谁让他神神秘秘故作玄虚。"汤子期两条腿垂下窗台摇晃着，很不满似的，"既然他不想离开，我们就只能逼他离开了。"

她坐在窗台上，说着这些机谋算计的话，但整个姿态却完全像个孩子。雪吟殊有一刻的恍惚，几乎想要伸出手，拨开这人看上去又细又软的刘海。但这只是一刹那。他敛了心神，只道："我这边也有些消息，不知道你看了会不会改变主意。"

他站起身，走到她面前，取出一道折子给她。她一看，是越州来的一道密奏。她迅速看完，果然陷入沉思。

这密奏上只说了一件事，便是越州雷眼郡河络中的一位苏行称病已久，很少露面。据称，已经三个月没有人亲眼见过他了。

雷眼郡位于越州雷眼山南，自古以来都是河络的地盘。他们尊"阿络卡"为族中的绝对掌权者。阿络卡又称地母，皆为女性，是公认的真神选中的代言人。但也正是为了使阿络卡专注聆听真神的旨意，一向由另外设立的"夫环"一职来代替阿络卡处理日常俗务。而"苏行"则是河络对族中学识最渊博的人的尊称，管理着族中一切与技术相关的产业——这正是河络一族的立身之本。因此苏行也是族中除阿络卡外最受崇敬的人。

"如果我没有记错，雷眼郡的苏行叫黄金巴齐陆。"汤子期慢慢道，"他以铸冶技术闻名于世，是当世最好的冶金大师。"

雪吟殊道："巴齐陆以冶金术天下闻名，当世无人能出其右，可是，从来没人说过，他在工程爆破上，就不是当世顶尖水准了。"

汤子期一下子领悟了他的意思："你是说……"

"是啊。所有人都说，能做到那样事情的河络，当世不会超过五人，这其中没有乌鸦嘴。为什么一个河络拥有那样高超的技艺却不为人所知？是不是他身上另有一个光环，这个技艺的光芒被更加耀眼的光环所掩盖了呢？"

这确实是很合理的。他自称是从宛州来的，从雷眼山出发前往澜州，如果是走陆路，宛州也是必经之路。然而，就算乌鸦嘴当真是雷眼郡苏行黄金巴齐陆，他身上的疑点非但没有解开，反而更多了。他为什么来到秋叶京？他的目的地是什么？山中歇的事件，真的是有人要杀他吗？既然知道危机四伏，他为什么不向翊朝请求保护？毕竟以他的身份，雪吟殊必然会敬若上宾，而他也可以借帝国之力解除自己的危机，他为什么没有这样做？

越州地面之上本来就有几个人族城市，随着翊朝建立后各族的交流和融合，越州更是涌进了大量的人族、羽族，而南面沿海水域的鲛族也不在少数。大量的外族涌入难免给当地的河络文化带来冲击。现在越州各郡虽由河络主政，但羽族在越州分布着几支驻军和独立的巡察机构，而人族则将商行开遍了大大小小的城市。河络在享受到各项便利的同时，政治体系上也出现了隐隐的裂痕。

提到越州河络的核心人物苏行巴齐陆，这些河络内部的隐忧，在两个羽人的脑中迅速地一转。

"越州河络中，近期发生了什么变故吗？"汤子期问道。

"风平浪静。"雪吟殊摇头，"至少我得到的消息，除了雷眼郡苏行淡出人们的视线之外，目前还没有其他的异动。"

窗外一阵风起，扬起她的秀发。汤子期跳下窗台，把那封来自越州的密折丢回他的书桌上。"想不出所以然，好难想啊。"她抱怨着，"所以，我没有改变主意，你和碧温玄说，让他想个法子，把乌鸦嘴解雇掉就好了！"

"你有没有觉得，鲛女行刺与山中歇两件事有些古怪的相似之处？"雪吟殊问道。

"你是说……雷声大雨点小吗？"

有人要杀雪吟殊，但却失败了；暂且认为有人丧心病狂地要制造一起爆炸事故，目的是杀死乌鸦嘴，但他们也失败了，而始作俑者同样不知所踪。看起来这两个事件似乎都经过了精心策划，实际上却一击即溃，目前看来似乎也没有什么后手。

雪吟殊没有回答，只是离开座椅，向她走来。

"这两个阴谋，都没有达成自己的目的，那么也许，它的目的不是我们想象的那么直接。"汤子期仰起头，望着窗外细细的弯月，"鲛女行刺，应对不当或许使夏阳鲛奴遭遇大变，沿海鲛族对陆上的仇恨就会更深，但近些年碧国有意与翊朝交好，应该不是鲛族所为。那鲛女行刺，或许与这些年横行溯洄海的海盗们有关？山中歇之变应对不当，碧氏可能声誉大损，但更会影响到碧国与陆上的联系。也许越州局势不如表面平和，真有什么人在暗中筹划阴谋？"

"继续说下去。"

汤子期笑了笑："这些问题，我都无法回答。殿下，我只知道，不论发生什么，我们总要寻找答案，然后，面对一切，解决一切。"

"正是如此。"

夜风渐起，树影摇动。身后是繁华宫殿辉煌的灯火，面前的茫茫夜色中，却不知隐藏着多少狰狞的阴影。当人站在这样一条分界线上，总归有种如履薄冰的畏惧感。

　　但雪吟殊来到她身后，她的畏惧感便突然消失了。因为她想到，这个人已经在这个地方待了很多年，并且还会一直笔直地站立下去。

第十六章

月见幻境

高大洁白的楼阁宫阙精巧华美，流光霞蔚之下，层层楼台直上云霄，宛如仙境。这些建筑如同秋叶京的羽族宫城，但又似是而非。

睁眼看到这样的一个世界，汤子期无奈地叹了口气。

按照她多年的经验，起初越美好的东西崩裂得越快，这就是那人的恶趣味。

所以她一动不动，等着这城崩塌。

按理说，他的耐心应该比她更充足。因为他拥有几乎无限的时间，而她在这里能待的最多最多不过短短的三两日而已。然而每一次这种耐心的比拼，都以他的失败告终。

这一次也不例外。她只待了一会儿，那些冰雕玉琢般的建筑便现出裂纹，轰然倾塌。

震耳欲聋的声响伴随着遮天蔽日的粉尘，原先光风霁月的场景转瞬掩埋了下面的人。她看见大块大块的砖土木块当头砸下，下意识地想要躲闪，但不管多么敏捷，也避不过那些纷落如雨的残垣断片，很快就被砸得头破血流。她被呛得咳嗽起来，而逐渐堆积起来的废墟，很快就要把她淹没。

但她仍然是一副镇定自若的样子，没有叫，更没有哭。因为这没有用。尽管疼痛和窒息感让人觉得难受至极，但除了咬牙硬撑——只能在咬牙硬撑之余，再装出一副若无其事的样子。

分崩离析的世界终于平静下来，归于一片黑暗。

当世界再次重塑，她发现自己出现在一片森林里。她稍微松了口气，觉得今天运气不坏。因为横在面前的枝丫上，有一束小小的桃花。

桃花是愉悦，梨花是忧郁，君子兰是阴晴不定，红梅是焦躁不安……这么多年的相处，她总结出他的情绪征兆——说不上准或不准，兴许只是她在心里同自己玩的一个游戏。

她在这林中走了一会儿，曲折的道路有无数分叉，再走下去只能指向一个结果：迷路。

"唉，雪咏泽，你就不能别玩这套了吗？"汤子期叹了口气，"这个迷宫我走不出，我不走了，你看着办吧。"

她说完便一屁股坐下来，看起来十头牛也拉不动了。

满眼的树木化作一场大雾，悄无声息地散去。每当这个时候，她就很担心，自己的身体也会化作一团雾，永远消失不见。

幸而没有。

重新出现的是幽幽竹林，小桥流水，一个少年斜倚在桥上钓鱼。

他白衣胜雪，眼瞳如同冰雕，看不出一点温度。

然而这毫无生气的眼瞳，却是她眼中这个世界上唯一真实的存在。即使这个世界上什么都是假的，至少这双眼睛，有时候还是会流露出一点点真情实感吧。

汤子期缓步走近，在少年面前蹲下身，看着平静如镜的水面："你这么心不在焉，是不可能钓到鱼的。"

话音未落，雪咏泽的手腕一抖，挑竿而起。鱼线出水时，钩上明明是没有鱼的。可荡到他手上的时候，他已经抓住了一条活蹦乱跳的大鲤鱼。

"看，鱼。"他眼中的冰层映出一点点阳光。

"我突然忘了，在这个世界里不能和你唱反调，不然马上就会言之有失。"她仰起头看雪咏泽的脸，故作轻快地问："雪咏泽，你还好吗？"

他有什么好不好的？他永远和这个世界一样好，但，这又有什么可说的呢？

但她总是这么问，因为她知道这样一问，那双眼中的坚冰多少会出现一些裂痕。那些裂痕底下是绝望还是痛苦并不重要，至少那是一个释放情绪的小小出口。

毫无征兆地，雪咏泽突然探出手抓住她的咽喉。

他的手指越收越紧，她因为窒息而心跳如沸，胸腔近乎爆裂。她伸出手，指甲抓花了他的脸。但所有的血痕都在那张脸上瞬间愈合。她知道自己没有办法，可还是拼命地挣扎着。只是她的眼睛平静无波，无悲无喜。

这个世界里，死了就死了，于她的肉身无害。而她的精神体，他是不敢毁去的，因此她不怕。再大的痛苦，也仅仅是痛苦而已，去忍受就可以。

只是，要用痛苦使她屈服，那是不能够的。

有时候除了忍受，她也去反抗。有一回，他把她变成一条狼，让她没有了身为人的尊严，她也曾扑上去咬断了他的咽喉。那时候她紧紧靠着他的脸，看着那苍白而近乎妖异的面容被鲜血浸染，竟然忘记了自己的痛楚，心中想的是，到底是什么，把一个光风霁月般的少年变成了这个样子？

只是这没有什么意义。不管最后的赢家是谁，怜悯与恨意交织的情感里，这样的疯狂只是一个发泄的出口。

诚然，在这样的游戏中，雪咏泽占了绝对的上风，但哪怕他可以操控这个世界中的所有事物，也无法操控汤子期的精神。

她只要坚持住，他总会败下阵来。

但每每此时，她总是想要多做一点什么，不管是什么，刺痛他的心就可以。

这一次她找到的方法是，拼尽全力说出了三个字："雪吟殊。"

雪咏泽像被烫着似的缩回手，近乎仇恨地死死盯着她。

"你说什么？"

拼命大口呼吸的汤子期仰起头，眼角有因为咳嗽而沁出的泪水，却带着胜利的微笑："我在叫你弟弟的名字。你们真的……完全不一样呢。"

雪咏泽在一瞬间好像又要朝她扑过来，最后却没有。他忽然转过身去弯下腰，整个身体颤抖起来，他发出了幼兽般的嘤嘤低泣。

没想到这样一句话会让他如此崩溃，她冷眼看了片刻，有一种快意。然而随之漫上来的，就是莫大的悲悯。心底最柔软的部分在微微颤抖。

他这样她往往就有些受不了。实际上已经那么长的时间过去，她还是没有完全明白，为什么有时候，他前一秒还像个凶厉的恶魔，后一秒却变成一个无助的孩子。这种转变在眼前这个人身上，就像是浑然一体的两种状态，让她手足无措。所以她能够做的，只是不去想这背后的原因和理由，接受就好。

因此她只能上前替他擦掉眼泪，缓声道："别这样，其实那个人和你没有一点点关系，你不用这样。"

而他只是抱住她，把脸埋进她的头发中，继续脆弱地哭泣着。

当一个人渐渐长成你希望自己变成的样子，当一个人渐渐拥有你全部想要的东西，哪怕他所得到的并不是从你这里抢走的，你也难免会产生一种幻觉：那是你的敌人。在这种幻觉中，仇恨就应运而生了。

这种情绪说来很容易懂。然而，这种仇恨却又别有一番滋味。因为人总想毁了自己仇恨的对象，但这一个与理想中的自己太过相像，要是毁了，倒像毁了那个完美的自己一样。

何况他自己已经从那个世界中消失了。

已经不记得多久以前，他得到了一个羽人的身体。尽管那个身体已经过于苍老垂朽了，但他还是欣喜若狂。当他用颤巍巍的手拨开霜木叶后，看到了一个女人和一个幼童。

幼童看上去才刚刚学会走路，兴致勃勃地追着一只蝴蝶，没一会儿一个趔趄就摔倒了。他嘴一扁，仰头时眼睛里已经盈满泪水，就要哭出来。可是他的母亲却站在一旁严厉地看着他："自己起来。"

他的视线触及母亲的脸，忽然眼泪又收了回去，他奋力从地上爬起来："嗯！我……殊儿不疼！"

女人叹了口气，走过去把孩子搂进怀里，眼底终究还是流露出焦急和关切："吟殊最乖，膝盖也不疼吧？"

幼小的雪吟殊扑进母亲怀里，不知道有没有偷偷流泪，但总之再抬头的时候，已经露出笑容，伸着胖嘟嘟的小手："母亲，抱。"

羽堇岚抱着他站了起来，一只手还在揉着他的膝盖，温柔地亲了亲他的脸蛋。孩子咯咯咯地笑了起来。

雪咏泽忽然觉得自己的心被击中了。他想要冲出去破坏这温情的一幕，可是他想到自己是一个低贱的衰老的羽人，他什么也没有，就连这具破败的身体也只能使用短短的一两个对时。于是他只能跌跌撞撞地逃离那里。

那个老羽人的躯壳太脆弱了，他用了这么一次，就差点毁了，据说卧床了好几日才恢复过来。后来他不到万不得已，便不再用。

他唯一的收获就是看到了那孩子。他最爱的娘亲，他狠心抛下的娘亲，从此只属于那孩子一个人。他不能不恨，但又好像无人可恨。

所以他在后来冲着汤罗大喊："不许让他知道我的存在！不许！"

他无法想象那样同情和怜悯的目光，从那孩子的眼中投向自己。那一定就像一个富人看着一个乞丐。

汤罗拒绝不了他的任何要求，更何况帝后。他让他们做了种种安排。于是在这二十年里，他在那孩子的世界里成了一个秘密——他们的二十年，对他来说已经倏忽数百载。任凭多么炽烈的心情，都已经磨损和枯萎。

后来他又有了一个属于他的、愿意替他而活的姑娘。可是他竟然决定把这姑娘送到那孩子身边去，亲手撕开掩埋多年的真相，这让他自己都感到惊讶。但他还是那样做了——把自己珍贵的唯一，送到那人身边去，哪怕那人已经拥有自己本该拥有的一切，哪怕他会把这个姑娘也夺走。

但这又有什么关系呢？他需要做一些事情使自己清醒，不至于疯掉。为了治疗寂静的疯狂，痛苦和绝望是最好的药剂。

"……因此，那个河络是不是雷眼郡苏行，以及他来此处的目的，都需要查证。而玉霜霖回来，我想是为了当初章青含的遗愿，继续进行他没有完成的事。"那姑娘认认真真地向他通报近来的情况，他却听得心不在焉。

互相伤害互相折磨的戏码结束之后，总要说点正经事的。

其实他不太在意她说了什么，只想沉浸在这平平淡淡的声音中。这个世界中终于有一些他所预见不了的东西，这样他便觉得满足了。

"你说的乌鸦嘴的身份，我一时还不能知道。"为了表明自己还是在听，他不得不接话道，"但那个叫落山风的河络，是个河络邪教的人。很久以前，在一场他们的秘密祭祀中出现过。"

他这么说，汤子期只是扬了扬眉，并没有觉得意外。所谓河络邪教，是一部分不信奉真神的河络组成的教派，他们数量稀少，被主流河络社会厌弃。他们干出什么事情来也不奇怪。

而她也没有问雪咏泽是如何知道这一点的。他对外面的那个世界所知甚少，然而，却总是知道一些秘密。所有月晓者使用的授语之术，都源自他的精神碎片。因此授语之术获知的所有信息，都会传达到他这里。这是他在和汤罗取得联系之前，唯一获知外界信息的渠道——虽然它们往往莫名其妙。

例如依照对落山风的形容，他搜寻到在河络的一次邪教祭祀中出现过这个人。不知出于什么原因，有一位月晓者使用授语之术偷窥了这场邪教祭祀。而落山风则是狂热的朝拜者之一。任何人看到这个场景，都不会注意到他，但对于雪咏泽来说不一样，授语之术所带来的一切细节，都是同样清晰的。

而足够清晰的细节，可以分析出除了信息本身之外的许多东西。

"河络的邪教徒啊……"汤子期沉思着。

"至于玉霜霖，你还不想放弃？"雪咏泽冷冷地笑了一下，"虚魅的形成，没你想的那么简单。离我们想要达成的目的，更是还差十万八千里。章青含都做不到的事，你指望玉霜霖吗？"

"可是，这是唯一的希望了，不是吗？"汤子期说，"而且，她告不告诉我内情，其实并不重要。现在她知道了你的存在，我想她也不会放弃。"

"那就试试好了。"

"不要再试图杀了她。"

"她说月见石是她的——这样的人，都该死。"

她叹了口气："你为什么还是这么任性？"

"我任性？"他伸出手，再次掐住她的咽喉，"再也不会有人比你更任性了，子期。但你最好记住，你是属于我的，永远也改变不了。"

汤子期尽力忽略被扼住喉咙的不适感，看着他，只是笑了笑："我永远不属于你，但也永远不会离开你。你记得这个承诺吗？"

他记得。他没办法反驳。

"汤子期，那就记住你的职责，守护好我的月见阁，这总是你答应过我的。"少年咬牙切齿地说，"我不允许月见阁消失在他的手中。"

这一次，汤子期在这月见之境中待了不短的时间，直到再不离开，离了精神的肉身就会出现异常。但不管多久，她总是要走的。如果没有特殊的事情，她一般半年来见他一次，而对他来说，就是隔了十五年。

这一次道别时，他幻化了一座山。他们站在千峰之巅，俯瞰万丈深渊。她发觉自己生出了羽翼，向他感激地笑笑。作为一个岁羽，她一年能飞的时间就七月初七那一天。而在这个世界里他可以创造出所有的可能。

"风翔典要到了。"雪咏泽忽然说，"在秋叶京的风翔典上，我只飞过一次，那一年我七岁。"

汤子期转头一笑："那，你就回来看看吧。"

雪咏泽不答话，偏开头去，从鼻孔中哼了一声。他这样子，她就知道他是答应了。于是她也不再多说，突然振起纯白的羽翼，冲入云海。

第十六章　月见幻境

茫茫苍苍的云在眼前翻滚聚集又散去。直到它们彻底散尽，她闭眼又睁眼后，已经回到自己安静封闭的卧房中。夜露打湿了窗棂，而桌上的入魂香刚刚燃尽。

她的精神波动终于消散殆尽，如同一圈圈涟漪被抚平在寰化之海。雪咏泽的世界重归空寂。

这片空寂里，有摇曳的星光和月影，还有直上云霄的极天城。万年年木延展出来的枝条，使点缀其上的花园和宫阁都像累累硕果。他最喜欢从一颗果实跳到另一颗果实上去，尽管那时候他还没有羽翼，做这种危险的事情，常常被母亲责骂。

此时整个宫城里华光绽放，年木成为一个璀璨的生命，宣示着羽族的高贵与繁华。这里的羽人每一个都会飞。侍女们穿着薄如蝉翼的纱衣，提着花灯在月光下飞翔，犹如天空中曼妙的精灵。这似乎是一场隆重的盛典，年木之下，六族万民在山呼朝贺，欢愉的歌声与笑语远远地回荡。

然而这样热烈的繁华和盛景依然填补不了这个世界的空寂。因为，没有什么是活着的。

他站在极天城中央最高的银穹塔上，俯瞰着人潮，神情木然。他不愿去看那些匍匐在地的人群，害怕看到的每一张脸都是一样的。

他记得，他确实曾经历过这样的场景。那时候银穹塔上站着的是他的父亲。那时雪氏还没有成为天下共主，但已经是羽族的领袖。他躲在塔里，窝在母亲的臂弯下，看着外面被万民拥戴的男人，由衷地骄傲和羡慕。

所以后来他一次次地爬上银穹塔顶，意气风发地想象那个场面，小小的心里充满豪情……不对，在那个他曾活着的世界里，他独自一人上不了银穹塔。那是羽族特殊的造物，没有可攀登的台阶，只能够直飞而上。而七岁之前的他，根本不会飞翔。

所以意气风发的豪情，也是他用来骗自己的。他还记得他进到月见石后，第一次梳理了其间的寰化星力乱流，在长久的寂寞中不经意幻化出心中所想的惊愕和狂喜。最初，他还能把自己蒙混过去，他会忘记自己待在一个虚幻无物的空城里。然而渐渐地，虚构场景能带给他的快感越来越小，恐惧越来越大。最后，就连恐惧也没有了，只剩下冷冷的麻木。

将思维触及这一片寰化之海的角角落落，将一切揉捏成自己想要的模样，这种和神之所为一般的游戏是他大部分时间里唯一能做的事情。但要命的是，这让他有时候分不清，哪些记忆是真实世界中发生过的，哪些纯粹出于自己的想象。

他跪倒在地，喉咙里发出模糊的呜咽。羽堇岚从他身后的塔中走了出来，把他的头揽进怀里，轻声说："孩子，别怕，妈妈在这里。"

他搂住羽堇岚的裙裾，放声大哭。在她面前，他永远是一个七岁的孩子，当然可以肆无忌惮地哭泣。只不过，哪怕在肆意哭泣的时候，他心里仍然是冷冷的，充满了无趣和疲惫。

眼前这张温柔的笑脸，怀抱他的柔软身躯，也不过是幻象罢了。

他忽然站起，挣脱羽堇岚的手臂，大笑一声，往后一仰，跳下了银穹塔。

坠落，坠落……要是这坠落的尽头真是毁灭，该多么好。

疯狂的坠落在最后一瞬间定格成一片黑暗。满城的繁花胜景撕裂成废墟，隐没在了黑暗之中。

一个梦境的终结，却不意味着梦醒。在漫天席地永无天日的梦境中，他见过所有自己真实或者虚幻的过往。他见过锦衣华服的羽族帝后抛下自己，任他怎样哭喊也不回头；也看见一个素未谋面的孩子，追着自己叫着"哥哥"；还有一个垂垂白发的老人，总是沉默地看着他。

只是爱恨早已被稀释，除了疲倦之外，再激不起内心的一点点情绪。

如果不用理性建构出更多的场景，他的精神就总是被这样的东西纠缠。因此尽管无趣，他也总得给自己找点别的事做。

当然，这些年，除了有两个人会定时来访之外，偶尔还有点外来信息，让他能从这种百无聊赖中喘口气。

比如此时。

他看到了茫茫的碧水。水流涌动，色彩幽暗而深邃，水中有一个半开的贝壳，贝壳当中是一条凝固的鱼。

他并不是第一次见到这个东西。很久以前也有人用授语之术探知这个情景。他甚至知道，这是鲛族所在的碧国供奉于秘密处的国宝。那么，这里就应该是海底了吧。

贝壳和鱼晃动起来，似乎有人移动了它们。这个潜入者也许不满足于授语之术的窥探，竟然试图窃取此物。但这当然没有那么容易。很快，他听到鲛族尖啸的嗓音，混乱四起。随后画面和声音都消失了，看来授语之术结束了。

他不明白发生了什么，也对此并不在意。这些碎片一样的信息，大多数时候缺乏意义，只有某些特定的时候，才能派上用场。

月晓者使用授语之术得到的信息，往往莫可名状。早前为了平定天下所探知的军情，他还能知道是为了什么，后来，那些新的内容越来越奇怪，因为雪霄弋令月晓者去获取的东西也越来越晦涩不明。月见阁早已失却了原初的目的。这使他朝这寰化之海纵身一跃时满怀的悲壮现在看起来就像一个笑话。

但是很快又发生了一件令他在意的事情。

他感觉到有一个精神体，正试图进入他的寰化之海。

来的不是汤子期，也不是汤罗。终于有第三个人，试图绕过星辰之力的重重雾障，直接和他取得联系。

那个人终于来了。

他并不开心，也没有感到不快，只是平静地放任那个精神体在灵力之海的外围左右奔突。反正没有他的引导，没有人能够来到他的面前。就让那个人困顿挣扎一阵子，也没有什么不好。

但这件事还是给他的情绪造成了一点波动。他想了一会儿，面前就出现了一条长长的通道。这是一个向着地下延伸的墓道，他缓缓走入，走到长明灯留下的阴影中去。

墓道的尽头没有棺椁，只有两个骷髅安静地凝视着他。

很明显，它们一个来自男人，一个来自女人。这可能是这个世界中，除了他的精神之外，仅有的外来物了。当然，它们已经磨损、耗尽、枯死，仅仅是两个死物而已。

本来它们在这个世界中是无形无质的。不过，将它们塑造成这种模样，让外面来的那个人看到，一定更有冲击力吧。她会肝肠寸断吗？什么时候放她进来呢？他思索着，竟然前所未有地认真起来。他已经很久很久没有对一件事情产生过如此兴趣了。最后，他的嘴角渐渐勾起，露出一个近乎妖魅的笑容。

第十七章
如影随形

最近，整个秋叶京最郁闷的人，应该就是胖大海碌英了。

他的土木行遭遇了一场事故，但也因祸得福发现了一名大师级的巧匠，这让其他同行都艳羡不已。可偏偏碧氏一封信送来，要让他把这名大师赶走，这简直让他气坏了。

不过碧氏是他的老主顾了。在这秋叶京里，得罪了碧氏，生意确实难以再做得顺遂。他也知道，乌鸦嘴的背景没有那么简单，绝非可以长留之人。所以愤慨归愤慨，他最终还是忍痛照着碧氏的意思解雇了乌鸦嘴。

乌鸦嘴离去时，他满心愧疚，给他多结了三成工钱。倒是乌鸦嘴安之若素，既没有不满，也没有推辞，收了工钱就背着他的小包袱走了。

但他没有离开秋叶京，而是在城门口的一个小客栈里住了下来。

汤子期则听到暗卫们的禀报，这些日子有几名河络一直在暗中跟着乌鸦嘴。但他们并没有太多异样的举动，也就说不好来头。乌鸦嘴现在是河络中的红人，说不定那些还是诚心跟随想要找他学艺的崇拜者呢！

乌鸦嘴如此镇定，倒让汤子期有些无奈。除了吩咐那些暗卫继续保护和监视之外，她好像也没什么事情好做，一时似乎十分清闲。

与之形成鲜明对照的是，雪吟殊忙得焦头烂额。或者说，整个皇城极天都热烈地忙碌了起来。因为风翔典就要到了。

风翔典是羽族的盛典。这一天是羽族的起飞日，不管贵族还是平民，在七月初七都将受到明月同等的眷顾。除了极少数的暗裔羽族之外，所有羽人都可以展翅飞翔。这一天是整个羽族最喜悦的日子。

何况在秋叶京这样的繁华之都，风翔典这一天已经成为整个城市的节日。六族都会为这一天腾出空来，纵情享乐。

今年秋叶京的风翔典筹备尤为紧张，因为时隔多年，羽族最高层的贵族们终于又从青都来到了这儿。

按照惯例，风翔典这一天，上层的各大家族会各自派出最优秀的年轻人，前来朝拜羽皇。他们会在月力最盛的那一刻，围绕在羽皇身边，跟随羽皇起飞，象征着永远忠实地效忠。

一手创立翊朝的雪霄弋隐遁于青都之后，虽不再过问朝政，但在风翔典这种重大节庆时，贵族代表仍是每年前往青都朝拜的，只不过今年却改回了秋叶京。

明面上的缘由是几大家族以澜州的羽族居多，但这未免不值一哂。瀚州叛乱之后，再愚钝的人也感觉到，雪氏皇权的核心，渐渐开始由羽皇所在的青都向秋叶京倾斜。暗中流言乱飞，但青都方面，羽皇雪霄弋却毫无表态，就像这个变化对他来说没有任何意义。于是定在秋叶京的朝贺庆典仍旧顺利地推行着。

"汤氏众人已经到秋叶京了，老师不去见见他们吗？"

一株疏桐，一张木桌，一枰棋，一壶茶。汤子期落子之时，嘴角带着若有若无的微笑。

汤罗回了一子，面色不豫道："他们来了这里，又何须见我？"

他受了不轻的伤，一直在府中休养，并未返回青都。而雪霄弋也像忘了还有他这样一个老臣，没有召唤，也没有联络。他有那么一点的茫然，不知道自己在这转动的局面中，还能做些什么。

他入朝从政以来，一直是杉右汤氏最重视的族人。就是汤氏家主，也奉他为尊，一向礼敬有加。他虽不管族中事务，却是汤氏在朝中真正的根基。因此此次率人前来秋叶京的族侄汤成，抵达之后的第一件事就是前来拜见汤罗，但却被汤罗拒之门外。

因为他对定于秋叶京的朝贺，始终心有不忿。现在的九州之主，还是青都的雪霄弋。风翔典在秋叶京举办，于礼不伦。他改变不了雪吟殊，甚至影响不了汤子期，但赶走一个汤成出出气还是能办到的。

老师真是越来越孩子气了。不过相比总是忧心忡忡，这样的任性也许反倒让他更可爱些吧。汤子期这么想着，忽然感到院外的树梢一阵响动，显然是有人从上头掠过。

汤罗也感觉到了，冷哼一声，道："这局棋不用下了，你只管去吧！"

汤子期把棋子丢上棋盘，笑道："子期输了，下次再向老师请教。"

她出了汤府。果然，前去保护乌鸦嘴的暗卫头领在外头等着她。此刻这名黑衣羽人头上冒出涔涔冷汗，拱手道："禀大人，我们……我们把那河络跟丢了！"

"怎么回事？"

暗卫大略一说。原来自昨夜开始，他们就发现原先一直跟踪乌鸦嘴的几名河络消失了。一开始他们也不能肯定，直到清晨才确认了这件事情。而还没等他们回报，这一大早，乌鸦嘴就出了城。

他上了擎梁山，进了密林。羽人们很喜欢这样的环境。因为茂密的树丛就是他们最熟悉擅长的舞台。他们只需在树木间跳跃行走，就可以便捷地追踪目标，隐藏身形。然而正是有了这种轻松的心情，再加上护卫乌鸦嘴这些日子并未出现什么危机，他们反而在这林子里着了道。

简单地说，是树木上不知分泌出什么胶质，把一个个追踪的羽人都粘住了。不知从哪个时刻开始，他们不但脚下被死死粘在树干上，连不慎触及树枝的手臂和身躯，也像被钉子钉住一样，怎么也动不了了。

想想各个身怀绝技的武士像茧蛹一样被悬挂在树上张口结舌，汤子期有点想要发笑。但是见眼前这个黑衣羽人一副咬牙切齿的样子，她还是勉力忍住了笑，正色道："你们没想过脱鞋吗？"

"有。可是毕竟还是乱了一下子。等我们几个兄弟脱了鞋弃了衣，那河络已经钻进林子不见了。"他想起当时的情形，仍旧两眼冒出怒火，"我被吊在树上的时候，他还笑嘻嘻地朝我挥了挥手！"

"河络擅使陷阱，但陷阱可不只在地下。"汤子期叹道，"这个人还有什么是我们没想到的呢？"

还好，是乌鸦嘴自己设法离开他们视线的，倒不需要太过担忧。

"我们脱困后，在那片林子当中和外围都仔细搜寻过，却一无所获。"暗卫头领面露愧色，"我留了人继续寻找，接下去还请姑娘示下。"

第十七章　如影随形

"近日大家都辛苦了，让大家都回来歇着吧。"汤子期看了看天色，"暂且没你们的事了。"

暗卫一愣："不再搜寻那河络了吗？"

"不用了。你将今天发生的事情，禀报给殿下就好。要是他太忙了，你随便给云辰捎个话也行。"汤子期起身想要离开，看着那人望着自己欲言又止，想了想又道，"要是殿下问我上哪儿去了，你就说，风翔典在即，我去给他寻一份礼物吧。"

要从目光锐利的羽人眼皮底下脱身，不是一件容易的事，何况那几个羽人还是专干这行的，训练有素。

确信所有的尾巴都甩掉之后，河络直奔自己的目的地。他也知道，自己没有多少时间了。

从最初就一直跟着他、一直想要杀了他的那些同族，不知道为什么突然从他周围消失了，这反而令他更加不安。但现在确实是个最好的机会，他不但摆脱了来自同族的危机，也设法摆脱了那些多管闲事的羽人。他要把握这机会，尽快重新上路。

因此他没有犹疑，迅速前往已经坍塌的山中歇。

那块地下空间发生事故之后，入口就被封了起来。一来工程很长时间内都不会重启，二来也为了防止不明情况的路人误入发生危险。不过尽管如此，他还是知道有一个容易进去的入口。

等到整个矿区安静下来，他开始行动。他很顺利地到达了他知道的那个入口。洞口有草叶遮蔽，拨开草叶后一块大石呈现，面前像是没有去路。但他左右拨弄了一番，大石便"咔"的一声向一旁滑开，在夜色中露出一片更加幽深的黑暗。

他深吸一口气，步入了黑暗。在这片黑暗中，他四下摸索了一番，找到了自己之前预留下来的一盏离沼灯。

这就好了，他暗暗舒了口气。万事俱备，他只要快一点找到他的东西，就可以离开那些讨厌的羽人了。

想到自己的诸般安排，他心中不禁冒出一点点的得意——羽人们想看住他，哪里有那么容易。

但这种自负的情绪还没有持续多久，他突然一惊，猛地回头。

因为身后的黑暗中传来一声幽幽的叹息。

他举起灯，睁大眼睛，差点以为自己出现了幻觉。在离沼灯光的范围之内，映出一个修长纤瘦的身影。

阴魂不散的羽人！那一瞬间乌鸦嘴想要破口大骂，但是一个有学识有风度的河络的尊严还是让他忍住了这种冲动。况且他看出来，这不但是个羽人，还是个女的。不但是个女的，还是他的熟人。

"你为什么会在这里？"他气愤地大叫。

"等你啊。"羽人姑娘抱怨着，"你来得也太慢了吧。这个地方黑灯瞎火的，再待下去我可要受不了了。"

"你知道我会来？"乌鸦嘴这一句，是一个字一个字从唇角迸出来的。

"你想了办法脱身，当然不会让我们轻易找到。"汤子期低头看他，从容不迫，"但你无所事事地待了那么久，肯定是不想离开秋叶京。我虽然不知道你要找的东西是什么，但我猜多少和你之前所做的事有关。既然这样，想到这个地方不是很正常吗？"

"要是你猜错了呢？"

"猜错了，也只是再找不见你。但反正你已经不见了，最坏的结果不也就是这样吗？"汤子期满不在乎地道，"何况胖大海早先告诉过我这个入口。他好歹是这工程的领工，察觉到你留的这一手并非难事。有了这一层，我对我的猜测，把握还是很大的呢。"

乌鸦嘴张了张嘴，好像想说什么，最终却只是丧气地道："那你想怎样？"

"当然是帮你。雷眼郡的巴齐陆苏行大人，"羽人懒懒的眼神突然肃穆起来，"你该不会认为，想杀你的人会就这样莫名其妙地消失吧？"

乌鸦嘴紧盯着她："你都知道些什么？"

他没有反对她喊出的身份，汤子期的把握便又大了一些："我什么也不知道。只是，你不信任我们，我们却不能弃你不顾。"

"是雪吟殊让你来的？"乌鸦嘴——现在可称之为巴齐陆大人，很是苦恼地说，"为什么你们羽族这么喜欢多管闲事？"

"走了，哪来这么多闲话可说啊。"汤子期向洞穴深处走去。

"你到底想要什么？"巴齐陆却不为所动。

汤子期回过头来："要说我真的仅仅是为了帮你，也许你会觉得太虚伪了。那我这么说好了，雷眼郡苏行在秋叶京出事，甚至是死于非命，绝不是我们愿意看到的。再者，你手上的那个东西，我也很有兴趣呢。"

巴齐陆心里一紧，忍不住踏上前一步，低声道："你知道我要找的是什么？"

"不知道，"汤子期干脆利落地说，"但你危机四伏，却丝毫不想向太子殿下寻求庇护，我只能认为，你的东西对他要么大有益处，你担心他会抢夺；要么对他大有危害，因此不能让他知道——不管是哪一种，对我来说都至关重要。"她歪着头停了停，"但我愿意相信，前者的可能性更大一些。因为我相信哪怕你不当我们是朋友，也不会是我们的敌人。"

巴齐陆站在那儿好一会儿，最后终于长长地叹了口气，提着灯向前走去。"走吧，算我怕了你了。"

巴齐陆此行的目的地是青都。

三个月前，他们从雷眼郡出发，护送一件货物前往青都。这个乔装成商队的河络队伍共有七人。他们不愿引人注目，行事低调，只想早日抵达目的地。

在澜州南部，他们就发现了身旁的危机。有一些同族在暗中潜伏，时刻准备置他们于死地。他们在前往秋叶京的途中，一共遭遇了三次伏击。到最后一次，只有巴齐陆和一名秘术师逃了出来。在秋叶城外，为了保护巴齐陆，河络秘术师带着货物与他分头而行。巴齐陆最后可以确定的是，秘术师身死，而货物被他藏了起来。

生死一线中，巴齐陆不得不藏身在擎梁山的工匠中，一来是为了保护自己，二来同伴最后死去的地点，就在山中歇附近，他要寻找更多关于货物的线索。那件东西绝不能丢。

说起来事情挺简单的，巴齐陆三言两语就讲完了。但汤子期可以想象，他们遭遇了怎样的九死一生、惊心动魄。不仅如此，还有失去同伴的惊怒、悲伤和恐惧。即使这样，眼前这个河络仍然有着稳健的判断力和步步为营继续周旋的勇气，不禁令她肃然起敬。

"所以，要杀你们的都是谁？你们运的货物是什么？你们要去青都干什么？"她听得心惊，但还是把最重要的三个问题一下子问了。

"我们此行的目的如果达成，会在整个越州掀起变革，因此有人看不惯，想要阻止，也不是什么怪事。"洞穴深处的道路并不那么好走，河络矮小的身躯却灵活地跳过了一个个拦路的石块，"但我相信北邙等地的氏族，还没有那么丧尽天良。据几次交手的判断，一路追杀我们的，应该是'隐龙门'。"

北邙是越州北邙山脉下的一支氏族，隶属于火山城邦，与雷眼郡相邻。他们虽然经常与雷眼郡发生摩擦，但听巴齐陆的意思，并不是被怀疑的对象。汤子期思忖着，口中重复道："隐龙门？"

"对，他们是我们河络当中的异数。因为他们……不信真神。"巴齐陆顿了顿，仿佛连说出这几个字都是一种罪过，"他们信奉的，是龙神。"

信奉龙神？这就是所谓河络的邪教吗？汤子期想起雪咏泽当时说的话，倒是可以对应得上。"他们为什么要阻止你们？"

"因为他们不想要阿络卡，他们认为能指引世间之人的东西……是龙。"巴齐陆摇了摇头。

他没有接着回答她的另外两个问题，而关于龙，汤子期所知甚少，对于龙族流传于九州的神秘莫测、帝弑对他们的痴迷求索也不是她的兴趣所在，故而她没有追问，只是道："你们行事如此隐秘，我们在越州的眼目，都没有听到半点风声，为什么隐龙门能那么准确地掌握你们的行踪？"

"不知道。"说着，巴齐陆停了下来，举起离沼灯，往四下照了照。

汤子期这才发现，他们站在了一个岔路口。她这时才体会到，原来山中歇的内部，有一个如此巨大的空间。之前下来救人时，只看到一个甬道，毕竟还是无法窥见此地的全貌。

"我那位同伴留下的东西就在这里。"巴齐陆神情肃然，"汤姑娘，你真的要和我一起去取吗？"

汤子期左右看了看，这个山腹中高大的岩石空间里，目力所及空无一物。她不得不再次问："你说的东西到底是什么？"

"你见到了自然就知道了。"巴齐陆站直身体往左走了三步，又往前走了三步，似乎在丈量着地面，然后抬起头看着她，面容严肃，"至于你能不能见到，就看缘分吧。"

他脚下画出的尘土痕迹，已经显出了一颗六芒星。他自己站在星芒的中央。汤子期看见他的手中不知什么时候握住了一个卷轴，在这昏暗的环境下，它还泛出一层银亮的微光。她不由自主踏前一步，也踏进了星芒之中。

河络此时终于露出了笑容，他伸出一只手，抓住眼前这个羽人，提醒道："小心了。"

"小心什么？"

"会头晕。"

说着，巴齐陆的手一抖，银色的卷轴飞快地展开。汤子期看到卷轴上绘着的是幽幽森林。随着它整个打开，上面的图案就像流淌起来一般，迅猛地朝她扑面而来。她感到空旷的山洞迅速退远，卷轴中的世界呼啸而至。一阵天旋地转之下，她算是明白了"会头晕"的意思。

第十八章
北 林 贵 族

距离风翔典还有十天，贵族代表们都已经陆续到了秋叶京，但他们并不进城，而是驻扎在秋叶城外以北的林间。

秋叶京背倚擎梁山，城北是一大片桦木丛林，靠近城市的方向有大片开阔的林地。因着风翔典的到来，早早就被收拾了出来，供各家贵族暂住。

虽说每家只有数名优秀的年轻人来陪伴羽皇起飞，但风翔典这样的盛事时能在帝都度过，对每个羽人都是一种荣耀。更重要的是，这其实也是各大家族年轻一辈相互结交的一个契机，因此不管是世家公子还是小姐，往往一来就是许多位。

相对地，他们不进城也是一种惯例。羽族各大世家一向各有领地，尽管效忠羽皇，各自的权力范围却泾渭分明。不入皇城，不受制约，保持自由，才是羽族骨子里的傲气，哪怕面对皇权也是如此。

今年的秋叶京，比之青都还是繁华不少，所以来凑热闹的人就越发多了。

等到遥远的青都经氏抵达之后，各大世家代表都已经到齐了。就连秋叶京中的雪氏，都来到北林之中在搭起的帐篷和树屋中居住。极天城也颁下许多赏赐，供大家享用。这几日，北林之中充满了欢声笑语，一派热络愉快的氛围。

这些人既然到了，身为主政者的雪吟殊自然不能置之不理。除了赐下许多东西之外，这一夜，他还在北林设下宴席，亲自前往，与诸姓同乐。

这是他第一次成为世家朝贺的主角，而各大世家的人来到这里，其实也就是为了面见他。这是每个人都心知肚明的事。

此次将世家朝贺改在秋叶京，并不是出于他的授意，但却得到了他的默许。他和父亲的裂痕已经越来越明显，以各大世家为代表的羽族上层，也到了应该站定各自立场的时候。

雪霄弋虽然隐居青都多年，但一直在各州各族有自己的拥趸。但他的作为令越来越多的人感到失望。这几年来，他花费了羽族极大的人力与财力，向九州各个神秘而危险的区域进行探索，据说仅仅去年在澜州南部的夜沼，就损失了一个上百人的精英团队。虽然这些人力与金钱大多来自于青都城主家经氏的支持，但这样狂热而莫名的行动，还是令许多人感到心寒。而近几个月更是传闻雪霄弋不但要访遍整个九州，还要把人手派往海上寻访神灵。为此他调用了为羽族海军制造船只的许多资源，据说想要设计一批前无古人的航船。这令羽族上层都意识到，再放任这位陛下这么玩下去，恐怕整个帝国的财富都要被这些莫名其妙的事情蛀食掉了。

风氏、天氏之前都曾遣使秘密来到秋叶京。雪吟殊十分持重，并未与他们进行过于深入的沟通。但通过各自的方式，他们都表达了希望雪氏的权力核心尽快更替的意思。

"当下除了青都经氏，大半世家还是希望殿下能够尽快完全地掌控朝局。"掌管官员任免、调动、勋封等事务的吏师风鹰遥劝说着，他停了停又补充，"完全地！"

"完全地吗……"

"是。已经到时候了。世家朝贺是一个好机会，既可以试探各方立场，又并没有实际行动，可进可退。殿下，您站出来，是为了那些对您寄予厚望的人，让他们相信九州和羽族都能变得更好，而不是为了您自己。"

风鹰遥对他躬身行了一个大礼，另外的几名亲臣纷纷效仿。雪吟殊终于点了头。

他并非真正想要冒犯他父亲的权威。只是他生来就在这个位置上，很多事情他的父亲不做，他就不得不做。他也没有更多的选择。

在这个前提下，改至秋叶京的世家朝贺迅速地运作起来。而由于雪霄弋没有任何表态，哪怕是经氏，对此也没有提出异议，按部就班地从青都派人来到了秋叶京。

一切看起来都十分顺遂，但不知为什么，雪吟殊心里却隐隐跳着一股火气。

可能是父亲全无所谓的态度激怒了他。他若真想要篡位，绝不会采取这样大张旗鼓的方式。其实包括羽族上层的许多人，并非真正支持雪吟殊，更多也都是想要看看，这种冒犯是否会激醒那位不问世事的君主。但所有人都失望了，羽皇雪霄弋沉浸在自己的世界中，对这些针对他的算计和窥测没有半点反应。

那么，这样也好。雪吟殊的不快只是短短的片刻。他要考虑的事情有很多，羽皇的心意，他也没有多大的兴致去揣测。

这日林中晚宴开始的时候，不知道是不是被这些年轻人感染，雪吟殊的心情也十分欢悦。

没有营火，只有树梢上点缀的洒银灯发出荧荧的冷光，让这盛夏都消去几分暑意。各个帐篷和临时树屋前，随意摆放着桌椅，也有些铺开的毯子，让人可以席地而坐。各色蔬果、清酒和精致的点心，由侍席的侍女络绎不绝地送上来。没有过多的礼数拘束，也没有明确的身份高低之分，自由的年轻羽人们尽情地享受着这个夜晚。

雪吟殊坐在属于雪氏席次的案前，一身白衣，银发胜雪。他的位置处在一个缓坡之上，虽然没有华丽的装点，但却居高临下地俯瞰着整个北林。那些活力四射笑闹着的年轻人，让他也有了一种天舒地阔的感觉。他不由得想起来，自己的年纪其实与他们也差不多。

也有一些世家的人过来拜见他，他一一与他们微笑闲谈，当中不乏一些身份高贵的世家小姐。有些姑娘见了他就羞涩地低下头去，有些却用亮晶晶的眼睛盯住他，用银铃般的嗓音与他说话。不管是哪一种，他都不急不缓、温言相待。

风翔典本来就是年轻的羽人们相互表白的日子，因为象征爱情的明月光辉会照亮每一个人。他们这些世家子弟当然不像自由的平民那样，风翔典上携起一人之手，便可共度一生。但利用风翔典这段时间，为自己挑一个可心的人儿，也是许多姑娘心底公开的秘密。

她们来见他，也不见得就是有什么目的。只是他身上的光环，会让这些年轻的女孩子觉得，与之相谈就是种荣耀了。

她们不管是温柔羞涩的，还是活泼热情的，每个人都在仰视他。

这和某个人一点也不一样。那个人遇到事情言辞犀利，还总用挑衅的眼光看着他。那个人行事不太讲规矩，又总是充满自信，虽然机灵是机灵，有时候难免令他有点头疼。

比如今天，他要她调查的人跟丢了，她丢下一句"给他寻一份礼物"，竟然自己也就不知所踪，让他完全不明所以。他要不是一时顾不上，非得把她揪出来问个清楚。

要是她在这里就好了。她虽然是个平民，好歹也姓汤，让她混到汤家的人群里去，大概没有什么不妥。这种人多热闹的场合，她一定不会安分地坐着，不知道会闹出什么好玩的事情。

"殿下，您在笑什么？"云辰终于忍不住了，开口问他。

雪吟殊这时才发现自己在笑，还笑得十分开心。他也觉得自己在这儿胡思乱想有点不像自己了，忽然有些不自然起来，说道："没什么，只是想起一些有趣的事。"

这时，南边的帐篷前，似乎发生了一点小骚乱。

那儿正是汤家的地盘。雪吟殊忍不住站起身："怎么回事？"

马上便有人来回报："禀殿下，那边一位汤家的公子摔了满身的血。"

雪吟殊也不再多问，快步朝那边走去。他看见汤氏众人围着一个男孩子。那孩子看上去十三四岁，不知道撞到了什么，弄得头破血流。

不过估计他也没什么大碍，因为他还在惊慌地大声说着："过不去！那林子不知道为什么过不去！"

雪吟殊走到近前，众人纷纷让开，他问："怎么了？你遇到了什么？"

那孩子吞了口唾沫："我……我飞去那边玩，林子里明明什么都没有，可我却撞上了一堵墙。"

接着问下去，大概弄明白了。这孩子淘气，跑去了附近玩。他身为羽族中飞行力最强的煌羽，日日都可飞翔，不觉便飞了起来。然而他到了前面的林子，忽然狠狠地撞上一个东西，"啪"地就掉了下来。他觉得前面完全是空的，此时都想不明白自己是怎么摔下来的。

"好好养伤。"雪吟殊蹲下身，对那孩子说。他脸上还带着微笑，因此大部分人都觉得是男孩子贪玩，不小心摔伤了而已，并没有明确意识到这背后的古怪。他当然更不想在这个地方闹得人心浮动。

但他一走出人群，便道："云辰？"

"殿下？"

"不要惊动其他人，"雪吟殊眼光闪了闪，"你们几个，跟我来。"

第十九章

双 重 秘 境

天旋地转的最终结果，果然就是"砰"的一声，脑袋狠狠撞在石块上，人事不知。

说人事不知当然是夸张了，但也是过了好一会儿，汤子期才从眼冒金星的状态中定下神来。她揉了揉脑袋坐起来，才看到河络四仰八叉地倒在一边，大脸朝地，摔得可是比她严重多了。

她简直怕他摔死了，赶紧过去推他："喂，喂，乌鸦嘴！"

巴齐陆翻了个身转过来，骂道："河不流这浑蛋，就不能把人摔得轻一点啊！"

河不流是最后死去的那名填盅秘术师的名字。精于填盅一系的人，长于空间移换类的秘术，他们能在这里，估计就是拜他所赐。巴齐陆骂骂咧咧，语气中却有无限忧伤。

汤子期环顾了一下四周。这是一个林子，树影婆娑，树梢上挂着一轮圆月，树木幽深处不知道隐藏着什么。但这景象太普通了，反而难以分辨到底是什么地方。

从一个密封的地下洞穴，一下子来到这寒风冷月的荒郊野外，反差不可谓不大。她瞪着眼前的河络，等待他的解释。

巴齐陆拍拍身上的尘土站起来，知道自己蒙混过关是不可能的，干笑了一声道："你有没有见过双面盒？"

"你是说街头卖艺常用的那种道具盒子？"汤子期想了想说，"就是拉开一看是空的，再一拉，里头就多出花儿、糖果、弹珠之类的东西？"

"对。"巴齐陆点头，"你知道这种戏法是怎么变的吗？"

"无非就是盒子有两层，有一层是空的，只要快速一翻，另一层里头的东西就倒出来了。"她说完了这句，忽然醒悟，"喂，你该不会是说……"

"没错。现在我们就在另一层了。"

巴齐陆又三言两语解释了一下，汤子期就全明白了。河不流最后是把他们的东西藏在一个填盒秘术开辟出的空间里了。这片林子所对应的正常空间，就是山中歇内部的那个洞穴，它们构成了这个"双面盒"不同的两层。而那个银色卷轴则是河不流留给巴齐陆的开关。开关一动，盒子翻转，他们作为盒子里的"弹珠"就到了这毫无特点的林子里了。

巴齐陆在山中歇找了好久，才找到了那个正确的地点，结果还没有试，就出了塌方的事。之后他被各方都追得紧，才一直等到了现在。

这片林子是现实存在的空间，但又与现实略有不同。以这林子为基础，河不流的填盒秘术重构了其中一部分空间，这个部分并不出现在真实的世界中。

"河不流真是一位伟大的秘术师。"想到他在不知多么危急的境况下做出的如此安排，汤子期不禁感叹。

"但是他已经死了。"

"你们没有想过，就用这种办法把东西藏起来，自己再脱身？"

"不可能的，"巴齐陆断然否定，"施术范围内一定不能有人。何况除了抢走东西，他们还想杀我。"

汤子期默然。巴齐陆催促她赶紧走。据他判断，他们的东西就在这附近。而填盒空间一旦开启，维持的时间也无法太长。

巴齐陆手中的卷轴不但是开关，也是地图。两人照着地图上的标识往前走。从图上看，他们要找的东西就在前面不远处。

但是走了一会儿，巴齐陆停下了脚步："不对！"

"是不太对啊。"汤子期也看了看图，神情中闪过一丝惊疑，"我们好像迷路啦。"

事情很明显了。这图上画的和他们实际走的路，根本对不上。眼前的道路全都隐藏在树丛当中，每一个方向看上去都似是而非。

第十九章　双重秘境

"这不可能！"巴齐陆把卷轴一合，抬起眼睛，"这个空间就是由这张图开启的，这一点不可能有错。这种移换空间的指引图和实际情形应该是精确地一一对应才对！"

汤子期从他手里拿过地图，仔细看了看，手指轻轻地摩挲着上面的一个星标："你说的都是只有这一种填盍秘术存在的情况。如果说，这周围还有另外一种秘术产生的效果呢？"

"你说什么？"

"两种甚至几种秘术对同一个空间叠加生效，会出现什么样的情形，我是不太清楚的。"汤子期笑了笑，"不过我觉得，这附近倒有一种我熟悉的感觉。"

巴齐陆皱起眉来看着她。汤子期抬起头，看向半空中的那一轮明月："其实要不是你说了填盍的事情，我从最初就以为，这是一个密罗幻术生成的空间。因为今天这个日子，可不会有这么圆的明月。"

巴齐陆顺着她眼光的方向看去，果然，接近正圆的明月悬于中天，如同一只温柔的眼睛望着他们。但他却感受到这种温柔背后的一抹冷意。作为一个河络，他确实不如羽人对于明月那样敏感。但临近月末的日子，这样完满的明月，还是让他感到一种恐惧。

密罗星代表的是幻象。不可能出现的事情，却明明白白出现了。最合理的解释，就是密罗幻术的作用。

"但河不流是填盍秘术师啊！"巴齐陆低声吼道，"他不会密罗秘术！"

"谁说这一层密罗秘术是河不流放的了？"

巴齐陆霍然回身，惊讶地发现，一直跟在他身旁的羽人已经双脚离地，悬浮在半空中。她的肩膀上张开了一双近乎透明的双翼，在黑暗中熠熠生辉。一个羽人飞翔并不是件奇事，但问题是，今天并不是月圆之夜。那颗明晃晃的假月亮，也改变不了明月月力不足的事实。

"看来我猜得没错，"汤子期轻轻晃了晃自己的羽翼，落下地来，"这个密罗空间是羽人制造的。这样，这人自己就可以在这空间里飞行。不管是勘察情况，还是捕杀猎物，都方便得多。"

而且制造者应该是一个只有风翔典时才能飞的岁羽。因为同样作为一个岁羽的她都可以感应到这幻境中足够的月力。但汤子期没有说的是，这种飞翔实际上也是一种幻觉。你自己觉得你生出了双翅，可以肆意翱翔，没准其实不过

131

是在泥堆里打滚。

有一个人擅长玩这一手，她都听过好多回了，因此能够一下子想到。不过在这样的空间里，究竟应该如何脱困，她就得好好想想了。她脑海里开始飞快回忆着那个女子眉飞色舞地给自己讲故事，指望着找到点线索。

一道看不见的禁制，笼罩着将近方圆一里的空间。侍卫们试了好几次，没人进得了那条看不见的界线。每个人伸出脚，前面似乎没有任何阻拦，但鞋底落地，永远是落在线外。谁也不明白是怎么回事。总之，想进入那个空间是无法做到的。

包括这片空间的上方，也被某种东西密封住了。能飞的人去试了试，果真就是一面看不见的墙似的，也难怪那个莽撞的孩子会摔下去。

他们大概圈出了这片空间。它离北林不远，在这边缘都可以遥望到各家的驻地。这也是雪吟殊特别忧心忡忡的原因。世家代们的安全极为重要，他不能有丝毫的掉以轻心。

毫无疑问，这是某种高阶秘术造就的结果。于是他召了几位秘术师来察看。他们以各种手法试探之后，聚到一起交头接耳。他则等着他们拿出一个结果。

"禀殿下，我们认为，这是一个被'密罗'控制的空间。只要人一进入，就会沉入幻境之中。只是这个结界……这个结界却好像不是密罗幻术造成的。"过来回报的秘术师说着说着，有些嗫嚅起来，"这是怎么回事，我们也还没有定论……"

雪吟殊直直地看着他："是谁做的？有什么目的？怎么破除？"

秘术师的面色愈加尴尬起来。这三个问题他哪儿答得上来？太子殿下的面色阴晴不明，令他不禁心里打鼓。

"前两个问题，你应该自己调查。这不是秘术师的职责。"

一个声音在身后响起。雪吟殊回身，远远地，汤罗和此次汤氏中为首的汤成走了过来。

汤罗走得有些气喘。他的身体恢复得差不多了，但他本就文弱，此时夜风一吹，禁不住低声咳嗽。雪吟殊快步走过去扶住他，道："老师怎么来了？"

汤罗没有理会他，只道："让他们让开。"

侍卫与秘术师纷纷让开，汤罗走上前几步，捏了一个指诀，一动不动，似乎陷入了冥思。

雪吟殊没去惊扰他，只低声道："是谁去惊扰了汤大人？"

"是我去请阿罗公来和我们一同欢宴。"汤成忙道，"他一来，听说这边出了事，便要来看看。"

汤罗虽然不满今年的世家朝贺，奈何汤成被拒之门外却毫不气馁，接二连三地前去请见。今天他更是带了几个年轻的孩子上门去拜请汤罗，汤罗到底没有硬下心肠。他已经多年没有回杉右，家里有一些孩子心里还是惦记的。终于架不住汤成软言相求，府中也确实无聊，他磨磨蹭蹭地还是来了北林。

雪吟殊离开，汤成就知道一定出了什么事。正巧汤罗到了，他赶紧回报，汤罗就执意往这边来了。

很快，汤罗收了指诀，沉声说："密罗与填盉星力交相缠绕，严丝合扣，也真是少见。"

作为在场最富经验的寰化秘术师，他这句话一出，令其他人多有茅塞顿开之感。寰化一道本就擅长对其他系秘术的破解，他看上去胸有成竹，另外几个秘术师不禁松了口气。

"突然出现这么一个奇异的空间，一定是两位高明的秘术师在暗中所为。汤大人有什么判断吗？"一位秘术师按捺不住好奇，大着胆子问。

他说两位，是因为没有一个秘术师能够兼修密罗与填盉到如此高明的水准。汤罗道："填盉秘术师是谁我不知道，但是密罗……"

雪吟殊敏锐地察觉到他话中的犹疑，不禁踏前一步，望着他。汤罗缓缓回头，这年轻人犀利的眼神和他父亲真是完全不一样，触及这样锐利又坚定的眼神，终究有些不忍心。

是的，不忍心。不管师生之间有着怎样的裂痕，他也总不能去隐瞒或者欺骗。

汤罗叹了口气："施术的密罗秘术师，是月晓者，七号。"

雪吟殊看上去一点也不惊讶，只平静地问："大人可知道，他要做什么？以及，这幻境如何破除？"

"七号，应该是几个月前遵陛下之命，前往越州，寻访龙痕。"汤罗道，"这个人的风格我很熟悉，应该不会有错。但我不知道她为什么会到了这里。"

"我不管月晓者要干什么，我只想知道，这个地方怎么恢复正常。"

他没有问"龙痕"是什么。羽皇总是执迷于那些神秘而无谓的东西，久而久之令他连弄明白的欲望都没有了。他要的只是京郊的安全、世家们的安全。

汤罗沉默不语。

这个幻术空间不算太小。那人做下如此布置，必然有不得不这么做的理由。如果贸然破坏，很可能她做的事会前功尽弃。他迟疑了一会儿，向雪吟殊道："月晓者不会危害京郊的安全，这点我可以保证。殿下能相信吗？"

雪吟殊看着他，低声笑了一下："我愿意相信。但那又怎样？"

果然是这样。月见阁是他们之间无法逾越的一道沟壑，只要触及这个，所有的信赖和倚重都会土崩瓦解。汤罗不答，雪吟殊又道："汤大人，我们冒不起这个风险。就算月晓者没有任何恶意，也未必就能真正掌控局面，更何况，填盉秘术的来源您也不知道。我不知道这周围到底发生了什么，但肃清一切危机，才是当务之急。"

汤罗再次感到一种深深的疲倦。他仰起头看着云层中若隐若现的半轮残月："密罗与填盉，不同系的秘术本源上是相斥的。它们虽然可以叠加生效，但一定有一个'风眼'在这空间的某处。那个点上既没有密罗，也没有填盉的力量。不出意外的话，它应该在阻绝了外界空间的这个隔膜上。因为可以确定，这个面就是填盉星力最薄弱的地方。只要找到了'风眼'，就可以同时消解这两种秘术的力量。"

"那我们应该怎么找它？找到后又该怎么做？"

"用眼睛去看，用手去触摸，自然会撕开裂口。"汤罗挥了挥手，"太子，我能告诉你的只有这些。我要回去了。"

雪吟殊看着他的老师，看到了他的老态倦意，他心里有了决断，沉声道："来人，送汤大人回去。云辰，召集近畿营中的煌羽团过来。"

第二十章
破 阵 风 眼

"摧毁'风眼'就可以撕裂这个幻境，但是那样的话，填盍所开辟出的空间也就烟消云散了。"

"为什么你说得好像撕个布口袋一样？"听汤子期那么说了之后，巴齐陆怀疑地问，"这么厉害的秘术效果，就那么容易破坏掉？"

"因为在风眼处，密罗与填盍达成了平衡，它们的力量才会各自平稳运行，只要有什么外物到那儿去搅一搅，它们就自然崩溃啦。"汤子期听出他话中的意思，瞪了他一眼，"不要怀疑我的理论水平，我可是寰化大师汤罗的关门弟子！"

"好好好，那你倒是把风眼找出来啊。"

"一起找。你在地上的边沿搜寻，我到天上去看看。"

羽人再次展开双翼。飞翔毕竟是件令人愉快的事，可惜岁羽只有在幻境中才能随意飞翔。她想起月见石中的那个幻境，微微叹了口气，脚下一蹬，猛地冲上云霄。

"喂，喂！"河络似乎还想叫住她说些什么，但她已经听不见了。

巴齐陆看着羽人消失在夜空之中，不禁张大了嘴。然后他回过神，坐下来考虑了一番。他没有按照她的意思，去沿着地面寻找什么风眼，而是站起来，重新打开了他的银色卷轴。

他要找的东西就在这里，他不能走。

虽然密罗蒙蔽了他的感识，但他坚信，他们几个人用生命护下来的东西就在这附近。他一定会找到它的。

他深吸了口气，闭上眼睛。

既然密罗会干扰人的感识和判断，那么遮住自己的眼，让自己无目无识，只遵从真神的指引，就一定可以获得自己真正想要的东西。河络在遇到无法决断的困境时，永远是这样想的。

他在心中默念着祷词，凝聚自己的精神，去感受真神的教诲。这样集中的注意力，让他更加敏锐地体察到周围环境细微的变化。

然而他猛地睁开了眼睛。因为他在一瞬间感受到了强烈的……杀机！

一种他非常熟悉的杀机。伴随着他一路从越州到澜州，如附骨之疽般的恶意又一次迎面扑来，侵入骨髓。

他自然而然地弓起腰，鞘中的短刀也拔握在手，他一动不动地扫视着前面的树丛。

是啊，他怎么忘了，之前追杀他的隐龙门之人莫名消失，本就是一件诡异的事情。他们追了他那么久，还制造了一起爆炸事件，后来因翊朝对他的保护才迟迟没有下手。现在，他孤身落到陌生的环境中，确是他们动手的好时候。

这个密罗幻境是否和隐龙门的人有关？他不知道。但看那羽人姑娘的样子，她应该知道点内情。不知道为什么，对于她，他还是愿意相信的。不过其实这一切已经不重要。面对一场即将发生的搏杀，调整好每一块肌肉的力量，才是最应该做的。

他等待着一场恶战，他绝不会成为猎物。

而翱翔于夜空的汤子期，那个时刻还没有意识到巴齐陆遭遇的危机。

她在快速上升的过程中只是在思考着风眼在哪里。平心而论，她对自己找到风眼还是很有信心的。因为填盍空间已经没有了力量的源头，无人维持；而密罗空间制造者的能力她也较为清楚，无论如何，这个密合空间的范围都不会特别大。以她的目力和现在的速度，找到那个特定的平衡点应该不难。

但她心里其实也有一点迟疑。把那个人辛苦设下的局破坏掉，回头大概会遭到一顿大骂吧。

但她也管不了那么多了，和巴齐陆一起安全离开这个地方才是最重要的。

因此她睁大双眼，极力搜寻着夜空中每一点不寻常的东西。

第二十章　破阵风眼

在到达一定高度后，她放慢了速度。她感觉自己已经触碰到了天穹。当然，这可不是真正的天穹，而只是填盍用于隔绝外界空间的膜。她慢慢沿着这片无形的天穹滑行。她在找一个缺口，她也相信附近存在一个缺口，因此非常耐心地一寸寸摸索。

终于，她看到了一点不一般的东西。

在某个特殊的角度，她看到的明月不再是满圆的，而是极模糊的半弦月。这才是真实的月啊。她受到了鼓舞，缓慢而坚定地向那个点飘了过去。

终于，她离明月越来越近，似乎伸手就可以触及。不过这是件很危险的事情。搅动风眼，幻境消失，她可就不能飞了。要是这里真是悬在半空，到时候自由落体，那死得就比较难看了。

她这样胡思乱想着。尽管她心里知道自己需要镇定，不要冲动，至少得做好万全的准备再去触碰那个风眼，然而，忽然之间，那一弯模糊到看不真切的残月消失了，似乎被一片厚重的白光遮蔽。她惊异之下，下意识地向它伸出手去……

对于地面附近的搜索一直在进行。而从城中调集的煌羽团赶到后，雪吟殊做了一番安排。一个个擅飞善战的羽人起飞，像一枚枚探针，插向那个被无形之力笼罩的空间。

这种事也只有羽族能做。那风眼要真是处在什么不着天不着地的地方，人、鲛、河络、夸父族即使找到，也只能望洋兴叹。

羽族里煌羽的数量不是很多，能担当军职的更少，不过分头寻找，总是能够提高效率的。雪吟殊先是在林间等待，希望北林这片空间尽快恢复正常。但出动的煌羽们迟迟没有消息，他就有点坐不住了。

他本来就不是习惯于等待的人。于是他的后背上，光华开始凝聚。

"殿下要亲自去找风眼？"云辰问。

"嗯，枯坐贻误时机，不如也去看看。"雪吟殊道。

"是。"云辰没有阻拦。对于眼前这个凡事习惯亲力亲为的人来说，去探查一下什么的，完全不值一提。

"有汤姑娘的消息了吗？"雪吟殊突然又问。

"没有。"

雪吟殊不知道自己为什么总在奇怪的时候想起那个女人，猝不及防地。但这不是眼下他要考虑的事。他不再多说，振动光翼升上夜空。

起初云辰一直跟在他身边。但没过多久，他还是吩咐云辰与他分头行事了。反正按照汤罗的说法，只要找到了风眼，要破坏掉这个空间并不是难事。既然没有危险，也不需要多人协助，不如各自分头寻找，成功的可能性更大。

因此后来他开始独自在这片奇诡空间的外围飞翔。他很小心地慢慢探索着。这片空间就像一片不动声色又拒人于千里之外的海洋，没有人能进入那个区域。但只要你不是不顾一切地直冲下去，它也不会给予你反击。他向下俯瞰，底下是一片连绵不绝的浓雾，让人瞧不清下面究竟有些什么。

他在夜空中缓缓飞行，时不时也遇到一两个煌羽团的人。他们在进行拉网式的搜寻。这一片区域范围虽然不广，但高度却很惊人。他们正在一点一点向上寻找。雪吟殊不去干扰他们，只是独自翱翔着。

他升到高空，想要看看这禁闭的空间到底有多高，直到最高点后，再次好奇地向下俯望。

本来没有期望除了雾气还能看到什么，但出乎他的意料之外，浓浓雾海之上，他看见了一个一闪而过的人影。

那是个小小的洁白的羽人，从他的身下掠过。他惊讶地发现，他就像透过一个螺纹镜面，看到了远处的东西。这个圆镜周边的景物都已经扭曲变形，只有那个人影他看得真切。那是汤子期，他一眼就认出来了。然而在一瞬间他忽然又对自己有点怀疑。

——这真的不是因为一种想念而产生的幻觉吗？

但这只是短短一瞬，他几乎立刻明白过来：这就是汤罗所说的风眼！

他伸出了手。

而被阻绝在另一空间的另一人，几乎也是同时向着这风眼伸出了手。

分隔在两个世界无法交会的目光在刹那间交会，无法触碰的指尖触碰到了一起。平衡稳定的秘术结界被激起了奇妙的反应。他感到一股强大的力量推向他，让他朝着那人坠落下去……

而汤子期更是万万没有想到，自己去碰了碰风眼，竟然就有一个人自上而下朝自己疾冲过来！

他不应该出现在这里。但他就是如狂风一般从天而降，向她狠狠撞过来。

她倒是想避开，但不知怎么鬼使神差反而伸出手去抱住了他。于是巨大的冲力裹挟着两个人，让他们从云端翻滚着向下跌落。

不过幸好羽族有着良好的平衡感和张开的双翼，才让这种坠落没有变成一起灾难性事故。他们重重滚落在树叶堆上，停住之后，好一会儿谁都没有动。

狼狈是狼狈了点，还好谁也没有伤筋动骨。只不过这种变化过于突如其来，让人半天都回不过神来。

"雪吟殊……"

"汤子期……"

重叠的声音让两个人各自停下，对视着闭上了嘴。

"你怎么在这里？"

又是异口同声，这下两个人一下子笑了起来。

两个人站起来，拍掉身上的树叶走了两步。汤子期十分确定，原先的一切都没有变。也就是说，不管是密罗还是填盍的效果，依然如故。

两人互相讲述了一下情况，汤子期得出的结论是，本来有人触及风眼，应该会使这空间的平衡崩溃，但由于他们两个人同时在内外施加了影响，所以反而达成了另外一种平衡，因此这个恼人的秘术空间就还是完好如初。

"但是我为什么进来了？"雪吟殊对于汤子期的推论有些怀疑，"难道我这么大一个人都落进来了，它们还能保持平衡？"

"这我哪儿知道啊。"汤子期轻轻松松地说，"我也是随口一说，究竟是什么道理，回头还是得去问我们的汤老师。不管怎么说，你就是身陷囹圄，只能和我们同甘共苦了。"

"我们现在已经知道风眼在哪儿，重新找到它就行了。"雪吟殊道，"现在，先找到那个河络。"

说到巴齐陆，汤子期心头突然掠过了一丝不安。她蹙起眉，捕捉着脑海里飞速闪动的想法。"你刚才说月晓者七号要做什么？"

"前往越州，寻访龙痕。"

"龙痕……隐龙门！糟糕！"汤子期跳了起来，"快找到乌鸦嘴！"

第二十一章
隐 龙 初 现

粗大的短锤迎面砸下，而他的左臂已被人扣住，巴齐陆避无可避，大喝一声，屈起身体把扣住自己左臂的人猛地甩起。那个河络挡在了他前面，被铁锤当胸砸中。隔着他的身体，巴齐陆都感受到一种难以负荷的震颤。

那名持短锤的隐龙门人重伤了自己的同伴，眼中却毫无动容之色。他再次扬起短锤，挥向巴齐陆。

巴齐陆早已抛下了那名用来当"挡锤牌"的河络，向右一滚，同时躲开了短锤和另外一侧袭来的利剑，化解了又一次的双面夹击。

被他抛到地上的，已经是第三具河络的尸体。但是还剩余三个隐龙门的人，对他呈包围之势。

他已经尽了全力。只是比眼前的危机更令他震动的事情是，这些隐龙门人都疯了。

和曾经的交手不一样，那时候这些人虽然狠辣、阴戾，但没有这么疯狂。此时在夜色之中，那三个人眼中竟然透出暗红的血光。他们神情木讷，行动迟缓，动起手来却招招拼命。他们毫不顾惜同伴乃至自己的性命，对巴齐陆的攻击一轮比一轮凶狠。

正是因为这样，巴齐陆才得以迅速解决了三个人。但他自己的左腿和左肩也受了伤。伤势本身不重，只是他已经透支了体力。对于正常人来说，这种猛烈的对抗难以持久，他虽也是河络中上好的武士，可毕竟孤身奋战。那些疯子不知疲倦地围攻，让他有些撑不住了。

他不知道这些隐龙门人身上发生了什么事，但他可以肯定，他们已经不再具备正常的意识了。

他能做的只是尽可能久地撑下去。

左侧持锤的那个隐龙门人发出一声狂烈的呼喝，向他冲了过来。他举起短刀相格。猛烈的撞击让刀身弯曲近乎折断。他在这一下格挡上倾注了全身的力气，双脚深深陷进泥土，身体绷紧，再也无法移动分毫。

寒意森森的短剑悄无声息地向他的胸口滑了过来。他能够看见那锐亮的剑身后面，一个河络投来满怀恶毒的眼神，但眼睁睁看着短剑越来越近，却无法避开。

"叮！"

剑被打落，巴齐陆手臂上的压力也一下子减轻了。光华凝成的羽箭虽然无形无质，但十分精准。羽人男子悬在半空，指节上划出一抹微光，飒然挥出这一枚无弦的箭矢。羽人女子则手持长剑，朝这边疾冲过来。

巴齐陆哈哈大笑："我就说，你们这些羽人甩也甩不掉，总不会在关键时刻没踪影！"

"还有心情说笑？小心背后！"

第三名隐龙门人朝巴齐陆张牙舞爪地扑了过来，巴齐陆转身挥拳，狠狠打在他的下巴上。

形成三对三的局面之后，战斗很快就结束了。虽然解决得很迅速，但战况可称惨烈。那三个隐龙门人完全不想自保，疯狂地以命相搏，终于一一死去。哪怕他们本来想要留下一个活口来问话，都没能做到。

河络们的尸首横陈在地，整个林子里弥漫着血腥味。杂乱交错的枝杈背后还隐藏着什么，谁也看不到。

汤子期帮着巴齐陆简略处理了一下伤口，然后道："我们已经找到了风眼，带着你上去，就可以离开这儿了。"

"你说什么？"巴齐陆像在沉思着什么，刚刚回过神来。

"我说，虽然你是飞不起来，但我们两个人总是可以拽着你上去的。至于出去之后……"她看了雪吟殊一眼，有点心虚地嘀咕着，"要是我也飞不了了，只能看太子大人会不会把我们摔死了。"

"不，我不走。"

"什么？"

巴齐陆站了起来："我的浮梭铁就在这里，我要拿到它。"

这是他第一次说出这个东西的名字。汤子期迟疑了一下，还是立即反对："不行，这儿到底还会发生什么，我们谁也不知道。"

"你们可以先走，不用管我。"

"怎么可能？"汤子期生气了，"巴齐陆，你说这样的话有什么意义？不说那些隐龙门的人还有多少，就是这个世界的运行规则我们都不知道，在这里走出的每一步都可能变成悬崖和深渊。"

"不，河不流的安排不会出错，我一定会拿回我们的浮梭铁！"

"不行，什么东西也没有性命宝贵。"

"正因为这样，我才不能放弃！"巴齐陆大喝一声，"是，性命很宝贵。可你知不知道，这是我的多少同伴用性命换来的？我们付出了多少，才走到了这里。他们用性命保护的东西，我绝不能弃之不顾。"

汤子期咬牙，还想说什么，雪吟殊的声音响起："苏行大人，这样东西，对你真的很重要吗？"

"是，很重要。"巴齐陆吸了口气。他看向汤子期："汤姑娘，之前在山中歇，我要开启'双盒之术'的时候，其实相当犹豫。只要让你离开一段距离，我就可以自己脱身，不带上你。但我到底没有那么做，是因为我已经把你看作朋友。"

汤子期看着他。河络明亮的眼睛在这月色与血色交织的幽林中显得那么澄澈。他看着两个羽人，接着道："但是到这里，已经可以了。你们派了人保护我，刚刚又救了我，从没逼迫我说出我不想说的事情，这一切我都铭记在心。我的东西，由我自己去取回。你们尽快离开吧。但愿来日还能相见。"

他双手交叉于胸前，向他们微微躬身。这是河络一族对友人的告别之礼。然后他挺直脊背，转身离去。

"我们和你一起去找。"

羽人男子清冽的声音响起，平静而笃定，巴齐陆的身形顿了顿。

但他没有回身："不必了，太子殿下，我雷眼郡与您，并不能同路而行。"

雪吟殊踏前几步，走到他的身侧，潇洒坦荡："无关羽族与河络，也无关太子与苏行。有时候，我们想做一件事情，可以不想那么多，只凭心而为。你说是不是，我的……朋友？"

虽然做出了这个决定，但究竟如何找到巴齐陆的东西，还是得费好一番思量。他的地图是不准的，密罗干扰了对周围事物的判断，而填盍空间的制造者早已死去，它注定维持不了多久，他们的时间也没有太多。

雪吟殊发现林地四周有一些河络的足迹，那应该是隐龙门人留下的。经过仔细查看，这些足印自很远的地方延伸而来，到了某处，足印分成了两边。很明显，其中一边六个人就是来杀巴齐陆的，还有一边看上去只有一个人，不知去了哪里。他们决定跟着那道足印去看看。

哪怕这些足印也都有可能是假的，是密罗笼罩下的幻象，但身为局中之人，他们也只能照着这样缥缈的线索行事。

"巴齐陆，如果填盍星力消失，还没有找到你的东西，会怎样？"雪吟殊这样问他。

"它会彻底消失。因为按照河不流最后对我说的，他藏匿它的空间，是从某个随机的角落借来的。秘术的效力消失之后，那个部分的空间将带着它回归原位。我不知道还能上哪里去找。"

雪吟殊点了点头，没有说什么。其实哪怕是巴齐陆自己，也知道执意要留下来找他的东西，是太过任性了。但河络固执的秉性让他只能如此坚持。何况那个东西对于他，已经超越了它本身的意义。

他们没有走多久，像是眼前的雾气散去，又像每一棵树的表皮被撕开，原来再明晰不过的东西，忽然都缓缓扭曲，变幻了形状。不但是视觉上，脚下坚实的地面似乎也在软化、塌陷。雪吟殊走到另外两人的中间，分别抓住他们的手，沉声道："稳住！"

三个人互相紧紧依靠，环顾着这个世界的变化。原来枝丫纠缠的树木舒展开，显出了路；原来空空荡荡的岔口，突然生出一棵歪歪扭扭的杏木。眼前的一切都像水中的倒影，融化后又重组。由近到远，这整个世界的消解和重生，在三个人的身周呼啸而过，带着轰然的鸣响。

"别怕，是密罗的幻境在消失。"汤子期轻声道。

果然，这种剧烈的变化没有持续太久，整个世界稳定了下来。他们仍然处在一片森林之中，身旁的一切却已与之前完全不同。这个世界已经被颠覆，恢复了它本来的样子。最明显的一个证据就是，半空中的明月不再是完满的正圆，而是缺了半边的弯芽状。

"密罗消散，利刃出鞘。"汤子期低声喃喃。

巴齐陆突然反应过来。他抓起他的卷轴地图看了一眼，然后回头，飞快地奔跑起来。

雪吟殊知道他在想什么，回身道："快，跟上他！"

密罗的那一层幻境已经消失了，填盖空间的本来面目显现出来。他的地图终于变得无比精准。他要找到那个星标，他要找到他的东西！

河络灵巧的身体飞速穿过丛林，两个羽人紧随其后。他们离那个目标并不远，片刻之后它就近在眼前了。

跑在前面的巴齐陆突然顿住了脚步。

一棵看上去足有数千年的老树孤零零地立在面前空旷的场地上。它斑驳的树干上有一个硕大的树洞，一个河络坐在里面。

萤火的幽光照亮了他的脸，他带着一种奇怪的笑容，眼神空茫地看着渐渐接近的三人。

河络的上身不着片缕，露出黝黑的胸膛。他的怀里抱着一个烟灰色的正方体，它的表面流淌着水一样暗青色的波光。

"逆鳞赫马？"巴齐陆低声道。

这个人他见过，是隐龙门这次追杀他们的人的头目。他们还在越州的时候，就与这个人有过一场恶战。这人变成什么样他都认得出来。

但眼前这个人和之前的那些隐龙门人一样，就像失去了魂魄。那双原先精明而狠辣的眼睛里，蒙上了一层猩红的浓雾，弥漫着一种狂热。

赫马从树洞中站起身，抱着那个两尺见方的铁块走了出来——以两个羽人对其一无所知的眼光去看，它就是一个看上去材质奇异的金属块。他低声笑着："宝物，不是你的。属于我，属于龙神！"

巴齐陆死死盯住他，用全身的力气压抑住愤怒："逆鳞赫马，放下东西，你没有胜算的。"

雪吟殊与汤子期已经默契地分散开来，向两侧封住了赫马的去路，同时留意着周围是否还有潜伏的敌人。但这名河络看上去浑无所觉，他的眼中似乎只有巴齐陆一个人。他的嘴角挤出咝咝的笑声，得意地喊着："你输了，阿络卡的走狗，你输了！"

巴齐陆大吼一声扑了上去！

逆鳞赫马没有躲避，而是对着疾冲的巴齐陆猛一挥手。

一片锐利的亮银色像刀光一样划开了夜幕，朝巴齐陆笼罩过去。巴齐陆纵身跃起，脱出了那道光，踩着它继续扑向了赫马。同时，他手中的短刀自上而下猛地斜劈，要把赫马劈成两半。

赫马张开大嘴，露出一个扭曲的笑容，另一只手托起了那个烟灰色的正方体。一旁看着的雪吟殊生出一种怪异之感，那块东西看似金属，理应重量不小，但被赫马单手托起时，又像轻若无物。他的两根手指几乎没有弯曲，就那么托举着铁块。这甚至给人一种错觉，就是这东西已经离开了他的手指，只是自己在飘浮着。

巴齐陆的短刀撞上那方块，没有发出金铁的鸣响，只是溅开一点青色的波光。这波光荡漾开，像是一圈吞没一切的浪涛，化解了巴齐陆的下劈之势，令他无处借力。但巴齐陆似乎对这一点早有准备，他轻飘飘地拧过身体，竟然在毫无依凭的情况下又出了一刀。

雪吟殊与汤子期遥遥对视了一眼，心里想的是一样的事。他们不知道眼前这个逆鳞赫马到底是什么人，但看起来巴齐陆对他有着入骨的仇恨。既然如此，不要插手、让他自己解决才是最大的尊重。何况真正的威胁并不来自于眼前这个河络。他这样古怪是谁造成的？是否还有什么人躲在暗中另有所图？这才是需要绷紧神经去防范的。

然而他们低估了称号为"逆鳞"的河络。他虽被巴齐陆压制，招式很快就没有了章法，但整个人像是燃烧着一团暴烈的火焰，想要席卷眼前的一切。而巴齐陆似乎对他怀中的那个铁方块有所忌惮，并没有倾尽全力，反而落了下风。

"拿来！"突然，巴齐陆发出一声怒吼，向赫马怀中所持之物猛地撞去。他的去势凶猛却不粗暴，以一个巧妙的角度自下而上斜斜挑起了那个方块。它从赫马的怀中飞了出去，而赫马也更加被激怒了。他双掌推出，狠狠地打在了巴齐陆的身上，河络小小的身体被抛向了远处。

雪吟殊纵身跃起，接住了直飞过来的河络。巴齐陆咳了一声，吐出一口鲜血。

"拿回浮梭铁……"他低声道。

赫马朝着被打落的铁块冲去，汤子期出剑拦住了他。她的剑风封住了他的去路，然而，此时的赫马已经失去了理智。他对于迎面而来的剑刃视若无物，仍旧照原来的路径直冲而去。这样不顾一切的后果就是，剑刃自他的左臂上狠狠划过，嵌入肌肤。

汤子期却感觉到不对劲。她惊异地发现，这个河络的身体似乎在一瞬间变成了沉凝的金属！她手中的剑被死死咬住，再也无法移动分毫。她咬牙下了死力，那一截黑色的手臂终于在剑光下弹起，脱离了河络的身体。

赫马对于断臂之痛浑无所觉，扑向地上的铁块，用另一只手紧紧地抱在怀里。

他癫狂地大声喊着："宝物，龙神的赏赐！哈哈哈哈！"

随着高声狂笑，他的身体放射出了耀眼的光芒。四散的光线割裂了空气，就像具有实质的力量，令汤子期不由自主地退后。

这些光芒是从赫马的脊背上迸发出来的。如果迎着耀目的光线去看，可以看到他的整个背部已经变成了铁青色，看上去坚硬无比。这片铁青色上有着细密的裂纹，光芒就是从这些裂纹中狂放地流泻出来的。这些被强光填充了的纹路，竟然像是某种不知名文字，又像某种图腾，令人一见之下，震颤莫名。

"真神啊，'裂章之怒'。"裂章代表了金属之力的星辰，此刻引导了河络专属的高阶禁术，令见多识广的雷眼郡苏行都发出惊呼。

"子期，快退！"雪吟殊大喊。

随着他的叫声，狂风将一地的落叶卷起。不，不是狂风，而是来自金属的狂烈的力量。每一片扬起的树叶，都变成了薄而锋利的锐刃，向他们疾射而来。

汤子期飞速向雪吟殊与巴齐陆退去。她手中的长剑挥舞成一道光幕，挡住了所有飞刃。而雪吟殊则拖起受伤的河络，扯着他退到远处。

距离渐渐拉远，金属的叶片不再那样密集，汤子期觉得压力减少了一些，退到他们身边，沉声道："他疯了。我们快走。"

"双盒术的时间到了。"巴齐陆低声说了一句。

他们发现，以那一棵枯树为中心，周边的地面在向内塌陷。大地震动，空地中央的那一片区域已然崩裂。令人不得不想到，这是填盍空间就要恢复原状的前兆。

赫马跌跌撞撞地朝外跑来。他已经精神涣散，只用一只手臂揽着怀中的正方体，另一只断臂失控地挥动着。但他的身周仍然有无数的飞刃在混乱而疯狂地飘舞着，令人无法靠近。

汤子期道："我们先离开这里。"

"重要的东西近在眼前，怎么能放弃？"雪吟殊却低声道，忽然朝着逆鳞赫马冲了过去。

他以一种优雅而充满力量的姿态闯入叶刃之阵中，锋利的叶片划过他的衣袍和发丝，却无一不被他险险避过。他接近了逆鳞赫马，伸出手，抓住他怀中的那个铁块。

赫马好像已经看不见他，因此他竟然轻轻松松地就将东西拿到手里。这个东西触手冰凉，几乎全无分量。他没有时间惊异，拿到东西迅速退却，显然并不想与赫马纠缠。

但他还是被缠住了。赫马很快意识到东西被夺走，疯狂地向他攻击。而外围的叶片潮水一样向他们卷来。雪吟殊的羽翼凝聚，轻扬的光华震开了疾飞的叶刃，但他一时确实无法起飞，因为赫马够不着他手中的东西，就死死抱住了他的腰。

填盍的空间正在渐渐消亡，他们正处在塌陷的空间的边缘。雪吟殊感觉到自己正被发狂的河络推向那个正在崩塌的区域。他深吸一口气，发出一声清吟，猛地旋身，试图将赫马朝那个填盍空间的方向甩出去。

这个时候，黑暗中的箭矢离弦，破空而至。

雪吟殊其实成功了。他从赫马的钳制中脱离，自己带着金属块朝安全地带疾退。而赫马被他的力量推进了正在崩塌的空间。他马上就可以全身而退——如果退去的方向上，没有一支箭矢疾射而来的话。

羽箭的破空之声他非常熟悉。他知道来自身后致命的危险。然而刚刚猛烈的动作带来的惯性使他无法在短时间内改变方向，也无法起飞。箭镞直指他的后心。

那一瞬间他什么办法也想不出来，等到他快速地转身，只感觉到一个柔软的身躯倒上自己的脊背。他伸开手臂，那个人就落进了他的怀里。

一支羽箭穿透了汤子期的身体。自肩下而入，从锁骨下方穿出。她离这支箭太近了，她的胸口顿时洇开了一片血迹，他一只手覆上去，殷红的血液便从指间渗出，染红了他的皮肤。

那一瞬间，雪吟殊的胸口涌上一股刺痛的温热。

她为什么要这样？她的使命难道不是为了月见阁而对抗他？她不是他的臣属。她总是那样不可捉摸，她为何要在生死攸关之时决绝地在他身后纵身一跃？

"阿期！"远处的树影中忽然奔出一个女人，手持长弓，显然是这一切的始作俑者。她朝着他们狂奔过来。雪吟殊面容冷峻，一手揽住汤子期，一手挥扬，银亮的光叶便漫天漫地朝着黑衣女人撒了过去。女人左右避闪，无法靠近。

"画蒔姐姐……"雪吟殊听到汤子期虚弱的声音。

他低下头，她的脸庞在他怀中小小的，映了满天淡淡的星光，一片朦胧。她的嘴唇因失血而苍白，眼神迷离，敛去了平日里的锋芒，像个孩子。

雪吟殊收了手。那黑衣女人在几丈之外停了下来。她呆立片刻之后，将手中的榉木长弓丢下，单膝跪下。

"月晓者七号参见太子殿下。请恕罪！"

整个林子里静了下来，扭动的空间已经平静。不远处，枯藤老树都已消失，那名疯狂的隐龙门人也已不知去向。若照巴齐陆的说法，那个临时被"借"来的填盍空间，已经带着所有处于它内部的东西回归了原处。只有一地的月光冰凉。

第二十二章

黑 铁 龙 痕

"月晓者，七号，叶画莳。四个月前，奉羽皇陛下之命，前往越州寻访'龙痕'。"

凌晨时分，玉枢阁中仍然灯火通明。黑衣女人立在木埠之下，一丝不苟地回着话。

她是一名羽人，紧身的夜行衣勾勒出她玲珑的轮廓。与寻常女性羽人的纤细瘦削不同，她的身材匀称，四肢看上去结实有力，带着一种野性之美。她此刻微微低头，神态谦恭，眼中却有藏不住的张扬。

"七号，我问你，'龙痕'是什么？"雪吟殊看着她。

主案两侧，坐着汤罗与巴齐陆。汤罗看着这个年轻的月晓者，对于刚刚出的事情已经叹了十八次气。而巴齐陆作为涉事者，虽然受了些伤，但还是坚持留在这里弄个明白。

汤子期受的伤不算轻。虽无性命之虞，但救治之后仍处于昏迷状态，正由宫内的御医看护。雪吟殊命人扣住了叶画莳，她没有任何异议，一直十分顺从。

"龙痕，在陛下那里，就是远古的龙族留下的信息。他一直对龙的遗迹很感兴趣，这些年都在不断命人搜寻。"叶画莳没有推托，十分平静地回答道。

"什么？难道羽皇陛下也像隐龙门人那样，推崇龙这种邪物？"巴齐陆不可思议的语气中隐约有一种愤慨。

"苏行大人少安毋躁，这个我倒可以解释一二。"汤罗道，"陛下一向专注于各类神秘事物的探访，以找寻我们这个世界的本源。远古龙族并非邪物，虽一直是他的关注点之一，但也只是其一而已，与其他上古流传的遗迹并没有什么不同，更谈不上推崇。"

雪霄弋是这样一个人，大家都心知肚明，巴齐陆便点了点头。雪吟殊对父亲所做的事情则从来不愿置评，只道："然后呢？"

"陛下要找的龙的遗迹，最重要的一部分是传说中以龙族文字记载下来的一份秘咒。半年前，我在越州隐龙门人那里找到了线索。但我在暗中潜藏了很长时间，都没有真正找到它。后来，我终于弄清楚，那份秘咒被隐龙门人奉为圣条，不用文字记载，只是作为一种身份的象征，通过某种奇异的形式代代相传。"叶画莳继续说道，"每当一个隐龙门人得到高层的承认，得到了门内秘术的传承，就会通过仪式，将秘咒纹刻在自己身上。他们相信这样就能得到龙神的力量。事实上也的确如此，因为这种秘咒纹刻平日是看不见的，只有在他们需要爆发超乎自身的力量的时候才会显现。他们觉得那就是龙赐予的力量。"

雪吟殊想到当时的情形："你说的就是逆鳞赫马背上发光的那些纹路吗？"

"是。逆鳞赫马只是具有这种纹刻的隐龙门人之一，但我之所以选择从他身上着手，是有原因的。"叶画莳的语气忽然犹豫起来。

"你接着说。"

"要看到秘咒，就必须将那个河络逼入绝境，才有可能让他们祭出所谓龙的力量。但我一个人，是没有办法与他们对抗的，所以我根本没有出手。在我知道的身带秘咒的几个河络当中，我发现逆鳞赫马虽然勇猛，却是定力最差、最易被迷惑的。我长于密罗，只要以幻术为饵，也许就能引导他发狂行事。"叶画莳看了巴齐陆一眼，"这时候，以逆鳞赫马为首，隐龙门派出人手阻截雷眼郡苏行一行，我便跟上了他们。"

"你一直跟着我们？"巴齐陆发问，"从一开始就是？"

叶画莳微微一笑，道："不错。不过我最开始什么也没有做，只是旁观了几场你们的战斗而已。我很失望，因为逆鳞赫马并没有用尽全力，我看不到我想要的东西。"

"你曾经救过我们？"巴齐陆像是想起什么来。

"你们在南澜的那一场正面冲突，我确实给隐龙门使了点绊子，但不是为了救你们。"叶画莳没有贪功，"我只是想逼逆鳞赫马使出杀招，好让我看到他身上的秘咒而已。"

"原来是这样。"想到自己一行人一路九死一生，始终被这羽人暗中窥视，巴齐陆不禁咬紧了牙。但不管对方出于什么目的，总还是曾经暗中相助过，又不能全不领情。一时巴齐陆的神情变得十分复杂。

"一直到你们都到了秋叶京，苏行大人落单，我知道，你其实已经没有了与他们正面抗衡的能力。然而你的身份毕竟特殊，在秋叶京，隐龙门也不敢太过放肆。山中歇的塌方本是他们针对你的阴谋，你却逃过一劫，还得到了宫内暗卫跟随在你的左右，逆鳞赫马逐渐觉得已无可乘之机，他们已经打起了退堂鼓。"

雪吟殊冷冷道："但他们想放弃，你却不想放弃。"

"是啊。"叶画莳叹了口气，"太子殿下，我跟随他们这么久，怎么能放弃？我不得不暗中用了一点手腕，想挑起他们与皇宫暗卫的争端。没想到赫马竟然顶住了诱惑，始终没有向苏行大人下手。我无奈之下，只好另想办法。我知道，除了杀死苏行大人之外，他们还有一个目的，就是抢走苏行携带的浮梭铁，而那时，谁也不知道浮梭铁在哪里。因此我用了数日时间，布下了一个密罗幻境。我让他们相信，浮梭铁就在那个幻境之中。但其实当时并没有什么浮梭铁，我只是设法让他们入瓮而已。"

于是，巴齐陆发现一直跟着自己的隐龙门人消失了。他这才下定决心，设法甩掉了羽族暗卫们，开始行动。

"填盍与密罗的重叠，只是个巧合？"

"是啊。我哪里知道我选中的那个地方，正是'双盒术'的反面一层，又恰好在那个时间点上，苏行大人开启了它？"叶画莳终于有些无奈起来，"老实说，让他们进入密罗幻境之后又能如何，我并不知道。我当时只想要尽人事而已。我设下幻象，引得赫马一行人疑神疑鬼，近乎神志不清。但幻象毕竟只是幻象，它难以对赫马一行造成实质性的损伤。没有对手，没有战斗，我仍旧看不到自己想看的东西。而我一个人，自认是难以与他们交手的。正在我不知如何是好时，我惊讶地发现我的幻境被另外一种秘术侵入，差点失去了平衡。在重新让密罗空间稳定下来之后，我觉察到这一块空间真实的样子已经和原来完全不同了。我感觉到了填盍星辰的力量，而阿期与苏行大人也来到了这个地方。"

巴齐陆与汤子期的出现，让她重新看到了希望。因为逆鳞赫马有了真实的对手。

"我向赫马一行透露了苏行大人与浮梭铁的位置，没想到赫马开始与其他人分头行事。他们本来进入这密罗之境，要找的就是浮梭铁。其他六人袭击了苏行大人，赫马在此期间得以找到浮梭铁。这时候殿下、苏行、阿期三人试图继续见机行事。我知道，我的幻境已经没有任何意义，于是撤去了密罗之术，你们果然很快便找到了赫马。后面的事情你们都知道了。殿下与赫马过于胶着，我怕殿下被拖入塌陷的填盍空间中，因此才射出了那一箭。没想到……"

"真的吗？"雪吟殊打断她的话，语声中无喜无怒，"你射出那一箭，只是为了这个？"

叶画葑抬起头，眼中露出讶异的神色，似乎被他的怀疑所震惊。她过了好一会儿，才沉声道："不然殿下觉得，我是为了什么？"

"赫马身上你想看到的东西，已经看到了，对不对？"

叶画葑默不作声了一会儿，突然，她朝一旁横出一步，冷不丁猛地抽出一名侍卫的佩剑。

"放肆！"云辰怒喝。与此同时，在场的侍卫齐齐佩剑出鞘，直指叶画葑。

叶画葑双手横持长剑，一只手握住了剑刃，只见鲜血缓缓滴落。她扬起头，傲然道："如果殿下怀疑我别有歹意，我也不敢分辩。毕竟我冒犯了殿下，又伤了阿期，已是有罪、有愧。无论殿下如何责罚，哪怕是赐死，我也绝无怨尤！"

"你这是干什么，把剑放下！"汤罗站起来喝道。

叶画葑站在阶下，缓缓将手举过头顶，保持着一个将长剑双手奉上的姿态，面容平静，却带着无声的倔强。雪吟殊看着她，心头想法瞬息万变，片刻后道："叶姑娘，你无须如此。"

叶画葑的面色缓和了一些，慢慢将高举的双手放下，微微低头道："谢殿下。"

"但我还有一件事情想问，"巴齐陆忍不住插嘴说，"叶画葑，既然你的目的只是让逆鳞赫马陷入苦战，好逼出他身上的秘咒，为何不向太子殿下求助呢？他派些人围住隐龙门人，还是很容易的吧？"

第二十二章　黑铁龙痕

叶画莳再次抬头，直视雪吟殊："身为月晓者，只奉羽皇陛下号令行事，不给帝国招惹麻烦，也从不认为，帝国可以相助我们。"

月见阁不是属于这个帝国的，月晓者同样不是。他们自己也深知这一点。只不过如叶画莳说的不给帝国带来麻烦，有时候只是有些月晓者的一厢情愿。

汤罗嘴角浮起一丝悲凉的笑意，而雪吟殊面上毫无波澜，看向巴齐陆，平静地道："苏行大人不也是一样？哪怕生死攸关，也并没有求助于我。"

巴齐陆顿时脸上有些讪讪的，咕哝着："还不是和你打交道太麻烦。"

雪吟殊没有理会，说："浮梭铁是什么，你们此行的目的是什么，现在总可以说了吧？"

事情到了这个地步，于公于私，巴齐陆都自认应当抛下顾虑。他抬起头来，郑重地说："给我一间铸冶房，五日之后，我会给你一个满意的答案。"

"好。"

此刻窗外星光渐稀，天边露出了一角鱼肚白。经过这纷扰的一夜，太阳带来了崭新的晨曦。汤罗轻轻咳嗽了起来，他毕竟年迈，是有些撑不住了。事情暂告一段落，各人也该各自歇息。

"殿下，"叶画莳急急地叫了一声，停了停，低声道，"子期在哪里？让我去看看她吧。"

雪吟殊静了一瞬没有说话，谁也不知道他在想什么。汤罗有些于心不忍，开口道："她与子期一向交好。当年在余阳街头，便是她将子期带回来的。"

"我会让人领你过去。"

叶画莳称谢，离开了玉枢阁。

随着汤罗和巴齐陆也陆续离去，雪吟殊遣散了当值的侍卫。很快，偌大的议厅里只剩下他一个人。

他发了一会儿呆，忽然站起，匆匆向外走去。然而没走出几步，他又慢了下来，终于又走回座位，缓缓坐下。

他侧头看向自己左边，那儿有个丝藤结成的席位，是他专为某人而设的。但她一向很少坐那儿，总是不安分地倚在屋里的窗台书架什么的上面，常常让他无言以对。此刻初升的朝阳洒了一点浅金色的光点在那个座位上，他怔怔地看了片刻，忽然自嘲地笑了起来。

　　玉枢阁侧边的小纱阁十分舒适，碧温玄靠在小榻上等了半天，竟然睡着了。等他睡眼惺忪地醒过来，发现已经是晨光曦微。他打了个哈欠，问一旁的宫侍说："他们没事吧？都散了吗？"

　　宫侍说："都散了，但殿下还没有歇息。"

　　"他不睡，我可不能不睡，没事就好，我要回家去了。"他站起身来，拍了拍袍子，就要离开。

　　那名小宫侍说："可是殿下他……"

　　碧温玄是前一天晚上知道秋叶北林的古怪事的。本来他只是抱着一副看热闹的心态，让人不断地探查回报。后来连雪吟殊都消失了，羽人们开始慌乱起来，他才认真起来，怕真的出什么事，亲自赶去了北林。

　　碧温玄赶到的时候，正好看见雪吟殊等人从那秘境空间里出来，他看见雪吟殊怀中抱着那个女子，染了满手满衣的血。他从未见过雪吟殊那样的神情，沉厚的面具被撕开了一道裂痕，透出底下忍不住的伤痛和惶恐来。他就远远地看着羽人们忙乱地善后，袖手站在一旁，看着这样的雪吟殊叹了口气。虽然与众人一起回了宫，但羽族与河络之间的纠葛，他不想参与。这会儿既然没事了，本来他乐得回去休息，但看到这名宫侍欲言又止的样子，反倒在意起来。

　　"罢了，你领我进去吧。"

　　碧温玄走进去时，雪吟殊正在看文书。他头也不抬，没有理睬碧温玄。

　　碧温玄凑过去，看见桌上摊着的只是一份最普通的上书，他笑了一下，大大咧咧地坐到一旁的丝藤椅上。

　　"你已经看着这个宁州的例报多久了？看进去了吗？要是累了就去睡觉，要是心里牵挂着那个女人就去看她，在这里发什么愣？"

　　雪吟殊笑了笑，碧温玄站起身去夺过他手中的朱笔。那笔尖都凝了一层硬壳，也不知他多久没动了。"你有没有听我说话啊？"

　　"我只是在想一些事情。"

　　碧温玄看他这样，叹了口气："你也不用过于担心了，早前我就去看过她。御医说了，她身体底子好，养几天就会好的。"

　　"我知道。"雪吟殊微微摇头，"我担心的不是这些。昨夜的事情有太多内情，我一时半会儿还没法给你讲明白。"

　　"这不重要。"碧温玄低下头看着他，"你先弄明白你心里是怎么想的，才

154

是最重要的。"

雪吟殊又沉默了。碧温玄也不再催促，而是坐回去，倚着椅背，静静地看着他。过了一会儿，雪吟殊忽然问："温玄，你有过生死一线的体验吗？"

"除掉鲛尾的时候，算不算？"碧温玄一脸的满不在乎，"那时候我以为自己快要死了，可是我没有。"

"你没有上过战场，也许真的不会明白看着死亡近在咫尺却没有一点办法逃开的绝望吧。"雪吟殊微微一叹，"明明只要偏开一点点，就可以活下去，可是偏偏却又无法移动分毫。"

"绝望和绝望，确实是不太一样的。"一时间碧温玄也想起过往的一些让他生死两难的片段，情绪也低沉下去。

"嗯，去年我在灭云关受了一次伤。"雪吟殊接着说，"那是最后的一场混战，北都主将铁连河最终决定殊死一搏。冲锋的时候我在前阵，却被专门用于对付飞行羽人的青鸷网绊住了。我知道有一支箭朝我射了过来，极力想要避过，却无能为力。那时候的感觉，和昨晚是一模一样的。"

"我记得，你伤在肋上，后来养了两个月，连酒都不能喝了。"

"是。那时候我的边上有个士兵，他应该是新进烈翼营的。当时我有一种令人羞愧的念头——要是他能替我挡下这支箭就好了。眼睁睁看着箭射过来那一瞬间，我好像看到了他的犹豫。他或许知道我如果死去，整个大局就会扭转，但他还是倒退躲远了。那支箭离我的左心只有两寸远。"

"呵，"碧温玄低声笑了一下，"今日不过有人为你挡了支箭而已，至于想起那么多吗？"

雪吟殊的神情放松了些："不知为什么就想起来了，也许是因为和今天的情形太像了吧。那个兵士是烈翼营的先锋，绝不是贪生怕死的人。人或许能奋勇杀敌，可是在真正要以命换命的时候，未必能为了他人如此决绝。我从未怪罪过那个不愿救我的兵士，他也因着烈翼营的功勋升了军职得了封赏。毕竟生死攸关时，身份、地位、财富都不值一提，有的不过是两个生命之间最本真的交付与牺牲而已。"

碧温玄叹了口气道："所以说你们羽族不适合掌管天下，要是在人族那儿，为君者大如天，为臣者贱如芥。你身为掌权太子，想的却是这样众生平等的道理，哪能将杀伐决断做得彻底？"

"羽族的骄傲是不分身份贵贱的，这点无须多说。"雪吟殊一向锐利的眼神有一刹那的蒙眬，"但有人为我如此去做，我还是很开心的。"

说开心，也许不准确，那个软软的身躯落进他的怀里时，他感受最深的其实是恐惧，怕她真的有什么闪失。他心上防备的坚壳终究裂成了碎片，露出底下最柔软的部分。

"这些其实都不重要。"碧温玄的声音淡淡的，"是不是舍身相救，只是给你一个理由而已。如果不是你原先就喜欢她，哪里会有这么多的感慨。你此刻在这儿如此伤春悲秋，只是因为，"他靠近了点，语气里带上一点揶揄，"你喜欢上那姑娘了吧？"

雪吟殊沉默，片刻，"但她并不是我想要的那一个。不可能是。"

"何必说得如此肯定？"碧温玄揶揄之意更浓，"她不过就是月见阁的人而已。吟殊，这九州总有一天完全是你的，月见阁只是……"

他这句话没有说完，突然打住。他看到了好友脸上一种不可名状的神情，深沉而包含了某种……绝望。他怔住了。

"她不是月晓者，甚至也不是月见阁的人，更不听命于我的父亲。"雪吟殊想到了那个霜木园里的老羽人，想到了那颗白色的珠子，想到了他素未谋面甚至不确定是否存在的兄长……异样的神色只是一闪而过，他很快又平静如常，"但这又如何？我何曾怕过什么。没事的，放心吧。"

眼前这个人说出"放心吧"，便代表真的无须和他说更多了。说到底，对于他而言，儿女之情的计较也只能是这微微的晨光下满怀寂寥的三言两语而已。

碧温玄决定不再管这个人，还是回去好好睡一觉。

他离开玉枢阁，车子刚走上镶云道，温九迎面急匆匆地跑了过来。

"怎么了？"他掀起帘子问。

"公子，水央还没到。"温九低声道，"我们去找了她，也没有找到。"

碧温玄这时想起来，昨夜前往北林前，他本来是在等一个人的。水央和温九是他的左膀右臂，水央更是他在海中不可或缺的心腹。这些年，海中他无法亲力亲为的事情，都是水央在打理。她会定期来见他，或者有什么特别的事务要禀报，也会通过地下水网来到碧府。

昨日便是她例行该来的日子，但却迟迟未到。水央一向非常准时，如有意外，也一定会派人事先知会。

"上次她走了之后，是去了溯洄海吧？新建行宫的事，有什么消息吗？"碧温玄问。

"是。"温九点头，"这段日子水央传回来的消息，都来自溯洄海。至于那儿在建的宫城，动工之后井然有序，进度很快，没有更多的异样。"

半年前，碧温衡下令在溯洄海建一处行宫。然而设计之宏大，与一座全新的城市没什么两样。碧温玄深知，自己的堂兄想要的绝不是碧国和翊朝简单的和平。不管如何掩饰，这都表明那位国主对于宛州以南的海域伸出了手。对此，他不能置之不理，也随之做了相应安排。

"你安排人扩大范围去打听水央的下落吧。"碧温玄放下车帘，"其他的，回去再说。"

第二十三章

神 亦 悲 泣

　　玉霜霖在一个小村子里停了下来。那是一个小小的羽族村庄，居民很和善，见她有点受伤，便给了她一间树屋休养。但羽人个性孤傲，没有人对她这样一个外来者有兴趣。她得以安安静静地做自己的事情。

　　一路走来，秋叶京没有太大的动静，她略微松了一口气。她去秋叶京中窃取月见石，现在看来是南辕北辙了。那个东西在什么地方并不重要，毕竟她的精神里面，也嵌入了一块属于"它"的碎片，和它的联系怎样也不会中断。只不过最初无论她做什么，那片寰化之海都没有什么回应，她才不得不铤而走险，想要找到月见石一探究竟。但在知道它发生的变化之后，这一切就不重要了。

　　她有了更多的信心和那个人取得联系，虽然她始终对此感到恐惧。但是别无他法，老师已经死了二十年，却依然不断提醒她身为一个魅的宿命，她逃不掉的。

　　她给自己配了几味草药，以帮助精神与身体分离。然后她把自己的身体放到一个安全的地方，开始了"旅程"。

　　月见石本身有一种强大的引力，无关距离，无关区域，只要月晓者分离出自己的精神，掌握特定的方法，便能感受到那片寰化之海的召唤。个体的精神在星脉的威力下显得那么渺小，只如一尾随波逐流的鱼，向旋涡的核心漂移。

　　但尚未触及核心，她就过不去了。她的精神在寰化的空间边缘停留了很

第二十三章　神亦悲泣

久，但所有精神所及，始终只能触达一片混沌。对一个魅来说，这是很危险的。魅的精神更容易与身体脱节。耗得久了，她开始犹豫要不要暂时放弃。

就在这个时候，一道极致的光亮撕开了黑暗。天光乍现，纯白的光芒刺痛了她的眼睛。她忍不住伸手挡在眼前，突然意识到，自己不知道在什么时候有了身躯。

世界不再是虚无的了。她眼前出现了一个山涧，潺潺流水冲刷着溪石，不知奔向何方。这个景象让她心中一震。这是多么久远的画面了，对她来说，远得就像前世的记忆——这就是她刚刚凝聚成功的时候，所在的那个地方。

她知道事情没有那么好办，那个人一上来就抛出这个场景，是想给她个下马威吧。她在心里暗暗提醒自己，一切都是幻象，勿为所动。

她检查了一下自己的身体，没有发现什么异常。

她小心翼翼地沿着溪边走，小心翼翼地观察。溪石湿滑，山路狭长，她不得不感叹，这个幻境实在太逼真了。作为一个对寰化之道颇有造诣的人，普通的密罗幻境在她看来总是漏洞百出。可是这个地方，要不是她知道是自己闯进来的，否则真的要沉沦其中、难辨真假了。

她顿住了脚步。

前面不远处，有个孩子正在玩水。

他眉清目秀，肤色白净如同冰雪。在这晴朗的日光下，都叫人担心会不会化掉。

那是一张纯真无邪的脸。当然，每个七八岁大的孩子都是这样透明的。可是玉霜霖却打了个寒战。她不禁握紧了自己的裙裾。

"玉姑姑，你来了。"那孩子转过头来，对她灿烂地一笑，就像她是时常串门的一个朋友。

"咏泽……殿下？"玉霜霖极力笑得轻松，"你在做什么？"

雪咏泽像是遇上了什么麻烦事似的向她招手："你来看看呀。"

玉霜霖走近前去，俯身一看，在水波里看到了一张脸。不是她自己的脸，而是一张男人的脸。她的心狂跳起来，霍然站起，回身，那孩子已经不在边上，须臾之间退到了很远的地方。

"你怎么这么淘气？"她还想保持镇定，但声音抖得厉害，"给我看这个做什么？"

那汪溪水中映的是她的老师章青含的脸。她的牙齿在打战。

"难道玉姑姑来，不是为了找章先生吗？"雪咏泽向她扮了个鬼脸，伸手一指，"你看，章先生在那边呢。"

章青含果然站在不远处，负手而立，带着一名魅族秘术师特有的缥缈而神秘的气度。

玉霜霖的泪水夺眶而出。她在心里拼命地告诉自己，是假的，是假的，可是没有用，她就像失去了对自己躯体的控制，无法自控地向着那边奔过去。

然而她终究触不到那个男人。她知道那孩子的手在随意揉捏着这个世界，但她却没办法想那么多了。她向着那个人极力伸出手去，却看见他的皮肤开始崩裂。

"不！"她惨烈地叫了一声。这个画面和记忆深处的某个场景重合，让她头痛发狂。

章青含的形体慢慢碎裂，像被扯破的布皮一般，散成了千片万片。他的皮肤、血肉、发丝都在她眼前消解，她叫着："不，不！"

"不什么呢？"孩子温柔而又冷漠的声音响起，"他就是这样死掉的，你忘了吗？"

玉霜霖紧咬着牙，眼睁睁地看着章青含的身体被看不见的东西飞快地蚕食，终于变成了一具骷髅。仿佛是她记忆中掩埋已久的那片阴影具象化了，她最恐惧的情景就这样出现在她的眼前。

这时候她才发现自己太天真了。在这个地方，这个寰化之境，她左右不了任何事情。而那孩子操控一切，甚至轻易便捏住她最大的软肋。

少年悬浮在骷髅的上方，像一个冷酷的神："他的精神就是这样分崩离析的，然后你杀了他，你忘了吗？"

"我是为了救他。不……是他求我杀了他的！"玉霜霖克制不住颤抖地说，"那时候他太痛苦，太痛苦了……"

"是啊。作为一个魅，精神体被一点点地割裂，一点点地蚕食，当然是很痛苦的。"雪咏泽天真地笑着，像在回忆，"但你毁了他的肉身，其实也不能减轻他的痛苦呢。他本来想要寻求的，就是精神的永生，皮囊早已被抛弃了，你说是不是？"

"你看见过他？"玉霜霖不可思议地说，"他的精神……确实完整地来到过这里？"

"来过又怎样？"雪咏泽的面色忽然冷下来，眼中有着一丝恨意，"那个时候，我什么都不是。我不是一个人，不是一个虚魅，甚至不是一个完整的精神体。但我至少可以击溃外来的入侵者！只可惜的是，等我睁开眼睛学会去看，他只剩下这样的残骸了。"

"所以，"玉霜霖咬牙切齿地说，"是你在浑噩中杀了他？"

"是他自寻死路。"雪咏泽的面容冷漠如霜。

他不屑地用脚踢了踢下面的骷髅，骷髅一下子散了架。玉霜霖想要扑上去，却无法动弹分毫，因为她感觉到，自己的身体也在渐渐地融化。她看见自己的手指在零落成尘，然后消散在阴暗的空间里。

但这并不是最可怕的。反正在这儿，一切都只是虚像，她早就有准备。但她没想到的是，眼前这个人根本不用什么幻象来攻击她，而是直接侵入了她的精神。她感到有一排细细的牙齿，不紧不慢地啮咬着她。

他杀了她的老师，然而，濒死的绝望稀释了仇恨和愤怒。已经过去的事情，终究影响不了现在。她此刻所能做的，只是极力集中注意力，不让自己的精神涣散。她抛下杂念，飞快地说："不管他怎么样了，我这次来，是来帮你的！"

虚空中的攻击频率降低了，几乎停滞。她听见雪咏泽说："就凭你？你想帮我什么？又能怎么帮我？"

那声音里充满不屑，像一个猎人逗弄着他的猎物。玉霜霖知道，自己得趁着这猎人还有闲情逸致的时候，赶紧把话说完："你难道不想离开这儿吗？我可以带你离开！"

少年微微蹙着眉，像在思考。过了片刻，他微微地笑了，他过来在她的身前俯下身："章青含失败了，他已经证明了完整的精神核只要进入这个世界就无法离开。你还觉得，你能吗？"

"他的失败源自于你。而你和他不同！"玉霜霖一鼓作气地说下去，"咏泽殿下，你知道你缺少的是什么吗？你只是缺少一个很简单的东西，那就是——更多更多的星辰力！"

"就这么简单？"

"就这么简单。"

　　雪咏泽审视着，片刻后才道："你还知道些什么？"

　　玉霜霖勉力站起来，极力凑近那孩子，望着他的眼睛："我想，你并不是没有尝试过逃离这里吧？你一定也让汤罗配合操作过。你知道你为什么失败吗？那是因为月见石的寰化星力来自于星脉，直接连通了寰化星！要怎么从这么强大的力量中逃脱，你应该无时无刻都在想吧？你心里清楚，此事人力不可为。是的，人力不可为，只有星辰才可以对抗星辰！这九州大地上，存在着不止一处星脉，你需要……"

　　"你说的这些，我都知道。"

　　玉霜霖激昂的言辞戛然而止，像兜头被浇下一盆冷水，她一下子只是怔怔地看着眼前的少年。

　　"你不过是随章青含做了点浅显的研究，就以为能解开让魅族重生的秘密？就以为能救我离开这鬼地方？"雪咏泽冷冷道，心里涌起失望，看来他还是高估她了，"我告诉你，你能知道的，我又何尝不清楚？不要用这种幼稚的法子来蒙蔽我，别以为你了解月见石！"

　　他的怒意直往她的精神深处刺入，让她发出强烈的战栗。她这时才忽然意识到，这个人最大的逆鳞是什么——月见石，一个他无法逃脱的囚牢，一个他恣意放纵的世界。它是属于他一个人的。关于它，他不许任何人置喙。

　　玉霜霖意识到自己犯了错。她说服他的时候，无论如何也不该触及这根隐刺。她想挽回，然而似乎是来不及了。绵密的攻击再次笼罩了她的精神，让她难以抵御。

　　雪咏泽不再控制自己的情绪，而是让满腔的愤怒倾泻而出，像洪水一般向玉霜霖席卷过去。可是他也不知道，为什么现在就连愤怒也无法让他感受到一点点热度。他只是把自己博大而又冰凉的精神力，向着那个魅强压过去。

　　"等一等！"玉霜霖发出了一声尖叫。

　　雪咏泽有些诧异地挑了挑眉。

　　眼前这个女人的身体已经在地上痛苦地扭成一团。她的精神体正遭受攻击，他以为她无法再操控这具身体了，何况这躯体本也是虚无的，没想到她竟还能说话。

　　他悲悯似的看了看她。要想毁了她，比捏死一只蚂蚁还简单，因此也不急于一时。他耐心地问："你还想说什么？"

　　玉霜霖略略缓过劲来。他以为她会抓着自己的裤脚，哀求自己放她一条生路。但是她没有。那女人以与他一样冰冷的声音说："雪咏泽，我知道，你能看到所有用授语之术看见的东西。可你难道以为，那就是全部？你以为你知道九州世界中的所有秘密？雪咏泽，不知道该说你是自负还是愚蠢。"

　　雪咏泽握紧了拳，面容变得愈加可怕。

　　前一刻几乎被摧毁的玉霜霖竟再次站了起来。她的眼圈深陷，却紧紧地盯住他。"你有太多不知道的事情。月见石已经把你驯化成一只笼子里的兽。你以为自己还有爪牙，是不是？你以为靠着那姑娘，就可以改变外面那个世界里的人和事？你以为她真是属于你的？"

　　"哈，你实在太多话了。"雪咏泽挥手，整个世界黯然失色。玉霜霖眼中的景物只剩下一片灰白的轮廓。

　　也许她是应该软言相求，迂回说服，但她没有这样的机会了。如果不一举击穿雪咏泽的软肋，即使他这一次放过了她，她也不过成为另一个傀儡。那不是她想要的。她只能孤注一掷。

　　"你知道坐忘阁中发生过什么吗？你知道溯洄海中发生过什么吗？你知道雪吟殊做过什么吗？你什么也不知道。你所掌握的，只是无数无法联系起来的碎片！就连汤子期这些日子做了什么……你也不知道吧？你怎么不去看看呢？"

　　"够了！"

　　雪咏泽终于被彻底激怒。玉霜霖再也没办法开口说出话来。精神上狂风骤雨般的肆掠使她发出低沉的呜咽。但很快，她连这种呜咽也不能持续，因为她在这个世界的咽喉也已快要瓦解消失了。

　　她要死在这里了。

　　她尽了力，但雪咏泽的心思终究捉摸不透。她妄图以常理揣度他，但怎么可能呢？他并非常人，也早就没有了正常人的心境吧……

　　忽然，一切静止了。

　　玉霜霖不知道发生了什么。她只是忽然感到一种极致的虚无。所有的攻击刹那间停止了。而这种无来由的静谧和虚无虽不是针对她，却令人更生恐惧。

　　玉霜霖眼前的场景重新亮了起来，整个世界狂风大作，沙石漫天，迎面打来，疼痛而令人窒息。

她哆哆嗦嗦地站了起来，心中惊疑不定。是那人还没有玩够吗？之前他那样凶狠地想摧毁她，可是顷刻之间发生了什么？

她按捺住深深的不安，思索片刻，决定往前走。眼前是无边无际的沙海，她只能奋力深一脚浅一脚地向前。

就这样漫无目的地走了不知多久，她在黄沙之中发现了那个孩子。

狂风似乎不受控制，他低伏着身体，深深地蜷缩在土堆之中。他原先洁白的衣袍上蒙了一层污尘，双手紧紧捂住胸口，清秀俊美的面容扭曲着，似乎忍受着极大的痛苦。

他的眼泪一滴一滴落在滚烫的黄沙上，腾起一股水汽，模糊了他的眼睛。那样的眼神，像一只受伤的麋鹿。

为什么突然变成了这样？这个世界里，还有什么能伤害到他？玉霜霖按捺住满心的震惊。她没有觉察到外来的力量，也想不清是怎么回事，但这个人在这一刻似乎被击垮了。

她想了想，不敢轻举妄动。

"咏泽，你怎么了？"她俯下身，用最温柔的声音说。

"怎么可以这样？"他颤抖着喃喃道，"她怎么可以这样！"

难道她赌对了？她心中一闪念。但她知道她的机会稍纵即逝，于是她伸出手去抱住他："别怕，不管发生什么，玉姑姑都在这里。"

她用这样的姿态去哄无论什么人，从来没有失败过。

然而雪咏泽猛地推开她。他慢慢站起来，重新回到半空中，发出大声的狂笑。

"哈哈哈，好，好。汤子期，你要践踏，我奉陪到底！"雪咏泽的声音里带着摧毁一切的恨意。

他小小的身体上满是泥尘，狼狈不堪，却有一种凛然不可方物的光芒。

"玉霜霖，你来这里，有求于我，也想相助于我，对不对？"

"是。"

"好。玉霜霖，你告诉我，溯洄海上发生了什么，碧温衡又想做些什么？"片刻间，雪咏泽变幻为一个高大华贵的青年，俊朗丝毫不亚于雪吟殊，令玉霜霖想起他们错综复杂千丝万缕的联系。只听他冷冷地道："我不相信碧温衡的野心仅仅止于一座行宫！"

　　碧国确实是真正影响九州局势的，只是他竟不问她要如何离开月见石。也许他根本不相信还能找到离开这儿的法子吧。玉霜霖的心头升起一阵带着快感的悲悯。

　　"他与河络、人族都来往密切。"玉霜霖沉吟着，"虽然'风鸦号'是沉了，但我去打听的事情，应该也快有消息了。"

　　雪咏泽遥空把她招到面前，语气不容置疑："记住，我要你当我的手脚和眼睛，而我也会给你你想要的。除此之外，不要玩什么手腕。激怒我，对你没有好处。"

　　玉霜霖忽然握住他的手。雪咏泽的手掌冰凉。他显然恼怒地缩了一下，但玉霜霖仍然抓紧了在这个世界生杀予夺的手，而不去管是不是会再次触怒这个喜怒不定的人。

　　"咏泽殿下，我想要的是什么，你应该很清楚。其实，那又何尝不是在为你自己找一条生路呢？"青年看见眼前这个女人微微笑着，竟然从指尖感受到一种久违的温度。

　　"雪咏泽，我保证，只要我们能找到魅的永生之法，你就可以重生。"

第二十四章
心 有 所 属

汤子期其实不久就醒了。她没有被伤及要害，只是失血过多，整个人十分虚弱。她醒了好几次，很快又睡着。难得成了一个伤患，可以理直气壮地不管任何事情，当然要抓紧机会好好睡到自然醒。抱着这样的心态，她愉快地休养了几天。

她的少年好友叶画莳一直守着她，这天傍晚看着她吃了药又睡过去，轻轻收拾了汤碗便回身出来。

在门外却碰见了雪吟殊。

雪吟殊似乎已经站了一会儿，身旁也没有跟着人。叶画莳忙屈身施礼："殿下，阿期刚刚睡着，您要是想看她……"

"我知道。"雪吟殊说，"你先去吧，不用叫醒她。"

叶画莳迟疑了一下，不再说什么，告退离去。

雪吟殊在门外静立了一会儿，终于推门而入。

她受伤的这几天，他来过三次。头两次其实只是路过，在远处看了一眼，有照料她的人进出，便没有过来。后来听说她醒了，他想见她，却不知道为什么一直踌躇。

她住的是位于云华台的一间普通女官的小屋。云华台是羽堇岚生前的居所，羽堇岚过世后，这里虽然再无主人，但花木等一应陈设，都和之前一模一样。汤子期从霜木园中搬出来后，就和曾经侍奉过羽堇岚的老人们比邻而居。

她一向低调，但因为这次的伤势，来了许多如临大敌的御医，众人看她一下子就与众不同起来，因而她的住所附近也格外安静。

屋子不大，靠窗的床上，她在沉睡。除此之外，整间屋子就只有一套方桌小凳和一张妆台。所有的陈设都呈浅木色，素净清雅。窗子开了一半，外面随风轻轻摇动的，是初放的海棠。从他这个角度看去，那是这空间里唯一的一抹亮色。

本来他是想看一眼就走的，可不知道怎么了，进了屋子，他犹豫了一会儿，决定坐下来等她醒。

他没有刻意去接近她，可还是几乎听到了她的呼吸声，和极细微的风声混杂在一起，令他有点局促。这是一种奇妙的感受，令他陌生不已，一时几乎有些坐立难安。他提醒自己应有为君者的沉稳威严，坐了一会儿，又站起来，在屋里踱着步。

但这屋子里并没有什么可看的。没有任何装饰，也没有什么女儿家的物件，就连妆台上都一片空空落落。他看见明亮的妆镜前只有个一寸见方的木盒子，除此之外别无他物。他总想做点什么，便随手打开了那个木盒。

不是意想之中的胭脂妆粉，而是半盒墨黑色的膏状物。这不是伤药，因为这几日她用的药，他都一一过问过。他伸指挑了一点在手上，抹开就没有颜色了，只是触及的皮肤在微微灼痛。

"这是珉兰草制成的膏药，专防湿地的虫蛇的。"身后传来一个声音，是汤子期醒了，她看着他的手说，"虽然涂在身上很不舒服，不用干净的手抹掉的话，就一直有一种灼痛的感觉，但蚊虫和蛇类就对你敬而远之了。"

他回过头，她不知何时已经坐了起来，银灰色的头发披散着，被映入屋中的阳光修饰成微微的金色。她的面容逆着光，看不清神情。

秋叶京不是湿地，她在这里已经几个月，不会需要这个东西。而它不但是她妆台上唯一的盒子，她还给他做了详尽的解释。

他合上盒子，说："冒昧了。是有点痛。"

她没有吭声，径自下了地，抓过他的手掌，伸出另一只手在他的掌心揉了揉："现在不疼了吧？珉兰草的汁液连水都洗不掉，只有其他干净的皮肤才能抹去这种灼痛感。"

他心里的不安更加强烈，但掌心的灼痛感确实消失了。她的指尖冰凉。就像是自然而然的，他反手握住了她的手。她一怔，轻轻挣了挣，他却握得更紧，像要把掌心的温热都传递给她。

她不再动了，就任由他握着自己的手，然后静静地笑了起来。她抬起眼来看他，眼底没有羞涩，没有畏惧，甚至也没有往常的探究之色，只是"看着他"。她干净纯粹的眸子明亮如水晶，他看到里面倒映着自己的影子。

她看上去已经好得差不多了，面色虽然还苍白，但嘴唇已经有了红润的血色。她离他很近，仿佛触手可及。在这种冲动之下，他抬起另一只手，覆上她的面颊。她脸上的肌肤滚热，可是她的手始终没有温度。

"原来，一个人可以热烈到燃烧，也可以疏远到冰冷。"那个瞬间他体会到的，是这样一种感觉。

他的手掌轻轻摩挲着她的脸。而她清亮的目光渐渐深沉，终究泛起一丝哀戚之色。他的手指轻抚过她的耳垂，她自然而然地低下头，避开了。

"雪吟殊，你有没有想过，如果有一天，你不在这世上了，这个世界会怎样？"

这微凉的声音把雪吟殊一腔炽热的情绪压了下去。他意识到自己失态了，然而他并不觉得尴尬，只是轻快地笑了起来。

他终于松开了她的手，想了想，说："我如果不在了，雪家要乱一阵子，九州也要乱一阵子。但如果我父亲愿意回到朝堂，一切也没有那么可怕。"

"我不是问这个。"汤子期叹了口气，"别管别人，就说你自己，最牵念的事或者人，是什么？"

雪吟殊第一时间想到的，是中州与越州几个尚未解决的陈疾，可是马上又觉得，要是回答出这个来，一定要被眼前这人嘲笑死了。那么牵挂的人呢？母亲去世后，似乎再没有让他想要用尽全力去保护的人了吧。碧温玄虽然让他惦记，但他和他一样，都负载了太多人的悲喜，有自己难以逃避的责任，旁人终究无法去分担。

那么，眼前这个人算吗？

雪吟殊还在思忖着，汤子期又说："我可是有很多惦记的人呢。比如我们的汤老师，你也见过的叶姐姐，还有简大哥，还有……"

"这样的话，你更要好好保护自己，哪怕是为了他们。"

"嗯。"汤子期点了点头，带着微笑，"我想保护他们。我相信，你也会保护他们，毕竟每个人都是九州的子民。"

"我会的。"雪吟殊这句话一出口，只觉得心境舒朗。是的，也许他没有全心全意非得去守护的人，可是这世上的每一个人，都是他应该去保护的。他做得好一点，他们可能就更幸福一点。这就是他一直为之努力的原因吧。

"嗯。但愿你我将来所为，都能照今日之言，不失不忘。"她把他的话听了进去，语气轻快，满怀着希望。不知怎么，他竟又感觉到无尽的感伤。

他不愿再谈这个，便换了话题，笑道："你知道巴齐陆带来的东西是什么吗？"

汤子期想了想："你是说浮梭铁？当时看着好像是个金属制物，至于有什么奥妙……不是应该你来告诉我吗？"

雪吟殊说："我也不知道。他说要一间铸冶房，然后在里面不辞昼夜地工作好几天了。我按捺不住，命人打探，据说他用那块材料打造的东西，看雏形是一副盔甲。"

"可是我们羽人从来不穿甲胄的呀。"汤子期惊诧道，"难道不是给我们的？他做这个，应该去给人族才对吧。"

羽族战斗的优势是迅捷灵巧，更不要说飞行之时就连轻薄的布甲也嫌累赘了。铁质盔甲在羽族这里几乎一文不值。

"谁知道呢？等他做完，看他是怎么说的吧。"

"也是。"汤子期点头道，"反正河络总有些奇奇怪怪的东西，非要去猜可就是白费功夫了。"

"说起来，没几天就是风翔典了，"雪吟殊道，"你到时候能飞吗？"

风翔典是每个羽人最重视的日子。尤其像汤子期这样的岁羽，要是因伤耽误了，未免要遗憾一整年。汤子期一笑，调皮道："其实我全好了，哪里有那么严重。"

"既如此，那么，那天来与我一道飞翔吧？"他发出了郑重的邀请。

她愣了愣，似乎有一瞬间的犹豫，然后笑道："抱歉，我不能去。"

雪吟殊没有想到她会拒绝。羽人之间，在风翔典那天共同飞翔的邀请，往往寄托了深厚的感情。但陪伴他起飞的，必然是来自各大世家的优秀羽人。他本想的是安排她与汤家的人一道参加银穹塔上最盛大的起飞仪式。但她竟然拒绝了，且似乎不会做任何解释。

既然这样，他的骄傲也不会让他继续追问。他深深地看了她一眼："若你改变主意，可以告诉我。"

她轻声说："多谢。"

于是他离开的时候，胸口翻涌着一股热潮。而同时，满怀的怅然又像一层阴影，薄纱似的蒙在他的心上，令他隐隐有些难过。他不太喜欢这样患得患失的自己，却又不得不承认，自己此前如静水幽潭一般平稳的生命里，从未有过这样酸楚的快乐。

雪吟殊走后，汤子期打开了珉兰草药盒，出了一会儿神，又合上。她抬起头，望着镜中的自己，自嘲似的笑了一下。

"那位殿下，走了？"叶画葑回来了。

汤子期转身，见她手里捧着一盘绿色的鸡蛋大的果子，欢呼了一声："呀，画葑姐姐最好了，知道我喜欢青岩果。"

她一下子抓起一颗青岩果就啃了一口。叶画葑拍了她一下："是给你吃的，急什么？这果子性凉，你可不能多吃。我是瞒着御医偷偷拿来的！"

汤子期也不说话，就坐下来高高兴兴吃着。叶画葑在她对面坐下来，支肘看着她。看她这么无忧无虑的样子，叶画葑倒发愁似的道："阿期，你说之后你该怎么办呢？"

"什么怎么办？"汤子期嘴里大嚼特嚼，像是没明白她说的什么。

"我们那位殿下对你的心意，傻子都能看得出来吧？"叶画葑挨近了看着她。

汤子期慢慢放下手中的果子，笑道："画葑姐姐，聪明人能看清别人的想法，但最聪明的人，却不会说出来呢。"

叶画葑有些不屑地哼了一声："我才不稀罕像你们一样凡事都打哑谜，所以我只问你，你的心意究竟是怎样的？"

"心意吗……"汤子期低头想了想，"我总是在做和我自己心意相逆的事情，所以心意如何，又有什么重要呢？"

"可是这一桩不一样啊，阿期。"叶画葑抓紧了她的胳膊，认真道，"喜欢一个人或者不喜欢，真的只和你自己的心有关。"

第二十四章　心有所属

"我明白。我也一直很想保全我自己的心，可我不知道能不能做到。"

叶画莳叹了口气："其实我也不该问你。替他挡了那一箭，其余还有什么好说的？我自问如果身在险境的那个人不是简西烛，我是不可能做到的。"

简西烛是叶画莳的丈夫，同为月晓者之一。她提起他来，汤子期便问："简大哥现在在哪里？应该也有任务在身吧？"

"嗯，他去了溯洄海。"叶画莳的眼神忽然凝重起来，"阿期，有一件事，我还没有告诉你。可能连汤大人也不知道。"

"嗯？"

"我和简大哥去求了陛下，求他让我们离开月见阁。"

"怎么可能？"汤子期失声。

"你听我说，"叶画莳认真道，"虽然月晓者的身份是无法抛弃的，可是我们也有过普通人生活的权利，只要不再做那些出生入死的事情，我就满足了。"

汤子期沉默了一会儿："那么陛下是怎么说的？"

"陛下答应了。"她的回答出乎汤子期的意料，"但他分别给了我们一个任务，他允诺只要任务完成，我们就自由了。"

"他要你寻找龙吟秘咒？"

"嗯。简大哥要找的东西更加难以着手，可我们不能不接下来这两件差事。因为……"

叶画莳一向爽朗的脸上竟然出现了一丝羞涩的表情，汤子期有些不明所以地看着她。她伸出手，抓起汤子期的手，放在了自己的小腹上，笑容里满是甜蜜。

汤子期明白过来，惊喜道："画莳姐姐，你有喜了吗？"她倒一下子有些急了，"那你还这样劳顿奔波，做那么多危险的事情？"

"没事。"叶画莳宽慰地对她笑了笑，"阿期，只是为了未来的一家人，我和西烛一定不能失败。"

汤子期握着她的手，点了点头。

其实他们两个会做出这样的选择，她也不意外。这些年，简西烛一直对于羽皇的任性妄为心怀不满。他入月见阁，最初存着为社稷建功立业的理想，然而终于还是心灰意冷了。与其说是为了孩子，不如说是孩子促使他下了决心。

  但她还是十分为他们担忧。近三十年来，从没有一个月晓者脱离过月见阁——在他们活着的时候。只不过看着叶画莳幸福的笑容，她什么也没有说，不忍心说。

第二十五章

深 海 幽 影

幽幽碧海，波涛万顷。如果你是一条鱼，深深地下潜，就会看到与陆上截然不同的旖旎风景。

有随着潮汐壮丽翻涌的白浪，有色彩斑斓亮丽如朝霞的鱼群，当然还有深不见底的巨大沟壑、陡峭如悬崖的峭壁以及生物与生物间的捕食与厮杀。

大鱼吞食着小鱼，上演无情的杀戮。也有势均力敌的战斗，两败俱伤，泛起一汪血水。但那样的血腥气转瞬即逝，因为无边无际的水流会冲淡甚至带走一切。

深深地下潜，不要停息，最终你将在幽蓝的水潮之下，看见一座流金的城。

作为碧国的王都，揽瑚城已有数百年历史了。对于随洋流迁徙的鲛族来说，几代定居在一个地方是不可思议的事，但碧氏做到了这一点。揽瑚城的建成得益于"比灵珊瑚虫"，它是一种只生长在近海的独特的珊瑚虫群。鲛族以秘术操控它们的行动，让它们凝出自己需要的结构。比灵的骨骼结晶坚固而永不腐坏，呈淡淡的金色。于是揽瑚城便成了幽海之下的一颗明珠。这座城市无视洋流变化，四季温度适宜，水流平衡，是鲛族的温柔乡。

鲛族的城与人、羽的都不同，是真正的立体城市。悬浮的珊瑚屋宇，水藻结成的飘摇栈道，上下互易的结构，置身其中，外来者瞬间便会迷失。万幸的是，设计者在这里放置了一个永恒的路标，那就是仰头可见的流华贝。

流华贝是一个巨大的白色贝壳，位于揽瑚城的最高处。只有远在数里之外，才可以看清它完整的轮廓，慢慢靠近，宽大的白玉墙就会遮蔽整个视线。白玉墙之内便是掌国者碧氏的居所，又称盛华宫。此刻，一名高大的鲛族青年正在正殿之中徘徊，他的鲛尾不时拍打着身下的珊瑚石，像在等待着什么人。

"国主，"终于有侍从匆匆进来，轻声道，"陆上的人来了。"

碧国国主碧温衡听到禀报后面色一凝："让他进来。"

一个奇怪的东西游了进来，那东西像是一只海马，但又绝不是。它的外表是个坚硬的壳，脊背两侧生出薄薄的蹼，拍打着水面，状若翅膀。头部没有五官，只横亘着一只大而狭长的眼睛。看上去既凶狠，又有些滑稽。

"海马"接近了碧温衡，让他觉得不舒服。他不得不微微浮起，才能平视它。"海马"的眼睛其实是一个透明的窗口。此刻窗口中摇晃着一个大脑袋，像是这海马头颅里的一个婴儿。

那是一个河络。而他所乘坐的，是河络一族特有的"将风"。那是一种半生物半机械的造物，以动物骨骼配合秘术培养附着于其上的苔藓状的"息"，养成后与河络自身融为一体，河络可用自己的精神去控制它，将其用于劳作或战斗，是河络非凡工艺的象征之一。

但河络向来很少入水，眼前这将风可深潜入海，可见是特制之物。而能用这种方式访问深海的国度，普通的河络工匠大概是做不到的。

"尊敬的碧国国主，你准备好了吗？"河络通过传声器扩散到水中的声波，令鲛人感到很不习惯。

"当然。但是，我不能把东西给你们。"

河络似乎有些意外："国主，如果你不信任我们，恐怕我们的合作难以进行下去。"

碧温衡摇了摇头："并非不信任，而是我想亲眼去看看，顺便带去你们需要的东西。"

河络想了想，对此也无可无不可："那就由我们陪同国主前去吧。我们什么时候可以出发？"

"现在。"碧温衡已经有些迫不及待。

他们出了盛华宫。一枚硕大的海螺悬停在盛华宫外，可见对于此行碧温衡已经早有准备。除了原先的河络，另外两名河络也操控着将风向碧温衡点头

第二十五章　深海幽影

致意。

鲛族远行，这些年流行使用的交通工具叫作"鹦螺潜"。那是一个巨大的螺壳，其上宝光珠玉点缀，在幽暗的海下仍然耀人眼目。鹦螺天生生有旋桨状的尾部，运转起来速度很快，从涩海到溯洄海，跟随特定的洋流前行，只需短短几日。乘坐在其中，也没有水流急涌的颠簸，相当安稳舒适。

碧温衡来到入口前，自有人为他打开了厢门。他直游而入，在鹦螺腹中的软榻上舒舒服服地坐了下来。

软榻上铺了陆上弄来的绒皮，做了特殊处理，浸在海水中也不会腐坏。而且它太软了，简直比水流还要温柔。陆地上的人真是会享受。

这些年越来越多陆地上的东西来到了这海中，被鲛人们争相享用。为了不引起他人的猜测，碧温衡从善如流地使用着这些陆上得来的奢侈品，心头却不时掠过一丝嫌恶。

此番出行，他没有知会太多人，只带了几名心腹。当然，同行的还有这几个乘着将风的河络。总之，快速行进只要三天就可以到达溯洄海流域。这样，他很快就能看到正在建的"行宫"了。

几只鹦螺潜和几个将风在深海中一刻不停地行进着。海下的地形与陆上的相同地段大相径庭，好的是漂游如同飞行，可以穿越山峦屏障，直达目的地。

如此跋涉了三天，就快到达目的地的时候，碧温衡忍不住心头的激荡，把他的"宝物"又拿了出来。

那是一个有着繁杂花纹的贝壳。他将贝壳缓缓打开，里面悬浮着一条透明的鱼。它如同用琉璃制成，周身光波流转。这件碧国宝库中的秘宝，长久以来都没有特别引人注目。要不是他多年前发现了其中的秘密，它可能就要埋没在海底了……

他把四周的皮帘拉紧，这样外面的人就完全无法偷窥了——那皮子也是陆上来的，特别绵厚紧实，顷刻间整个鹦螺潜内变得伸手不见五指，只有他的鱼在发着幽光。

他握住鱼身，手掌感到一阵灼热，鱼的眼睛睁开了。

鱼目中流泻出多彩的光华，细微的光粒像具有生命一般漂浮凝聚，在他面前形成一幅广阔的画卷。

一组雄伟的建筑浮现在这个画卷之上，它的背景是滔天的海水。尽管面前真实的空间狭小而黑暗，但在碧温衡的眼中，它又是那样的宏大壮丽。他的整个世界都被这样的景象占据，每每看到此景，他都想要顶礼膜拜。

碧温衡转动手中的鱼尾，眼前的建筑各个部分随之分离，像是拆分成了无数的部件。零件的内部结构舒展、铺陈开来，每个结构上面都呈现密密的文字。字迹有些凌乱，夹杂着人族、羽族、鲛族的表达，还有一些显然是来自异族的不明文字。但大致还是能看出，这一切都是关于这个建筑的构造信息和建造方式。看着这一切，他就有种心醉神迷的感觉。

无数个夜晚他曾痴迷地注视着这一切，而现在，它很快就要成真了。

隐龙门的人说需要这些详细的信息，他们的工程才能进行下去。所以，他亲自携带着他的"鱼"去往溯洄海。他又检视了一番这里面的内容，心满意足地点了点头。

他放下鱼时，鱼尾因惯性轻轻一弹。由原先建筑上分离出去的众多零件迅速回归原位，恢复原貌，并以自身的中心点为中轴转动起来。而随着贝壳慢慢合拢，他眼前的光华缓缓收敛。巨大的海域图景暗淡下去，幻景上掀起的滔天白浪将这个鱼目中流泻而出的世界整个吞没。海浪明明没有发出声音，却似乎带着巨大的鸣响，吞没了世界。

碧温衡压抑着自己激越的情绪，愉悦地看着这一切。

光华凝就的白浪散尽，他看见在渐渐暗淡下去的巨大图景之前，忽然飘过一只菱虾。

菱虾是海中最常见的生物之一，之于鲛族，类似于蚊蝇。碧温衡厌烦地挥手将它拂开，心中有些诧异：这几乎密闭的鹦螺之中为什么会有这样的东西溜进来？

他本来并没有太在意，然而一拂之下那菱虾竟在他的掌中死去了。更出乎意料的是，那不是一种正常的死法，他手中的小东西像被抽干了生命力一样，整个躯体迅速枯萎了。

碧温衡的眼皮忽然一跳，他凝神想了一想，一股强烈的不安涌上心头，逐渐化作一个可怕的猜测。他低喊了一句："月见阁？"

与此同时，就像是应和着他的想法，鹦螺发生了强烈的震荡。碧温衡还没有反应过来，它就整个倾覆过来，毫无防备中他被甩了出去。他稳住自己，仰头看见几个奇怪的生物冲向了自己的鹦螺潜。碧温衡心里一紧，急忙要护住贝壳，却发现手上空空如也，不知道是不是在倾覆中松开掉落了。他心中一沉，不禁高喊："来人！"

事实上也无须他呼叫，他的随从们早已冲过来护住了他，但他喊人的目的却不是这个，他并不在乎自己的安危，而是疾速向鹦螺潜的入口冲去，高呼道："别让他们偷走我的东西！"

随着他的催促，鲛族侍卫和河络将风向着袭击他们的几个人杀了过去。碧温衡这下看清了，那是几个丑陋狡诈的人族。他顾不上许多，冲进自己的鹦螺潜，里面正有一人拿着他的鱼。

他们果然是冲着这个来的！

碧温衡挥出自己的银矛，向那人刺去。

在海中很少有人是鲛族的对手。鲛人在水中行动更加灵活有力，而那些能下到深海的人族通常都经过秘术改造，行动不便。那人惊慌地抵挡了两下，就被碧温衡一下刺中，丢下东西跑了。

碧温衡捡起他的鱼，迅速查看一番，发现完好无损，终于放下心来。他转过身，回到鹦螺潜外，只见战局已经明晰，几名奇袭者已被鲛人与河络打倒了，剩下的正仓皇逃窜。

他们没有偷走他的鱼，可是他们看见了。这些人里面应该是有一个月晓者的，他的直觉十分确定这一点。这些无孔不入的月晓者！他愤恨地想，高声吩咐："追！一个都不能放过！"

"行宫"的选址在一丛巨大的珊瑚之上。不过那片绵延向碧水更深处的珊瑚只是一个用于支撑的平台，并不是这个宫殿的一部分。

这宫殿只是初具雏形，就已经像一只伏在珊瑚礁上栖息的巨兽。

——巨兽尚未苏醒，甚至尚未获得它的生命。

碧温衡到达这里时，已是深夜。各项工程都停止了，不管河络还是鲛人都已陷入安眠。只有负责接待他的隐龙门人，领着他逛了一圈——暂时还什么也看不清楚，但模糊的轮廓中流露出来的惊人气势已让他感受到血脉的贲张。如果不是因为途中遇袭的事，想必兴致会高昂许多。

但菱虾的事情确实使他无法释怀，以至于碧温衡都没能仔细去想河络所说的一些问题，就匆匆离开了那里。

到达溯洄海的临时居所后，他开始思索这一路上发生的事。等他将想法梳理得差不多了，去追捕的人也有了消息。

"杀了两个人，但还有几人没有落网，包括那名月晓者。"

"确定那里面有一名月晓者？"碧温衡还抱着一丝希望问。

"是。我们的秘术师觉察到了充沛的寰化星力，又很快消散无迹，与传闻中授语之术被惊扰后的迹象一模一样。"

"为什么？月见阁近年来不是并不插手军政之事吗？"碧温衡有一瞬间的愤怒，然而他立即又冷静下来。他马上意识到，对月见阁而言，这恐怕还真不是什么"军政"上的事。那位四处寻访奇闻异物的九州之主，盯上的就是他的"鱼"……

这个想法让他愈加焦躁。"你们还能追寻到他们的行踪吗？"

"他们还在水中，我们在找。"

对于这个结果，碧温衡并不能斥责。这里毕竟不是揽瑚城，在这么个前不着村后不着店的地方，那些人能探查到他的行踪，把袭击的地点选在这里，可见是有备而来。要说追捕，他带的人手并不充足，何况茫茫大海，那些人要四散隐没，并不是什么难事。

"用钩网封住附近出水的途径。"碧温衡马上道。

"回主上，属下已经这样安排下去了。"他的护卫统领这样说。

碧温衡赞赏地点点头。袭击他的那几个人是人族，要抓捕他们也并非毫无办法，潜入海底自由行动的人族，秘术效力往往难以持久，其实无须把他们抓到手，只要把他们留在水底，待秘术效力散尽，等候他们的只会是一种下场。但护卫统领又道："主上，我们发现，公子玄的人也到了这附近。属下担忧……"

"你是说那个女人？"碧温衡沉吟着，"建揽梦宫不是一件小事，碧温玄要把我的心思搞个明白，自然会在这里加派人手。但如果月晓者和她取得联系……"

那样麻烦可就大了。至少目前这个阶段，揽梦宫的秘密绝不能让外人知晓。这个外人包括公子玄。月晓者他可以杀，他们本来就是不为人所知的暗子，杀了也可以假作不知。可是那个女人不一样，他这时候不能和碧温玄为敌。

第二十五章　深海幽影

“你们必须拦住他们！如果找不到那几名人族，就盯死水央。”碧温衡露出阴鸷的神色，“绝不能让他们碰面。”

“属下明白。但万一他们还是联络上了，怎么办？”

碧温衡久久没有说话。他心内无数的念头转过。若是他们真的要来破坏他的一切，他还能如何应对？是，他是鲛族国度的主人，可是鲛人散于三海，细究起来，他手中有的资源，不及羽人百分之一，他拿什么去抗衡？他甚至想起自己这十年走过的这条浑浊幽暗的长路……他付出了那许多，绝不能在这个时刻功亏一篑。

他停下来，喑哑地笑了一声：“湖镇，你跟着我多久了？”

“回主上，十三年。”

“十三年，很不短的一段时间啊。”碧温衡道，“在我继位之前，你就跟着我了。那时候我还是个世子，你才刚刚进入清远卫。如今……有太多的事，已经不能回头。”

“属下只知为主上效命，不知其他。”

“很好。”碧温衡忽然加快了语速，“我现在命你去做一件事。你要杀人，也可能会被杀。但无论如何，不能失败。”

湖镇一向肃穆的表情并没有因为这样的使命而有所改变，只是平静地道：“请主上吩咐。”

“我会给你一件信物，但这件事做不做得成，还得看你自己。”碧温衡的语气也平静下来，“做不成，你一定会死。做成了，你可能也很难活。只是凡事总得置之死地而后生！湖镇，你是如此，我也一样！”

他决定了。在这短短的时间里就决定了。能杀了那名月晓者当然最好，但即便杀了，他也不能高枕无忧。如果帝弋还不放弃，自然有更多的其他什么人要来夺走他的东西。他明日就要把他的鱼交给负责施工的隐龙门人了。他必须得解除这个被人觊觎的隐患。

那么，不如赌上一把，获取一个可以喘息的机会。该来的总是要来，他与碧温玄虚与委蛇这么多年，到了能利用这条隐线的时候了。

湖镇默默曲下鲛尾，垂首听命。

鲛人高频的声音飞速交织，划开这片幽暗的水色。本来宁静的水流，霎时间就无故湍急起来。

第二十六章

奇 金 异 甲

碧温玄确定海里是出事了。最要命的是，大部分联络点都没有得到具体的消息。除了失踪的水央之外，他们没有找到任何确切的线索。

碧国之中信息一切如常，只有朝中的亲陆派与远陆派为了来年的贸易政策在年度议会上又大吵了一架。素来生活在海里的鲛族，新派主张与陆上种族有更多交流，汲取陆上之长；而旧派认为陆地上的种族其心有异，充满危险，恨不得毫不来往才好。新旧两派间的矛盾在鲛人中存在已久，年年争吵，大家也都习以为常了。

而国主大人往往在一旁默不作声，旁听得津津有味，等到两派的人全都筋疲力尽了，他说出一个数字，就算把来年贸易限额定了下来。

这个数字看似随口，却恰是新旧两派都可以接受的平衡点。碧国这位主政不过十余年的国主极擅平衡之道。鲛国之中，不管地位高低，每个人对于与陆上的关系都多少有一些自己的倾向。偏偏只有国主碧温衡，从来都是居中摇摆，让人丝毫看不出他在陆海关系上的立场。不过也正因此，他对新旧两派才都形成了一种微妙的制衡。

真正令碧温玄在意的事也许是碧温衡秘密会见了几名河络。

鲛族和河络一向是相互漠视的。是什么原因，让他们在深海相见呢？

"没查出那名河络的来历，只知道他来自越州。"碧温玄也觉得自己说的话跟没说一样。河络来自东陆的越州，简直是天经地义的事。

第二十六章　奇金异甲

果然，雪吟殊笑着说："正在秋叶京的河络苏行大人，也来自越州呢。"

这句话落到耳中，碧温玄好像想起了什么："你是说……"

"我是说，那位苏行大人就要'出关'了。他明日一定会求见我。所以碧公子不请我们吃一顿饭吗？"

"我为什么要请他吃饭？"

"为了赔罪啊。"雪吟殊笑看他一眼，假装正经道，"你看，苏行大人好好地在土木行干活，你却授意老板把人家解雇了，这难道不需要好好道歉吗？"

"喂，这怎么倒成了我的错了？"碧温玄嚷了起来，"还不是你那个月影者使的坏。"

"究竟谁使的坏，问胖大海不就好了。"

碧温玄悻悻地说："和那姑娘走得近了之后，你吵嘴的功夫见长啊。近朱者赤，近墨者黑，说得果然没错。"

拌嘴归拌嘴，雪吟殊提出这个建议的用心他很明白。虽然巴齐陆很可能对溯洄海的事情毫不知情，但他是雷眼郡的苏行，能够代表越州的立场。作为水陆之间的枢纽，碧温玄避不开越州这一块的河络势力。除了澜州以东的涩海，越州以南的溯洄海就是鲛族最大的聚居地。因此越州的港口对他也至关重要。

于是，刚刚在铸冶房中大功告成的巴齐陆，便收到了一份来自隐梁公子的邀请。书柬言辞恳切，说是为了请罪也为了感谢，为了在山中歇救人的事情，还请了他们共同的朋友太子殿下与月影者作陪。巴齐陆看着，不禁呵呵一笑，他本是要去见雪吟殊的，这么一来，倒是一举两得。

巴齐陆允了约，到了时间，有人就接了他前往碧府。碧府的卷蓝水树上，摆了几张精致的小案，分别按照羽族和河络的口味陈列了菜品。他到的时候，其他人已都到了。

巴齐陆毫不客气地坐在了汤子期身边，先问汤子期："汤姑娘的伤都好了吗？"

汤子期微笑："没有大碍了。"

然后巴齐陆也不跟他们来虚的，点点头就道："我今天不是来吃饭的，而是来谈生意的。"

雪吟殊笑道："不着急，边吃饭边谈生意，才容易谈得拢，是不是？"

但巴齐陆可没有心思吃饭，他小心翼翼地从携带的包裹中拿出一件银色的东西。那东西本来在他的手中不盈一握，可他只是轻轻一抖，它就舒展开来，成了一副盔甲。

明显可以看出这是一副专为羽族打造的盔甲，外形纤细修长，双胛上更有用于展翼的孔洞。它的材质看上去极具柔韧性，但入手分明又是坚硬如铁的质感。以金属而言，整件盔甲十分轻盈，但还是能感受到一定的重量。

雪吟殊、汤子期、碧温玄分别拿着察看了一番，相互交换了一下眼神。

"巴齐陆，这就是你说的浮梭铁制成的东西？"汤子期道。

"是。"巴齐陆道，"请太子殿下穿上，飞翔试一试。"

"我们羽人战斗时是不着甲的，不管是飞行还是陆战。"雪吟殊看着他，"相信这点苏行大人很清楚。"

"我当然清楚。"巴齐陆倒不耐烦了，"你别管那么多，穿上试一试就知道了。"

雪吟殊站起来将盔甲穿上，银色的战甲完美贴合了他的身体。他不再多问，向他们挥了挥手，凝出光翼腾空而起。

他在卷蓝水榭上空转了几转，似乎有了什么奇怪的想法，竟渐渐飞远，消失在他们的视野之中。

过了好一阵子，雪吟殊还没有回来。巴齐陆在沉思，碧温玄百无聊赖地喝着酒，汤子期则逗着对面的阿执说话。倒是云辰按捺不住了，一直眺望着水榭之外的天空，念叨着："殿下怎么还没有回来？距风翔典还有几日，他飞不了那么久的。"

越靠近月圆之夜，羽人可持续飞行的时间就越长。云辰应该对雪吟殊的飞行能力是极为了解的。他这么一说，另两人也不禁在意起来。

"你总不会担心他掉到水里吧？"碧温玄嘴上虽然漫不经心，但眼睛看着巴齐陆，像是发出询问。

汤子期正想说什么，这时雪吟殊回来了。

他缓缓下落，进了水榭，脸上有一种震惊的神色。巴齐陆站了起来，得意地问："感觉如何？"

雪吟殊没有回答，而是解下身上的浮梭铁盔甲，抛给云辰，命令道："穿上它，飞起来试试。"

云辰不明所以，不过他也是一名终日随时可飞的煌羽，依命行事便是。

第二十六章　奇金异甲

巴齐陆笑了一下，重新坐回座位，也不再追问，抓起一块豚鼠肉开心地大咬大嚼起来。雪吟殊则神色复杂地看了他一眼，然后走到回廊边上，抬起头仰望碧空。汤子期不禁站在了他身边。

云辰只去了一会儿，很快便回来了。他脸上的兴奋比雪吟殊夸张得多，一落地，只差没叫起来了。

"殿下，这甲胄……这……也太神了吧！"

"你的感觉是怎样的？"

"我的速度变快了。"云辰道，"我的翅翼一挥之间，本是十一尺，可是刚才，一次能够前进约十四尺半。而且上升转向之间，也比往常轻松得多。"

他们这些受过专门训练的煌羽战士，对于自己的飞翔能力都有一个非常准确的判断。云辰这么说，雪吟殊点了点头："不但如此，你还能飞得更久。比如刚才，我飞了半个对时仍然感觉精力充沛，在今天这样的日子里，本来绝对不可能有这种情况的。"

说到此，他霍然转身，直视着巴齐陆："苏行大人应该给个解释了吧？"

巴齐陆咧开嘴，露出得意的笑："这甲胄既然以浮梭铁制成，那就叫它浮梭甲吧。它蕴含亘白星辰的星力，可以加速周边空气与水流的流动。这甲胄的样式，是我前几天随手设计的，使用上并不是最优的。以这位小兄弟所言，提升三成的升力与速度是差不多的。如果好好优化设计，提升可以达到四成以上。"

"煌羽团多在天上停留一刻，灭云关外便可不惧三千铁骑！"听到这样的消息，就连雪吟殊也无法再克制自己内心的激动，"有此神物，天下可定！"

他一向平和的声音里透出一种罕见的激昂，感染了另外几人。巴齐陆悠然地笑着，没有继续详说，他相信在场的人都清楚这里面的意义。

毕竟飞翔是羽人生命中最重要的事。

对于大部分羽人尤其是煌羽来说，飞翔能力往往意味着深植在血脉中的责任与荣耀。时至今日，有羽人参与的战场上，煌羽战士虽然数量极少，但往往牵动着整个战局。

凌空飞翔的羽人有着无与伦比的视野与攻击角度，犹如生杀予夺的神，防不胜防。各个种族，甚至是羽族自己，都在寻找各种方式对敌方的空中力量进行限制。与之相对，羽族的煌羽团、烈翼营等，也将飞翔能力的训练放在第一位。但精神力和体能都是有极限的，羽族的空中战斗能力长久以来都只能维持在一定的水准之内。

然而巴齐陆带来的这个东西会改变这一切。

以目前翙朝直接控制的军队而言，可以随时飞翔至空中作战的，大概有十分之一。这一部分人决定了羽族军队战斗力的上限。提高四成的速度、四成的可飞行时间，会给羽族的空中战力带来怎样颠覆性的变化，一时就连雪吟殊都不能准确判断。如果浮梭甲能够量产的话……

"浮梭甲具有亘白星力，那么是否需要秘术加持？其效能是否会被消耗？"雪吟殊冷静了一下，思路仍然清晰——如果需要有秘术师时时加持，那么意义就小得多了。

"不需要。"巴齐陆自负地道，"要是这东西那么麻烦，我却当至宝献上，那眼界未免太小了。"

"那你们有多少这样的浮梭铁？"

"浮梭铁来自我们雷眼郡秘密开采的一个矿脉，究竟有多少产量我尚不能肯定。但是，"巴齐陆端起一杯酒，豪放道，"制成浮梭甲，用于装备你们羽族的军队，应该绰绰有余。"

雪吟殊也拿起一个酒杯，缓缓问道："说了这么多，苏行大人想要的是什么？"

"我想要的很多，但这笔生意你一定划算。"

"恐怕不见得。"雪吟殊一笑，"要是肯定划算，你第一时间就会找上我了，哪里会遮遮掩掩直到现在？"

"这……谈判的开场白就应该是这样嘛，"巴齐陆恼怒道，"不然岂不是很容易就把主顾吓跑？"

"好吧。越州河络，开价如何？我愿闻其详。"

卷蓝水榭之上，凉风习习。巴齐陆将酒饮尽，放下酒盏，望向湖面，似乎陷入追忆。

"浮梭铁矿，是我们勘测挖采了二十多年，到两年前才真正有所产出的一处神秘矿脉。它的地点，除了一直在那里辛苦劳作的工人以外，只有我们雷眼郡长老会内很少的几个人知道。"他没有直接开价，而是说起了"浮梭铁"的来历。

　　"为什么在前二十年一无所获的情况下坚持挖掘、寻找矿脉？是出于阿络卡的指示。而阿络卡之所以这样坚持，是因为，这处矿脉的存在，是当今九州之主雪霄弋预言的。"

　　汤子期很想叹气。雪霄弋这个人虽然隐在青都，不问世事，但他的足迹却遍布九州。他们不知道哪一件事又会和他扯上关系。

　　雪吟殊脸上看不出什么表情，只道："这是什么时候的事？"

　　"二十五年前，羽皇云游到越州，为越州解决了几桩疾患，深得民众的爱戴。我们的阿络卡也对他恭敬有加。羽皇离开越州前，告诉阿络卡，他在雷眼山脉中找到了一处奇异的地脉。它是裂章与亘白两种星脉的交汇之地，蕴含这两种星辰各自不同的力量。他确信那里必有奇矿，但他并不知道具体是什么。我们的阿络卡答应了羽皇陛下，一定采挖出这处矿脉。因此虽然二十年没有收获，但出于对羽皇的承诺，寻找矿脉的工人还是孜孜不倦地工作。直到两年前，他们真的采出了矿石。然而，虽然能够觉察到它的奇异，却没有人能说清它的奇异之处。我领着我们铸冶工坊的人对样本研究了许久，终于弄明白释放这种矿石力量的方法。它确如羽皇所说，不但因裂章的力量坚如金石，还因饱含亘白星力，可以影响物质的流动状态。不管在高速流动的空气中，还是在水下，它都能够放大四周的流力，提高自身的速度和升力。这也是你们羽人能够延长飞行时间的原因——只需要很少的明月月力，即使凝出的羽翼略显虚弱无力，穿有浮梭甲的人也可以飞翔。"

　　他的讲述让另外三人都陷入思索。过了片刻，碧温玄喷了一下，道："这么说来，你们真是奇货可居呀。"

　　"正是这样。"巴齐陆道，"我们知道浮梭铁的作用之后，马上就知道，最需要它的应该是羽族和鲛族。因为天空和水下的环境都更适宜它的发挥。在河络、人族、夸父那里，装备浮梭铁虽然也可以提升速度，但意义毕竟小得多了。奇货在手，我们当然要把它卖出个好价钱，我们选中的交易对象，就是羽皇雪霄弋。"

　　"所以你们带了样本，一心前往青都。"

　　"嗯。我们会选雪霄弋是出于两个原因：一是浮梭铁矿脉本来就是得到羽皇的指引才找到的，在这件事上，我们永远应该对他心存感激。另外一个原因是，我们想要的东西，也只有九州之主能给。所以从一开始，我们就打定了主意，尽量不与太子殿下产生交集。"

"哪怕是身陷险境，也不向我求助？"雪吟殊皱眉道，"为什么？你们将浮梭甲献给陛下还是我，对于羽族和雪氏，难道不是一样的？"

"不一样的。因为我们要呈给羽皇陛下的，是浮梭铁，但并不是浮梭甲。"巴齐陆的身体微微前倾，似乎在观察着雪吟殊的神情，"羽皇得到浮梭铁之后，不会去打造什么浮梭甲，他想要的，是扬帆破浪的大船。"

雪吟殊抿紧了唇。眼前这个河络说得对，他的父亲才不会在意什么提升空中战斗力的战甲。近来，他决定要建造一个适于远航的船队。利用浮梭铁造出的船只，必然比寻常船只速度更快，航程更远。

这支船队要做的也绝不是平靖四海，而是四处探索，甚至包括远海。

他不知道他的父亲到底为什么产生如此之多奇怪的狂想，也没有兴趣去知道。

碧温玄忽然笑道："照你这么说，浮梭铁对我们鲛族也会大有助益了？"

"如果说鲛族要打海战，我想是的。但碧国一统鲛海已经多年，并没有太多的威胁或者战事，所以，我想你们没有羽族那么需要它。"巴齐陆说着，还是把目光转到雪吟殊身上来，"如果我一开始就向太子殿下求助，你会让我带着浮梭铁去青都吗？"

雪吟殊坦荡一笑："确实不会。"

"但你可以不告诉他浮梭铁的事情嘛。"汤子期插嘴道，"你带的东西看上去黑乎乎的，谁也不知道那是什么。"

"当时河不流已经把它藏起来了，我要找回必然会引起太子的注意。更何况，很快我就在山中歇见到了你们。"巴齐陆也坦然注视着雪吟殊，"巴齐陆不想欺骗信任我，甚至愿将性命相托的人。"

"苏行大人的信任，我十分感谢。对于浮梭铁的交易，我也有十足的诚意。"雪吟殊回看着他，"所以，你们想要的到底是什么？"

巴齐陆站起身来，向他走近了几步，终于说："雷眼郡想要的，是一个真正至高无上的阿络卡！"阿络卡是河络一族最高的掌权者，是被称为地母的真神代言人，本来应该对于族中一应事务具有绝对的处置权。然而，随着近百年来各族融合，外族与河络的交往通过代理日常事务的另一职位"夫环"

来进行。这导致外族对越州的影响越大，夫环的权威也就越高，阿络卡的权力被渐渐架空，有些地区的氏族中，实际权力被夫环与长老会牢牢掌控，阿络卡甚至沦为象征。

而作为越州最核心、最信仰创造真神的雷眼氏族，想要改变这种"危险"的局面，让河络的政治体系回归传统，重塑阿络卡的权威，并不是什么难以理解的事。

但此句一出，在场的三人心中仍然震动不已。

"阿络卡的地位如何，是你们河络自己决定的。"雪吟殊缓缓道，"我们又帮得到什么？"

"你们虽然没有插手阿络卡与长老会的关系，但影响却无处不在。"巴齐陆轻轻叹了口气，"因为外族势力的强盛，夫环的地位才会抬高。我们要奉起阿络卡，最重要的就是必须削弱外族的影响力。我们雷眼郡作为整个越州的中枢，要进行变革，势必引起极大的动荡，因此必须速战速决，一旦我们从制度上削弱夫环的权力，就不会因受到反抗而退让。因此在那之前，必须做好万全的准备，而其中最重要的，是先清除外族势力对我们的牵制。"

雪吟殊道："所以，你想要我做的是什么？"

"第一，撤去羽族在雷眼郡的驻军，以及巡察司。"巴齐陆的语速突然加快，"第二，颁下法令，对越州的人、鲛、夸父的商业与居住进行划分和限制。第三，把贸易规则的制定权交回我们河络手中。"

雪吟殊回答得比他想象的还要快："这不可能！"

巴齐陆笑了起来："所以我才要去找羽皇陛下。因为我们很清楚，太子殿下是给不了我们要的东西的。"

"羽皇难道就能？"雪吟殊露出一丝怒意，"你们要得太多，太贪心了。"

"我不确定。但我愿意试一试，也许羽皇会答应。"

雪吟殊忽然说不出话来。巴齐陆说的这些，他一条也无法答应。那不单是把翊朝的势力完全撤出越州，更是把越州整个封闭起来，变得越来越排外。更何况，羽族对于宁澜两州之外的掌控本就不足，要真是如此，各州纷纷效仿，必定天下大乱。

他是这么想的，可是他的父亲呢？他无法确定那个人的想法。依帝弋近年狂热任性的所作所为看，巴齐陆完全有可能成功。他甚至怀疑，只要浮梭铁真能实现去往远海的设想，哪怕越州要脱离帝国独立为政，帝弋都未必会拒绝。

雪吟殊头疼了起来。他执政已久，期间险阻众多，但最难越过的，终究是他的父亲。他想起北林筵席之前风鹰遥的话，或许他们说的真是对的。

"巴齐陆，就算羽皇答应你们，又怎样呢？"汤子期的声音在一旁悠悠响起，"撤军、限商、改变贸易规则，每一项都不是凭青都一句话就可以实行下去的，这一切都需要秋叶京的配合。"

"不错。"河络的笑容愈加笃定，"但只要青都诏告了天下，就算秋叶京不予配合，我们的目的也一样能够达到。"

汤子期一时窒住。看来雷眼郡已经把一切都算计清楚了。一旦因为对越州的政策差异，青都与秋叶京的冲突来到明面上，翊朝内部的一场腥风血雨就在所难免。朝中大乱，各方视线汇集，各方力量最想要的，也必然是在这个乱局中攫取最大的利益。人、羽、鲛，甚至夸父，都不会有工夫来理会越州的事。而巴齐陆他们以阿络卡为尊，又有了羽皇的许诺，依靠自己对越州的掌控力，利用这段时期来肃清外族势力，并不是做不到的事。

"苏行大人，我可以退让一步。你说的二、三两条，我们可以商讨一下实行的细节。"雪吟殊还是试图将谈话进行下去，"但第一条，恕我确然无法答应。"

"漫天要价、就地还钱，确实是我们河络常做的事。"巴齐陆看着他道，"但这一次不同。雪吟殊，我所说的已然是我们雷眼郡的底线。因为，我并不把你看作一个交易主顾，而是一个朋友。"

"既然是朋友就应该两肋插刀，风雨同舟，同甘共苦，互通有无啊。"碧温玄一开口，就是一长串的帽子扣了过去，"你们河络擅长开矿，就那一点不值钱的铁块，那么小气做什么？"

"不值钱的铁块？"巴齐陆不屑地笑了，"碧公子，用比你们值钱的鲛珠高十倍的价钱来换，你要不要？"

碧温玄哼了一声不回答。巴齐陆又说："其实这次如果没有殿下和汤姑娘的帮忙，我也找不回浮梭铁的样品。尤其是如果没有殿下最后把它夺回来，它更有可能已经和逆鳞赫马一起，被填盍空间带到不知什么鬼地方去了。所以我真的很想把浮梭铁矿交给你们。"他的目光那样真诚，"只是，我毕竟身负阿络卡和长老会交托的重任，有些事情无法让步。抱歉。"

他的话已经全部说完了。雪吟殊道："我明白。容我考虑几日。"

"好，太子殿下，我等你的答复。如果你不能接受我的条件，我会带上剩下的样品，前往青都面见羽皇。至于这一件浮梭甲，"巴齐陆道，"就当我送给你的礼物吧。"

"多谢。"

正式的谈话完毕，巴齐陆也如释重负。他有了闲心，终于又咧开大大的笑容："小碧，你这里的厨子做的豚鼠肉十分不错，能打包吗？"

"打包？你以为我是开饭馆的啊。"

"你们鲛族擅长做菜，就那一点不值钱的肉，那么小气做什么？"

碧温玄终于明白，为什么人们总说河络是锱铢必较的了。

第二十七章

河 中 之 战

巴齐陆吃饱喝足离去后，其他人仍然留在和风徐徐的卷蓝水榭上。碧温玄自己喝着小酒，也不看雪吟殊，只道："你打算怎么办？"

浮梭甲已经被脱了下来，平放在桌案上。它看上去就是一件普普通通的银色轻甲。没有人能想到，它会对羽人的战斗力产生怎样的影响。

但巴齐陆提的条件雪吟殊确实无法答应。越州居民以河络为主，但也有几个繁华的人族城市，雷眼郡的变革势必牵涉极广。更何况时代变迁，六族交融是大势所趋，也是他的志向所在，他不可能开这个先例。

可是浮梭铁不仅仅意味着空中战斗力的提升，更重要的是一种威慑。如果河络只是将它献给羽皇用于建造大船，倒不是最坏的情况。最令人担忧的是，它落到其他人手中，被其他势力加以利用。总之这处秘密矿脉不握在自己手中，是万万不能安稳的。

雪吟殊没有马上回答，倒是汤子期说："还能怎么办呢？浮梭铁我们要拿到手，越州的政策，也不能放开。"

碧温玄不屑道："你说得倒轻巧。"

"两难的情境常常遇到，为何不能鱼与熊掌都去争取？"

"我也是这么想的。"雪吟殊看向汤子期，露出欣慰的笑容，"河络自以为算计好了一切，但他们没有算到的东西很多，就连隐龙门也在他们的计划之外，何愁没有突破口？"

第二十七章　河中之战

"如此说来，其实要破这僵局也很容易。"碧温玄闲闲地道，"巴齐陆此前怕你阻拦才不愿主动表露身份，而现在他还在秋叶京，只要你不让他去青都，他自然是去不成的。"

雪吟殊略一皱眉，很快回答道："法子是好法子，但是我不会这么做。"

碧温玄又喝尽一杯酒，低笑道："吟殊，你想做个好人、好朋友，又想做个好储君，那真是太难了。"

汤子期心里也叹了口气。尽管谁也没有把话挑明，但雪吟殊的意思很清楚，巴齐陆将他视为朋友，坦诚相待才制作了这么一件浮梭甲。否则，他就算说出浮梭铁的来历，他们也未必能知道它对于羽族的意义。这样的举动，令这份友谊赤诚而深厚。他不可能用强制性的手段，去回报对方发自肺腑的真诚。那不是他的作风。

正在三人各自沉思之时，一直在边上安安静静自己玩的阿执忽然站了起来，扑向栏杆前，眼睛紧紧盯着湖面。

碧温玄转头："阿执，怎么了？"

湖面上泛着微弱的波纹，还没等几个人反应过来，忽然水花扬起，一名鲛人自水底冲了出来。

那是个男人，手中持着短矛，身着薄甲。这样装束的鲛人，雪吟殊见过几次。他们是碧温玄的部属，分布在碧府附近的水网中，守卫各个要道。一般情况下，他们是不会出现在府中的，更不应该突然地出现在客人面前。

除非有什么他们处置不了的变故。

"溪源，出什么事了？"碧温玄问。

"禀公子，水央姑娘回来了，可是有人在追杀她。我们护着她，正在暗河中与他们激战！"溪源语气焦急。

"什么？！有多少人？是什么人？"

"我们接应到水央姑娘的时候，她已经受了重伤，追杀的人不少，而且个个是好手。他们似乎是从涩海外面来的，"溪源略一犹豫，"行动训练有素，倒像……倒像是军中的人。"

他说的军中，自然是指碧国。但碧温玄没有过多关注这一点，只是问："南河还有人手，你们过去求援了吗？"

"是，溪白去了南河求援，我便过来向公子禀报了。"

碧温玄道："不管对方什么来头，一定要救下水央！"

雪吟殊与汤子期交换了一下眼神。水央的失联，这些天一直令碧温玄心有隐忧，这件事他们是知道的。他们也深知此人对于碧温玄的重要性。只见此时他眉头紧锁，一改常日慵懒的神情，流露出深深的焦虑。

这个时候发生了一件出人意料的事情，阿执忽然跳上了湖边的栏杆。

她一向迷茫的眼神在这一刻更加迷茫，目光落在水面上，指间霍然爆出强烈的淡蓝色光芒。与此同时，湖中一缕水线扬起，触到蓝光继而散开，将她自己整个人笼罩。旁人看着，她的周身仿佛裹上了一层微微透明的光膜。

没等众人反应过来，她纵身一跃，跳入了湖中。

"阿执！"汤子期扑到湖前叫道。

湖中除了惊呆了的鲛人溪源，只剩下翻溅的水花，瞬间没了少女的踪影。雪吟殊回头，只见唯一一个没有震惊的人反倒是碧温玄。他盯着淹没了少女的湖水，面色沉郁，但并不见惊异之色。

雪吟殊道："温玄，阿执这是怎么了？她……"

"她要去救水央。"碧温玄果断地说，"溪源，你立即跟着阿执姑娘去，保护好她。我会遣人跟你一道过去。"

"是！"溪源应了，立即反身入水去了。

"温九，你让府中可堪一战的人都随溪源去，越快越好！另外，传我的令下去，除了南河，附近能赶去东流脉的人手也调集过去帮忙。当然，各自的门户还是要看好的，以防有人乘虚而入。"刚才溪源虽然没说自己是从哪里来的，但对于每个人应该在的位置，碧温玄了然于心，遇敌的地方，一定是东流脉。他飞快地做了部署。

"明白。"温九也匆匆而去。

卷蓝水榭霎时恢复了静默，微风拂面，湖里连一点波动也没有。

雪吟殊开口："温玄，阿执不是鲛人啊，你让她这样到水里去，不会有事吗？"

平日里碧温玄对阿执那孩子百般呵护，连让她一个人出门都不放心，这会儿竟让她就这样去了水里不加拦阻，不得不让人有些吃惊。

"她不是个鲛人，可她是个印池秘术师啊。她用了'水行术'，在河里、湖里、海里都能够让水不近自己的身。"碧温玄望着阿执消失的地方，说着竟然

第二十七章　河中之战

笑了，"你知道吗，我第一次见到她的时候，也是在水下。那时她刚刚凝聚完毕，缩在一个小小的气泡里，四周是茫茫海水。可就是这样，她也没有凝成一个鲛族，你说这是不是一件怪事？"

他坐了下来，目光投向整片碧蓝的湖水。暗河中不知道发生了什么变故，阿执一往无前，水央生死难料，而他忽然提起这样的往事。

雪吟殊回忆着自己第一次见阿执的样子，倒是和现在几无二致，想了想说："你从来没有和我说过阿执的来历。"

碧温玄笑笑："她是在水央的守护下才凝聚成形的，可是，她却已经不记得水央是谁——我带她回来的时候，找了寰化秘术师，封印了她的一部分记忆。"

"为什么？"

"因为她的记忆太混乱，也太惨痛了。不那么做，她根本活不下来。今天我也没有想到，她听到水央出事，竟还会有这么大的反应。"

碧温玄的语气轻描淡写，却显然没有心思再深入说下去。

有海里来的鲛族对碧府进行了攻击！他却没有事先听到一点风声。他们不可能不知道水央是他的人。但哪怕到了秋叶京的暗河里，他们仍不退却。这些人是谁？为何穷追不舍？他对前者有隐约的猜测，却也无法确定。

汤子期道："那现在，就只能等着了吗？"

"还能怎么办？等溪源他们传消息回来吧。"碧温玄举起酒盏一饮而尽，"你看看，让一个下不了水的人管鲛族的事情，有多不方便啊！"

阿执入了水，忽然觉得精神一振。

夏日的湖水是冰凉的、温柔的，她很喜欢，不过此时却触碰不到。因为印池秘术已经让湖水在身周形成了薄薄的膜，它随她的举止变幻形状，它和她之间有稀薄的空气。是的，她不是鲛人，她需要空气才能活。但和所有水性上佳的人一样，这一点点的空气，足够她在水里待上一两个对时。

"阿执姑娘，跟我来。"一个鲛人向前疾游。

在溪源和阿执的身后，还跟随着几个鲛人。他们尽量不发出响声，默默跟上。

碧府之内，日常其实是很少有鲛人居住的。偌大的宅邸主要还是以人族居所为主。而水下的各处要道已有专人看守，并不需要太多守卫。忽然出动，这几名鲛人不免有些紧张。

不断地下潜，不断地前进，很快他们就进入了销金河的东流支脉。虽说是支流，但它正是销金河通往碧府最主要的河道。为了碧府的安全，常年有鲛族守卫驻扎于此间。这时阿执远远地看见了"云贝屋"。

这是此处的鲛人守卫们的临时居所，与大多数鲛族建筑一样，看上去像个巨大的扇贝。白色的弧形建筑在这幽暗的河道中引人注目。

"阿执姑娘，别过去。"溪源悄声说。他见阿执还想往前，想去拉她，但却被一股柔和的力量弹开。他这才想起来，这少女并不是鲛人，而是靠着印池秘术才到了这里的，他没办法真正触碰到她。好在阿执还是回过头来看着他，他接着说："水央姑娘现在就在我们的贝屋中，可是屋外被敌人把守，我和溪白是好不容易才逃出来报信的。"

"我们去救她。"少女简单地说了这样一句，就想继续前进。溪源赶紧蹿前两尺，拦在她身前。

"不行！我们现在过去无济于事。"溪源焦急地张望着，"不知道南河的援军什么时候到。"

阿执左右转了转头，像在思考。但她一片迷茫的脑海里，对于眼下的局势思考不出什么结果。她脑中唯一清晰的念头是，一定要救下那个女人。

阿执并没有一意孤行地冲上去，但她的姿态让溪源胆战心惊。他当然知道这姑娘的身份。他是万万没有想到，他回去禀报，竟带了这样一个心智不成熟又不见得听话的主儿来。

"阿执姑娘，我们潜藏在那边的水草群中，悄悄过去，然后再见机行事，好吗？"溪源想了想，轻声道。阿执没有反对，而是收敛了自己的动作，静静跟随在他身后。这让他松了口气。

而在他们默然潜行的时间里，围住贝屋的人忽然开始了行动。显然他们也知道很快对方的援军就会到来，时间不能再拖。

溪源与阿执一行人不敢再动，在水草丛中停了下来。溪源透过水草望去，总算点清了来犯的人数——十个人。他和溪白跑出去了，那么他们的屋子里还有七个人。本来双方力量并不悬殊，如果不是屋子里还有一个必须保护的女人的话……

第二十七章　河中之战

溪源脑子里还在盘算着如何行事，三名追杀者已经上到了云贝屋的顶部。

鲛族建筑的构造与陆上不同，就云贝屋而言，除了横向的入口之外，屋内另有一个机栝，按动之下整个贝壳状的结构就会打开。这是浅海中建筑的一个特点，为的是潮起之时在急速涌动的水流下将空间敞开，方便进出。因此那批人中分出几人，封住了顶上的方向。

溪源小声向碧府中跟出来的人吩咐："你们去上方的那几人背后，一旦交手，伺机缠住他们。"

但变数来得比他们想象的更快。还没等碧府的人到位，云贝屋就像一个绽放的花蕾，洁白的外壳整个张开。随着扩散开来的水流，屋内的人冲了出来！

他们分向不同的方向突破。然而，每个方向都被追杀者们看守住了。若是能等到外援就位，形成内外夹击，情形将不一样，而此时只能说配合不畅，让溪源忍不住想要叹气。他脱口而出的只能是："上！"

阿执在他发出号令前就冲了上去。她所过之处，河水向两侧激荡，仿佛被利箭破开。阿执感到一阵畅快。她平日里用的秘术，一向只能操控一些水滴，甚至是空气中看都看不见的水汽，一点都不过瘾。而此刻，源自印池星辰的秘术触及了绵绵不绝的河水，比起在岸上，增加了成倍的威力，波浪向着目标呼啸而去。

水央此刻被东流脉的鲛族卫兵们护在中间。来犯的几人注意力一直在水央身上，没有想到身后会袭来如此猛烈的波涛。仓促间他们往两边急退，霎时反倒是水央等几人直面着汹涌扑来的水波了。

她受了伤，被旁边两人搀扶着，导致三人都行动不便，避无可避。然而随着阿执身影接近，那一波气势惊人的河水，在他们几人面前骤然停止下来。

"好强的御波术！"

在他们周围，卫兵们与追杀者已经短兵相接。看到这一幕，追杀者中有人惊呼了一声。之前还在数十尺外的滔滔巨浪转瞬间到了眼前还不要紧，更重要的是那人还能让这样有着巨大惯性的波浪说停就停，这就不能不让人意外了。

"不是人类，是个魅。"作为首领的湖镇简短地答道。

魅是天生精神力强大的种族，所以擅长秘术。他这算是解释了那个人秘术如此高超的原因。不过他心中的惊异并不比其他人少。为什么一个魅会出现在这里？只能是……但他也没有时间再想下去，因为溪源的短矛已经朝他招呼过来了。

碧府卫兵与追杀者们形成了几个战团。水中的战斗节奏要比陆地上慢得多，凝重的水流制约了人的速度。但这也往往意味着，每个人都更加不愿意让自己的攻击落空。因为在这样性命相搏的情形下，那样会愈添凶险。

全然不管周围的战斗，阿执只是奋力游到水央的身边，向她伸出了手。

她不知道自己为什么要这样做。一切都是自然而然的反应。

受伤的鲛族女子在她的眼中熟悉又遥远。她似乎想起这个女子曾满怀爱意陪伴着她。这种爱意带着怜惜和恭谨两种截然不同的感情，可是发生在她们之间又毫不违和。此刻水央暗红色的长发在水中漂散，哪怕在人群环绕之中，也散发着与记忆中一模一样的光。

水央抬起眼帘。伤重虚弱的她本有些视物不清，只知道有人要救她离开。等她看清眼前少女的脸，禁不住低呼一声，直起了身体。

眼前的少女微微蹙眉看着她，似乎关切，也似乎迷惑。她的面容已经与水央当年看到的不同，只有那双眼睛没有变，还带着与记忆中一模一样的天真。

水央发出一声百感交集的叹息，也向着她伸出手。但水央马上发现两人的手并不能相握。因为眼前这姑娘并不是鲛人，而是一个裹了一层膜才能活在水里的魅。

一名追杀者突破了水央左侧的防卫，长戟向水央疾刺而来。这惹怒了阿执，她手一挥，冰箭破水而去，生生击飞了长矛，并且把它冻住了。

"目标不变！"不远处湖镇喝道。

几名追杀者放弃了自己的对手，也不再保护自己的身后，而是向水央飞快地围拢过去。毕竟他们的首要任务，还是杀了这个女人。一击击中便可，其他的则都不用管。否则，在别人的地盘上多耽搁一秒，形势就更不利一分。

阿执"咦"了一声，声音里带出几分雀跃，反身朝围过来的几个人杀了过去。

随着阿执指间光芒连闪，极细的冰刃暗器般打向逼近的追杀者们。每一颗钉入皮肉里都是鲜血淋漓。但他们并未停止前进，而是尽量闪避之下，咬牙缩小了包围圈。只是奈何阿执放出的"暗器"取之不尽用之不竭，很快大量的冰刃连成一个半球形，挡住了从所有方向来的进攻。

"水央姑娘，我们先走！"这时溪源已来到水央身边。他看着阿执，表情兴奋。都知道府中这位姑娘秘术了得，平日里没有见过，果然是名不虚传。她来这里还是对的，这会儿若没有她，营救万万没有这么顺利。

第二十七章　河中之战

水央知道自己留下来没有什么助益，便顺从地由着溪源等人拉着自己撤离。在河道通向碧府的咽喉处有一道铁闸，放下之后凭这几人万难攻入，过了那里他们就算安全了。

追还是不追？湖镇则陷入两难境地。要说强行突破这个魅的冰刃屏障也不是不可能，只是必然损失惨重。他稍一迟疑之下，事情已经成了定局——他们后方又出现了大批鲛人，向着他们发起了攻击。

"南河的援军也到了。"溪源彻底松了口气，他大声喊，"阿执姑娘，回来吧！剩下的交给他们！"

阿执却没有理会他，好像还没玩够似的，对笼罩在自己冰刃之扇下的人越逼越紧。

"退。"湖镇知道己方没有其他选择，做了决断。

先前追杀水央的队伍退出战局，向暗河的上方游去，眼看就要逃之夭夭。而南河来的援军不太清楚对方是否还有后着，也没有擅自追赶，而是向溪源和水央他们聚集过来。

阿执虽然心智有限，但见这局势也知道这场好玩的战斗是进行不下去了，�’起嘴轻轻哼了一声，收了秘术，回身便向自己一方游去。

谁也不想纠缠，眼看双方就要各行其路，不知道那位鲛人首领想到了什么，突然回身，大声喊道："窈夫人！是你吗？"

没有人知道他在叫谁。只有水央的脸唰的惨白。但让她略微放心的是，阿执虽也回头望了望，但并无异状，而是回身加快速度朝己方这边游来。

然而那为首的鲛人冲上前几尺，手中不知什么时候多了一个白色的物件，狂烈地叫着："看，窈夫人，你还记得这个吗？"

阿执再次转向湖镇，目光落到了湖镇手上的白色物件上。她的目光忽然涣散开，像是失去了焦点，又在瞬间凝聚，被那白色物件牢牢抓住。那东西大约三指宽、人的一个手掌长，是一块白玉般的薄片，在这幽幽的碧水中泛着朦胧的光泽。

一个声音顷刻间在阿执的脑海里炸响，而后嘈嘈切切的人声似乎在脑中的另一个世界里交织，诉说着往事，可是她什么也听不真切。

别的先不管。她要拿到那块白玉，一定要！此时阿执心中唯一的念头是这样的。这个欲望就像她当时想要来这儿救水央一样，不明缘由，完全地出自本能。她向着湖镇冲了过去。

"不，阿执姑娘，你回来！"水央失惊大呼。

阿执听不见任何声音，眼中只有那洁白得几近晶莹的薄片。她就像一只视死如归的飞蛾，而它是唯一的亮光。而静静托执着白玉片的鲛族，则像放出诱饵静待鱼儿的钓者，嘴角带着一丝莫测的微笑。

"快拦住她！"实际上不用水央吩咐，溪源也已经向着阿执的方向急速冲出，希望在她到达对方跟前前将她拦下。谁都看出阿执已经失去了片刻前势如破竹的气势，现在只是一个被诱惑的孩子。但他赶不上阿执的速度，用尽全力也只能紧随其后。

湖镇却已经明白了所有，他将白色薄片收回怀中，看着渐渐接近的魅人少女，一掌推了出去。

阿执脑海中吵闹不休的声音越来越大，越来越尖锐，这让她疯狂。而那白色薄片从她的视线中消失之时，那些不断拉高的杂音到达了尖锐的顶点。就像越收越紧的弦，到了极致，骤然绷断。她霎时间轻飘飘地落了下去，光膜同时消失了。

溪源看得真切，与其说是那鲛人打了阿执一掌，不如说他只是将她轻轻推了出去。然而当他从身后接住魅人少女时，她已经失去了意识。

杀手们不再耽搁，随着他们的首领快速上升，很快就隐没在远处的水波之中。

怀中这姑娘成了眼下最棘手的。溪源低下头，惊恐地发现，阿执的周身像是冒出了一片白色的烟雾。深水之中有烟雾是不可能的，他马上明白，这是大量细小的气泡聚集在一起，如同一缕缕散开的烟雾。

他想到了一件可怕的事情。他抱着阿执往水央那边退去，惊慌失措地大喊："阿执姑娘昏过去了！她不是鲛人啊……"

"不要慌！"水央当然知道他在害怕的是什么。她迎上来，双手拂上阿执的头，结成一个指诀，然后飞快地念动了一个咒语。

水央手下发出的微光在水波中看得并不真切。但阿执身上的雾气不再扩散，而是返回她的身上去了。

而本就失血虚弱的水央，情急之下催动了自身难以驾驭的高阶秘术，极大地透支了精神力，也在下一瞬间晕了过去。

第二十八章

如 幻 似 真

于是溪源等几人带回卷蓝水榭的，就是两个昏迷不醒的姑娘。

雪吟殊与汤子期仍陪着碧温玄在等。见阿执与水央这个样子，碧温玄虽然忧心，但神色不惊，只问："怎么回事？"

溪源简单迅速地把水下发生的事说了一遍，最后说："不知道那个家伙拿的是什么邪物——我看着是个玉牒似的物件，蛊惑了阿执姑娘，让她一下就晕了过去。她一失去神志，维持她在水下行动的'水行术'就开始涣散。我真被吓到了，只怕她会溺死在那儿，多亏了水央姑娘……"

"邪物吗……"碧温玄沉吟了一下。那边汤子期看了看水央，立即了然："水央是对阿执施放了延长秘术效果的'时冤之沙'吧？"

碧温玄"嗯"了一声，知道她说的是对的。幸亏水央当机立断，也成功了，否则等溪源他们带着阿执回到水面，也许几刻钟都过去了。凝聚成人族的阿执没有任何防护地在水中待那么久，后果将不堪设想。

"带她们回去，先治伤。"碧温玄眼中掠过一抹罕见的杀意，"来犯者一定要找到。"

他抱起了阿执，水央自然也不会被怠慢。在他们等待的时间里，大夫早就准备好了。整个碧府都紧张地忙碌起来，所有的仆从都脚不点地，只为这两个姑娘能醒过来。

雪吟殊与汤子期先随碧温玄到了阿执的房间，诧异地发现，他为阿执找来

199

的并不是大夫，而是两名秘术师——还是两名寰化秘术师。他们对着床上的少女施用了几道秘术，然后对碧温玄说："压下去了。公子不用担心，姑娘应该睡上一阵子就好。"

"那就好，辛苦了。"碧温玄轻舒一口气。

以汤子期的眼光去看，可以看出这两名秘术师施用的除了安抚精神的秘术之外，还涉及控制记忆的手段。联想到碧温玄之前说的"封印了她的记忆"，看起来两者必有关联。而阿执在水里见到的"白玉薄片"是什么？什么东西能让她受到如此大的刺激？又或者，是不是它唤起了她的记忆，才使她陷入昏迷？

雪吟殊想到的，同样也是这些。他不禁道："阿执这到底是怎么了？难道……"

"你们跟我来，我们去看看水央。"碧温玄没有回答，而是转身走出了屋子。

水央的经历才是眼下的关键。其他事都可以有空再说。

雪吟殊和汤子期跟着碧温玄穿过长长的密林小道，前往碧府中的往生湖。

那里本是供碧府中的鲛人休憩的所在。碧温玄起了这个名字，大概于他而言，为人族与为鲛族，是截然不同的两生两世吧。

只是要把两段生命彻底分割开来，又谈何容易呢？

他们穿过林子，来到湖边。照料水央的几名鲛人见了三人，略施一礼，便默默退下了。漂浮在水面的莲叶层层叠叠地铺就一张温床，水央蜷在上面。

她的情况又要比阿执严重多了。伤口都已处理好，但仍随处可见渗出的血迹。此刻她仍然没有醒。

碧温玄踩入水中，在她身边俯下身，眼中有痛惜之色："也不知道她之前遭遇了什么样的战斗，难为她了。"

"他们应该是越过销金河，追着她一路来到这里的。"雪吟殊的语气中有愤怒的寒意，"不知是什么人，竟敢在秋叶京为所欲为！"

"河网之下的秋叶京，未必是属于你们羽族的。"碧温玄站了起来，一点也不给这位太子殿下面子，"吟殊，还是留着我来头疼吧。"

"碧公子，今天的事情如此针对水央，也丝毫不顾忌碧府。对方会是什么来历，你能想到吗？"汤子期问道。

"现在要请汤姑娘帮个忙。"碧温玄不回答，他看着水面上的水央说道，"水央的胸前贴身处应该有一颗珠子，麻烦汤姑娘替我取出来。"

汤子期诧异地扬了扬眉，却没有多问。她来到水央身边，伸手到她胸口摸索着，果然，在水央的双乳间摸到一枚圆形的珠子。那珠子被水央的胸衣裹得严严实实，她费了不小的力气才取下来。

珠子不过拇指大小，入手生凉，泛着幽绿的光。仔细看去，里面似乎有景物的影子流转。她将它交给碧温玄，后者将它托在手中出神。

"这是'凝夜思'吗？"雪吟殊认出这东西来。

碧温玄点点头："这还是我受封隐梁公子之日，碧国国主的赏赐之一。"

"我记得那时候碧温衡送了你很多东西，中最贵重的就是这枚珠子，似乎是百年前一位有名的鲛族巫者的眼泪凝成的？那名巫者与一名羽人相爱了，天空与海洋却注定不能相会，所以她制出这枚鲛珠，对方就可以看到她真实的点点滴滴……"

碧温玄呵了一声："那只是传说啊，亏你还记得这么清楚。"他又慢慢收敛了笑，"不过你说的用途是没错。携带它的人，可以用它记录下他看到的东西，除非携带者死去或者故意抹掉痕迹，珠中留下来的景象才会消失。这些年，水央来往于陆上与海中，有些事情光靠言语不太容易说清楚，所以常常靠着这个东西，将关键场景记录下来，让我自己去看，去判断。"

"所以通过它，我们能看到水央遭遇了什么吗？"汤子期问。

"可以。"碧温玄垂下眼，嘴角微露嘲讽之意，"碧温衡当日给我这个，为的是我能更好地掌握海中之事。可是到了今天，他非要杀了水央，也许正是因为通过此物，水央能轻易而准确地把消息传递给我吧。"

他言语中不再避忌，似已认定追杀水央的是碧温衡的人。也难怪，追杀者和碧府的人交上手，浑无顾忌，鲛族之中，只怕除了主宰水下世界的碧国国主，还没有其他势力敢这样张狂。

"你们要看珠中之景，可要我回避？"汤子期很是识趣地说。

"不用。"碧温玄却摇头，"你就待着吧。"

说着，他的手掌收紧，将那凝夜思紧紧握在掌中。他闭目轻出一口气，催动了珠中蕴含的秘术之力。这林中湖畔的空气中，慢慢就笼上一层薄纱似的幽绿色。

三个人看着身旁的景物渐渐隐没，一汪宏大的碧水包围了整个世界。他们如同置身海中，身边的一切与亲历并没有什么两样，但知觉上却没有任何异样。眼中真切无比的，其实只是幻象而已。

这都是水央目睹过的情景。当时她似乎在一个巨大的水底工地之中。从她的视角看去，许多鲛人在热火朝天地干着活。也许是为了让碧温玄能将整个景象看得更清楚，她在这工地中四处游走。随着她的行动可以看出，这儿在建的根本不是一两座建筑，简直就是一座城。

"这就是碧温衡去年下令修建的揽梦宫吧？"雪吟殊的声音在这幻境中似乎也缥缈起来。

"嗯，是我吩咐水央去的。国主要往西南扩张势力，我又怎么能落后呢？"碧温玄道，"她应该已经往越州以南安排了我们的人手。"

"那是什么？"汤子期忽然看到什么，叫了起来。

幻象中忙碌的绝大多数是鲛族工匠，但这时离他们不远处忽然冒出一个怪异的大东西。它像一只海兽，笨拙而有力，在用前肢捶打着一根硕大的梁柱。

"这不是海里的生物啊。这是……"

"将风。"雪吟殊接了碧温玄的话，然后像强调似的补充，"河络制造出来的将风。"

三个人都沉默下来。这将风显然是特制的，可以在水下行动。可是河络大费周折到海底去帮鲛族建城，任谁都会觉得不可思议。鲛族与河络在城市与建筑上的风格大相径庭，根本没有能相互参照的地方。碧温衡为什么要让河络来帮自己建城？

"看来我们的国主与河络可不是见一面那么简单啊。"碧温玄略带嘲讽地笑笑。

他们想接近那个将风仔细观察一下，但无奈这幻象只能以水央的视角去看。他们即使往前移动步子，也并不能接近目标。

唯一可以确认的是，这仅有雏形的城中，不止一个河络将风，在这视角之下，已经不知道有多少。

不过他们没有看到能够解释水央被追杀的事情。碧温玄神情凝重起来，快速跳过一个个画面，将凝夜思的时间线往后推。

终于，他们又看到了古怪的东西。

那是一群人。准确地说，是一群形貌奇怪的人族男子。在这深海之中，人族本就不该出现。他们为了能在这海里行动，看上去已然变成了怪物。每个人的四肢都古怪地延展着，面容隐在面罩里，看不清任何表情。

他们似乎有求于水央。但是水央开始这段记录的时候，他们的谈话已经进行到尾声了。看样子水央拒绝了他们的要求。"我帮不了你们，但也不会出卖你们。请离开吧。"

他们所处的地方应该是她的住处。从她随意的衣着上可以看出，这群人是临时闯入的，令她也很震惊。也正因如此，直到此刻，她才刚刚开始记录。

几个闯入者压抑着不快。其中一人说："箭鱼，我们……"

他的话却被为首的男人止住。被称作箭鱼的男人向水央接近："难道你不想知道，你们的国主到底想干什么吗？"

"我说过了，除非你能告诉我具体的事情，否则只对我抛出这样的问题，是没有用的。"水央毫不客气地道，"你们看到了什么？国主找来河络又是为了什么？"

箭鱼摇头："我也说过，现在我还什么都不能说。但只要你帮助我们离开这儿，我一定知无不言。"

"我不想和没有诚意的人合作。"水央不为所动，"更不想冒着与国主为敌的风险，去救一群莫名其妙的人。"

"只要姑娘肯施以援手，我们感激不尽，来日也愿效犬马之劳！"箭鱼声音低沉，带上了深深的恳求之意，看起来他们确实是走投无路了。

"不是我不愿意帮忙。"水央道，"只是在海中我一向代表公子玄，凡事自当谨言慎行，不应多管闲事惹出麻烦。"

"你对碧温玄倒是忠心耿耿，哈哈哈哈。"箭鱼绝望地大笑起来。

"抱歉，不送。"水央再次下了逐客令。

"那么你觉得，碧温玄爱那个魅吗？"箭鱼忽然轻声说。

"你说什么？"水央脸色一变。

"听说那个魅活得很好呢，俨然是碧府的女主人。你说他们两人朝夕相处，要是日久生情，又或者叫外人知道了他们的关系……呵呵。"男人的话语中带着一种濒临绝境的人的恶意。

"你用这个威胁我？"水央定下神来，流露出一种愤怒，"我更不会救你们了。因为你们既然知道了这个秘密，更应该通通去死！"

"可惜未必。"箭鱼高声说道，"你想清楚，我可是月晓者！我死了，我探知的真相都会通过月见阁大白于天下！你最好祈祷我能好好活着！"

男人的声音在水中凝涩刺耳。汤子期倒吸一口冷气，面色凝重。雪吟殊则略带担忧地看了碧温玄一眼，后者脸色苍白，眼中却有几分怒意。

而画面之中，箭鱼说完这句，不再纠缠，带着他的人转身而去。水央踟蹰了片刻，心内进行着激烈的斗争。最终，她还是追了上去，喊道："等等！"

箭鱼转过身来。水央无奈道："我送你们出水。"

正在旁观的三人都叹了口气。世人都知月晓者与月见阁可知天下之事，对于他们的信息如何传递却有着诸般不着调的猜测。比如月晓者死去，月见阁便能知道他身上所负的授语术下的内容，便是世间流传的说法之一。显然水央也是这么认为的。但实际上，这名月晓者所知道的事情，月见阁能否一清二楚，和他活着或是死了没有什么关系。只是水央却不知道这一层。

接下去就是水央诸般安排，带着这一行人逃回涩海的过程。实际上水央手下可用的人应当不少，但不知是不是为了溯洄海各个节点的稳定，她没有动用太多的人手，而是步步为营，亲自带着这些人奔逃。

她的机敏和对这一海域的熟悉让他们几乎甩掉了追兵。然而，在就要把这些人安全送上岸之前，在深夜的涩海海面，他们遭遇了一场惨烈的战斗。

追上来的是一群训练有素的鲛人。他们的目标极其明确，就是要杀死水央、箭鱼等人，每一次出招，都是你死我活。碧温玄等三人面前飘浮的虽只是虚像，却也被那生死相搏的氛围感染。鲜血染红了海面，触目惊心，鼻端似乎都能嗅到丝丝血腥气。

汤子期注视着战局，尤其关注着箭鱼。她收紧手指，压抑着心中的不安。他不能死，一定不能啊！

雪吟殊拍了拍她的背，似在安慰。她感激地笑了笑。

其实此刻如何紧张都已经没有用了。眼前的事都发生在不久之前，已成定局。

战斗的场面没有持续太久，应该是水央中止了它。一切慢慢淡去，等到场景重新明晰，已经天色大亮。战斗早已结束，阳光给海面镀上了一层灿金色。

水央拖着箭鱼艰难地游动。没有追兵，也没有了箭鱼的其他随从，看起来他们已经逃出生天。水央受了伤，而箭鱼的伤势更重。此时他身上的秘术已经基本失效，他重又变成一个正常人，只是浮出水面的半个身体泛着青色，似是中了剧毒。

"其他人……都死了吗？"他抬起头艰难地问。

"是的，都死了。"水央回答他说，"只有我们两个逃了出来。"

箭鱼举起自己绿色的手："可是，我也要死了。"

"是啊。"水央的语气平静，"中了碧氏的奇风之毒，没有人还能活下去。"

箭鱼仰头长出一口气："今天的太阳，看起来很不错。"

地平线出现在远处，他们终于见到了陆地。水央不再说话，拉着箭鱼奋力向那边游去。

"会有人接应你吗？"停了一会儿，水央忍不住又开口，"我送你到这里，也算是仁至义尽了。"

"嗯，会有人接我回去的。"箭鱼低声说，"姑娘，多谢。"

"其实你回不回去，也没有什么意义。"水央的声音还是那么冰冷，"反正对你来说，结局都是死掉而已。"

"可我还是想回家。"

"想家的人，就不应该拿自己的命开玩笑。"水央想了想，"现在能告诉我，你在国主的'秘宝'上看到什么了吗？"

"碧温衡有一个大计划，他想要……"箭鱼就要把事情说出来了，然而他突然剧烈地咳嗽起来。

"到底是什么？"水央抓着他急问。她扯下了他的面具，男人露出了他的脸庞。他的口中呕出了大量绿色的液体，很快脖颈软软地垂了下去。

这是毒发了。眼前这个男人看起来撑不了多久，幸而他们已经到了岸边。水央拖着他上了岸，有人朝他们迎了上来。接应的几个人看上去有秘术师也有武士，他们从水央手中把那男人接了过去，对着他一通忙乱，似乎想暂时控制他体内的毒性，但没有任何作用。那男人早就失去了意识。

"别白费力气了。"水央看着眼前的一切，有些于心不忍，出言提醒，"还是给他准备后事吧。"

那几个人没有特别理会一旁的水央，而是迅速地交头接耳了几句。最后终于有人对她说："多谢你送他回来。不要紧，我们有办法。"

水央轻轻哼了一声。那意思显然是，竟然有人妄想解开奇风之毒。但她很快就知道，那些人所谓的"办法"，根本不是为他解毒。

几名秘术师将他推进海里，接着发动了某种秘术。箭鱼身边的海水疯狂地涌动起来，水流像具有生命一般爬上了他的肌肤，继而凝结成了坚冰。很快，他被包裹在一个厚厚的冰壳之中。

男人蜷缩在冰层之中，如同上古之时被凝在琥珀中的一只飞蛾。

"这有什么用？"不知为什么，水央透出一种愤怒，"你们冻住了他，是，这样他的身体机能完全停止，他一时半会儿不会毒发身亡。可是那又怎么样？他这样和死了也没有什么区别！"

"这我们不关心。"一名秘术师说，"我们得到的命令是把他活着带到青都。只要一个人没有死，那么他就是活着。至于别的，不是我们应该操心的事。"

水央一时说不出话来。他们说得好像很有道理，令她难以辩驳。她把这人送到这里，再不能做更多了。几个人拖着男人的冰棺准备离开，水央也转身重新入海。可不知为什么，她入水前回过头又看了那个男人一眼，发出一声幽幽的叹息。

水央显然想到秋叶京来禀报，可她一入水，就再次受到了追击。尽管现在只剩下她一个人，但来人仍旧毫不留情，不给她一点喘息之机。她只好一直逃，一直逃。中间有许多断片，凝夜思中的记录残缺不全，但大致还是能看到她一路行来的艰险困苦。

最终她到了销金河，那场阿执也参与过的战斗就是这枚珠子里最后的影像。碧温玄等三人眼前的一切渐渐消融成暗淡的色彩，终于隐没不见。他们发现自己又回到了安全静谧的往生湖边。

碧温玄把凝夜思放回水央身边，叫回了仆从好好照料她。三人离开了往生湖。

"这里面有个奇怪的地方。"碧温玄一直若有所思，到了前厅终于开口说道。

雪吟殊道："你是说，碧温衡为什么对水央紧追不放吗？"

碧温玄点点头："那几名人族，应该是碧温衡要捉拿的人吧。就算水央放跑了他的要犯，事已至此，他何苦非要杀了水央？难道只是为了惩罚一个不听话的臣属？我想他不会这么意气用事。"

"不错。水央毕竟是你的人，他拿着这个把柄问责于你，总能获取更大的利益，而不该那样坚决，只为了杀死水央。"雪吟殊略一思索，"那么只有一个原因了。"

"什么？"

"他们认为水央知道那件事情。"

碧温玄沉默了一会儿："他们要杀箭鱼一行人，也是为了这个。我们不知道他们到底探知了什么秘密，但看来碧温衡绝对不允许那件事泄露出去。他们认为，水央既然帮助了箭鱼，也一定是知道了内情，所以不管不顾，只能杀人灭口。"

"他们觉得杀死了箭鱼一行的所有其他人，包括中了毒的箭鱼死去也是早晚的事。所以需要对付的人，就只剩下水央了。既然有国主在背后撑腰，那么什么碧府什么公子玄，都不需要畏惧。"

"可问题是，水央并不知道那件事啊！"碧温玄头疼似的捏住了自己的眉心，"这是不是太冤了点？"

"他们并不会管那么多，只要杀人灭口就好。那接下去，你想怎么办？"

"就像你说的，秋叶京可不是想来就来、想走就走的地方。"碧温玄抬起头，目光中露出一丝寒意，"管他来的人是谁呢，把水央和阿执弄成这个样子，这笔账不能不算。"

"要是有什么需要我做的，尽管开口。"

"这个自然。"碧温玄道，"我难道会和你客气？"

他们简洁地交换完了意见。这期间，汤子期在一旁一言不发，好像心不在焉地想着别的事情。碧温玄有些在意地看了她一眼，但并没有说什么。

雪吟殊心里却明白得很。他携着她出了碧府，上了车驾。

他看着汤子期。她低着头，有些神思不属的样子。他叹了口气，掀帘说："去汤罗大人的府上。"

汤子期像是被他这句话惊醒。她抬起头看向他，眼里浮现出惊疑的神色，慢慢地，这种惊疑又汇聚成了一片了然的哀伤。她重又低下了头。

"不，你还是不要去了。"雪吟殊又改了主意，"你先回宫去吧。"

"为什么？"汤子期闷闷地说，"你都想到了？"

"子期，现在你先回答我两个问题。"雪吟殊的神情有些严肃，"那名陷于溯洄海、中毒后被送往青都的人，是月晓者八号，名叫简西烛，也就是叶画莳的丈夫，对不对？"

叶画莳在秋叶京住下来之后，他自然把她的相关背景都已经查得清清楚楚。

"是的。"汤子期有些无奈地道,"他的绰号叫箭鱼,而且他上岸之前,我看到了他的脸。"

"他去溯洄海做什么?"

"我知道他到溯洄海去寻找陛下想要的东西。陛下允诺了他事成之后让他离开月见阁。"

"这就更没错了。"雪吟殊点头,"他用授语之术探知的消息,是要用来换取后半生的安稳的,自然不能向任何人透露。"

"嗯。"

"第二个问题,我记得你说过,以授语之术获知的所有消息,那个人……月见石中的那个人,都能一同感知。是不是?"

"……是的。"

"很好。所以汤大人那里,我不能不去。"问到这里,雪吟殊似乎有了决断,最后说,"但你就不要去了。"

"我怎么能不去?"汤子期摇头,"应该做这件事情的人是我,其实与你无关。"

"你去了,老师会伤心的。"雪吟殊语气坚决,"他对我虽也失望,可我们早已分道扬镳。而你,毕竟寄托着他的希望。"

"那又怎样?"汤子期有些苦笑,"我和你不同,我从来不是他的好学生。"

雪吟殊凝视着她,目光幽深,仿佛在索取一份信任。她感到有些透不过气来,心中五味杂陈,无法拒绝,于是点了点头,遵照他的意思,不再坚持与他一同前去汤府。

下车之前,她忽然转身,紧紧握住了他的手。她说:"雪吟殊,我很感激。"

他只是淡然笑着:"这不算什么。"

"老师那里你打算……"

"放心。"雪吟殊道,"我不会把他怎么样的。这件事就交给我,好吗?"

他的声音低沉,她的心忽然踏实下来,于是什么也没有说,只是重重地点了点头。

第二十九章
情 深 有 劫

汤府门前一向寂寥。汤罗近年有职无务,又不常在秋叶京,大部分时间府中只有几名家仆。

这一日,一只信鸟落在院中,发出傲慢的轻啸。

管事不敢怠慢,赶紧把它爪子上携带的信管取下,呈给汤罗。

信鸟是最快的信使,穿越整个九州也不过需要短短几天。但平常书信用不上它,用它传递的往往是紧急军机之类。果然,汤罗看了信,沉默片刻道:"吩咐下去,我今天不见任何人,也不要让任何事打搅我。"

管事应了"是",然而话音刚落,外面就传来一阵喧哗声。

"太子驾到!"

汤罗心一沉,抬眼之间,只见雪吟殊一阵风似的卷了进来。他的步子很急,让汤罗紧张地站了起来。他进了门,停住脚步,笑道:"大人还在这里,还好我没来晚。"

"殿下突然到访,有什么事?"

"没有什么,只是想让大人移步,到宫中小住几日。"

汤罗惊诧:"殿下,你要做什么?"

"我听子期说过,要去往月见之境见到那个人,需要焚以入魂香,暂时分离自己的精神,对不对?"雪吟殊也不想绕弯子。

"是又怎样?"汤罗念头急转,猜测他的来意。

雪吟殊笑了笑："我刚才在大人的院子外面看到一只信鸟从空中飞过，实在是忧心如焚。大人是收到青都的传书了吧？陛下是否让你前往月见石的幻境，探听某个消息？"

"你是怎么知道的？"汤罗下意识地把手中的信笺握得更紧了些，"这和你又有什么关系？"

"我不能让大人去月见石里见那人。"雪吟殊道，"如大人不能答应，只好恕我无礼了。"

"你！这和朝政无关，完全是我们月见阁内部的事情！"汤罗愤然道，"雪吟殊，你怎么连这都要插手？"

"大人，"雪吟殊低声道，"我知道你对陛下忠心耿耿，可是他的命令，往往会伤害很多人。他不在乎，我却不能不在乎。因此只能委屈大人随我回宫了。请吧。"

"我是不会跟你走的！"听到这里，汤罗心中已经明白了雪吟殊的盘算，反倒坐了下来，"我就在这里，哪里也不去。"

"那也可以。"雪吟殊也坐了下来，"不然我陪大人下盘棋？好像上次我们下棋，还是五六年前了。"

"最后一局，我输了。你棋力大进之后，我就下不过你了。"

"是。大人如果一定要在这里待着，我只好遣人来看着大人了。"雪吟殊态度坚决，"只是您到了宫里，我能更安心。就当是为了我找老师下棋更方便些吧。"

汤罗紧紧闭着嘴，什么也不说。雪吟殊要阻止他去找雪咏泽，但他不会跟他走。连月见阁内部的事他都要插手，这算什么？这个太子殿下从哪里得到的消息，他为什么要这样做？

"你刚才说你在乎陛下的命令伤害了很多人，你想救箭鱼？"汤罗眼中有不解，"为什么？就算你救了一个月晓者，也未必就能扳动月见阁的根基。你最好想想清楚。"

"难道我们做每一件事，都必须为了最终的目的和利益吗？"雪吟殊笑了笑，"难道不能仅仅是为了，不忍心？"

"人只会对与自己相关的人事产生共情之心。"汤罗摇头道，"身为储君，你什么时候在意起一个无关紧要的人的生死了？"

"无关紧要吗？这世上的许多人，看起来很渺小，可是他们不在了，总有人会为他们难过，为他们伤心。"雪吟殊略有些出神，"子期说过……"

第二十九章　情深有劫

子期，子期，听到雪吟殊几句话间提了几次自己养女的名字，汤罗心口一紧，忽然脱口打断了他的话："是不是子期让你来的？她自己为什么不来？"

"这件事情与她无关。"雪吟殊坦然回答，"我做什么，都出自我的本意。"

汤罗紧紧地盯着雪吟殊好一会儿，心中有个可怕的念头冒出来，接着就越来越清晰。最后他试探地道："你说过，安排子期来秋叶京，是多此一举了。我想，近日就让她离开……"

"你能吗？"雪吟殊冷冷地道，"你以为她是一枚棋子，可以随意驱策？你对她的了解就仅止于此吗？"

雪吟殊说这话的时候，眼里隐隐跳跃着一团小小的火苗。那团火焰藏在深深的眼底，不仔细去注意，根本望不见。此刻却似乎确证了他的想法。汤罗脑子里"嗡"了一声，微微张嘴，却一个字也说不出来。

是他疏忽了。他没有想到这一点。两个年轻人朝夕相处，互相生出情愫，真是一件再顺理成章不过的事。他应该想到的。可是他一生随侍羽皇，除协理政务外，就是钻研秘术，不太在乎儿女情长的欢愉。但这并不意味着，他不懂得那样的感情。他从雪吟殊的眼底感觉到一种炽热，几乎要把人灼伤了。

"不……"他无力地叹息了一声，"吟殊，你不可以……那姑娘，那姑娘她是……"

"老师，你不用说。"

"不，我要说。吟殊，你不知道，她是……"

"汤罗！"雪吟殊喝了一声。汤罗怔怔地看着他。雪吟殊也才反应过来自己的失态，深吸了一口气，平静了一下心绪，才道："好，你说吧。她是什么？"

雪吟殊让他说，汤罗却忽然一个字也说不出来了。

他觉得自己全身的力气都失去了。如果他能早一点意识到这种可能性，也许不会让汤子期到秋叶京来。雪吟殊做出过许多令他恼怒不已又无能为力的决定，可是他知道，这孩子有自己的责任、自己的担当。他们可以在朝堂上针锋相对，可以因为月见阁而渐行渐远，可是，他不忍心看着雪吟殊爱上那姑娘。他注定要伤心失望。那姑娘早已属于另一个人，因此永远不会属于他，永远……

可是现在说什么也没用了。

他不让汤子期来，又能怎样呢？能改变他们的命运吗？他曾以为自己在这局棋中是重要的一子，可实际上，他已经慢慢知道自己改变不了任何结局。这三个孩子都太倔强，命运的绳索终有一天要把他们缠缚在一起，他什么也左右不了。

他感到深深的无力和悲伤，原先紧绷着的一口气、一心想要坚持的原则，全都烟消云散了。对于接下去的局面，他已经完全不愿意去想。他垂下手，虚弱地一松，连那纸信笺都轻轻飘落到地上。

"罢了，你说怎样就怎样吧。"

汤子期没有立刻回宫，而是在外踌躇了很长时间，犹豫着要不要去找叶画蒔。最后她下了决心。

她回到宫中，来到了叶画蒔暂住之所，她却不在。一名小侍女告诉她说："叶姑娘早些时候出宫了。她说要去汤府拜见汤罗大人。"

汤子期心里叫了一声"不好"，转身就走。她应该到汤府去拦住叶画蒔，她不太确定叶画蒔见了汤罗，会发生什么事。但她的一颗心激烈地跳了起来。她在镶云道上飞奔，心中祈求叶画蒔还没有知道那个噩耗。

可惜她还是晚了一步。她看到一队侍卫匆匆向某处赶去，心念一动，不管不顾地拽住一人一问，那人认得她，行礼后就气愤地道："汤姑娘，殿下将汤罗大人拘禁在夙夜宫，竟有人敢强闯！"

汤子期飞奔去了夙夜宫，见那个"有人"果然是叶画蒔。她剑半出鞘，身旁却围绕着以云辰为首的众多侍卫，侍卫们虎视眈眈。双方似已僵持了一阵子。

"放肆！太子在此，你也敢拔剑？"云辰怒喝。

雪吟殊在夙夜宫正门高高的台阶上俯视着他们，遥远得像个影子。

"画蒔无意冒犯太子殿下！"叶画蒔话虽这样说，紧握剑柄的手却没有松开，"我只想知道汤大人因何被幽禁？"

云辰道："殿下只是请汤大人到宫中休养，姑娘最好不要插手此事！"

叶画蒔不屑地一笑，像是觉得这种粉饰太平的说辞不值一驳。"汤大人是月见阁长老，怎能与我无关？既然只是休养，那让我见他一面总可以吧？"

"回去吧。"雪吟殊走了下来，也不看叶画蒔，目光只投向远方，语气却不容置疑。

叶画蒔咬住唇："我以为殿下行事坦荡，不管汤大人到底犯了什么事，也总该说个明白吧。既然殿下不愿透露，能否让我见汤长老一面？"

"不能。"

毫无回旋余地的回答，令叶画莳有些进退两难。她的手指轻轻一动，剑身发出微响，似要铮然出鞘。但一只手覆上了她的手背。汤子期来到她身边，低声道："回去！"

叶画莳略退一步，闪出一抹不信任的目光："阿期，你也……"

"画莳姐姐，别冲动！"

"阿期，"叶画莳投过来的眼神透出悲切和决然，"你还知道你自己的心在哪里吗？"

"相信我！"

"你！"面对汤子期坚定的眼神，叶画莳的目光终于和缓了下来，"好，我听你的。"

她们的对话轻微而简短，旁人几乎听不真切。可是短短的三言两语中，想要交流的意思凭着默契已经完全传达给了对方。

叶画莳去拜访汤罗时，正逢汤罗被雪吟殊带回来。雪吟殊对月见阁素有敌意，这一点尽人皆知。她看汤罗被拘，自然就想到，是不是雪吟殊要对月见阁不利。汤罗这些年虽然名义上是翊朝第一文臣，却并不插手政务，激怒雪吟殊的唯一可能只有月见阁。那么作为一名月晓者，她不说有所行动，至少也要面见汤罗，弄清楚接下去该何去何从。

但雪吟殊看起来是不容任何人与汤罗接触的。她再怎样强硬坚持，看起来也没什么意义，没准反而把自己搭进去。但汤子期的地位不一般，也许总会有些办法。

她是相信汤子期的。可是加上雪吟殊与她的那一层暧昧，又不能不让人有一些顾虑。只是现在，除了完全信任她，也没有更好的办法了。

叶画莳手一松，还剑入鞘。她退后几步，遥遥行礼："殿下，是画莳莽撞了，告退。"

雪吟殊一挥手，包围着叶画莳的侍卫们让开，叶画莳深深地看了汤子期一眼，目光中含义复杂，却没有说更多，转身离去。

汤子期松了口气，回身看向雪吟殊，一时却相对无言。

雪吟殊走到她身边，道："汤子期，我们一起走走吧。"

凤夜宫通往镶云道的小径上繁花似锦，刚刚过去的春季把它热烈的情怀化作争相怒放的花朵，成就了这个初夏的芬芳。正值日暮，夕照洒落在道路两旁的花草上，别有一番馥丽的灿烂。

他们并肩走着，没有旁人，连云辰都不见了踪影。这是个美好的黄昏，雪吟殊想。如果能够抛却一重又一重的束缚，一直走到路的尽头，也未必不是一种幸福。

但这当然是一种奢望。沉默了一会儿，汤子期抬头对他说："对不起。"

雪吟殊笑："为什么你要来道歉？"

"你是为了救简大哥，可是画莳姐姐误解了你。她以为老师被幽禁，是你在针对月见阁。"汤子期说，"我曾有一瞬想要把一切告诉她，那样也许她和简大哥还能见上最后一面……"

"不可以。"雪吟殊扳住她的肩，命令道，"你看着我。"

她仰起头，看着雪吟殊的眼睛。他的眼里有花朵摇曳的倒影，显得那么温柔，也有熠熠生辉的坚定力量："你把一切告诉她，又能怎么样呢？除了让她心焦欲狂之外，没有任何用处。而我们不允许汤罗去月见石里见那个人，不允许他与外界联络，为的不仅仅是让简西烛留着一口气，更是为了争取到更多时间，去救活他。"

他说得没错。她一直惶急无措的内心一下子宁定下来，要做的事也清晰起来。

"但我不知道，你为什么要救他。"她终于还是问。

他沉默了一会儿，忽然微笑："如果我说，我只是不忍心，不忍心有人死去，不忍心相爱的人分离，你会相信吗？"

她一时竟无言以对。

他继续笑着："其实就算是我自己，也很难相信啊。"

她忽然抬起了头，目光里有一种执着："雪吟殊，你这样说，无论如何，我都愿意相信，也希望如此。"

他看着她，而她不再等待他的回应，而是微微低下了头。她的轮廓被夕阳映作一幅剪影，连眉间带着的一点愁容，都仿佛泛着灿金色的光芒。

雪吟殊想起之前汤罗的神态和他想说但未说完的话。他不知道自己那时候的抗拒是不是对的。可是，他知道，自己只是想在这样一无所知的温柔中多待一会儿。

他伸出手抚上她的额，似乎想抚平那一抹忧愁。

她有意无意地避开了，只说："那么现在，我们要赶快打听简西烛有没有抵达青都啊！"

"他已经到了，而且还活着。"

雪吟殊把之前从汤罗那里拿到的信鸟传书递给她，她一看，最后一点踌躇也消失了。

在这封书信上，雪霄弋命汤罗前往月见之境询问雪咏泽，简西烛在溯洄海海域获知了什么。

刚知道简西烛性命垂危被秘术封印送往青都时，是雪吟殊率先想到，不能够让汤罗进入月见之境。

秘术师们之所以要吊着简西烛的命，是因为还不知道他获得的秘密。而如果他当时使用了授语之术，到了青都，帝弋自然可以命汤罗去从雪咏泽那里找到他所知的内容。在那之前，谁也不知道他究竟是不是把信息由授语之术传递出去了。所以无论如何，在帝弋得到自己想要的东西之前，他一定不会让简西烛死去。

只是，一旦汤罗真的从雪咏泽那里取得了确切的信息，简西烛的命就没那么有价值了。

他死了，无非就是属于他的那一枚碎片重新回到了月见石中。雪咏泽得回了它，由汤罗来为它寻找下一个主人。

要暂时保住简西烛的命，就不能让汤罗接触入魂香。或者至少，不让他向外传信。这才是雪吟殊监禁他的原因。

这在最初只是他们猜测的一个可能性。汤子期甚至曾经想，也许他们的陛下，会真心实意地挽留一个月晓者的生命。

而这封信鸟的传书证明了一切。

汤子期将这页纸在手心揉成一团，挺直了背："只要简大哥还活着，就不能放弃。"

"你不用担心，既然他们顺利到了青都，简西烛就没有那么容易死。一路颠簸他都活下来了，青都神木园的秘术师水准高超，自然更会尽力替他维持的。"

话是这样说，可是他们的时间也不多了。

第三十章

鲛 泪 无 痕

　　销金河中的搜捕一直在紧张地进行着。河中居住的鲛人并不多，大多以碧府的公子玄为尊，很少出乱子，这次有人居然如此无法无天，不但惹得碧温玄动怒，下面的人也义愤填膺，很快就抓到了追杀水央之人。

　　但找到的只有一个人，就是他们的首领。其他人则不知是躲是逃，并没有和他同行。而他遇见碧府部属，也并不反抗，很干脆地束手就擒，让溪源等人十分没有成就感。

　　他被带回碧府关押，等着公子玄的审问。

　　碧温玄走进那间阴暗的石室，看见一名鲛人被铁链锁住，委顿在地。虽然这人此刻有些狼狈，但仍可看出他身材高大，是员猛将。

　　他慢慢抬起头，因为缺水，眼珠显得有些浑浊。看见碧温玄，他咧开嘴笑了一下，似乎是松了一口气。

　　"湖镇，清远卫统领，见过隐梁公子！"

　　碧温玄冷冷一笑："清远卫已经沦落为杀人的工具了吗？"

　　果然是这样。清远卫一向是鲛国国主的私人从属，只听命于国主一人，执行最重要的命令。这人此刻也似乎丝毫不想隐瞒身份。

　　"我们只杀不得不杀之人。"

　　"水央为何成为不得不杀之人？"

　　湖镇慢慢坐起，似乎在斟酌着字句。"不久以前，有人族闯入海中，袭击

216

国主的螺船。她与人族勾结，带他们逃离，自然引起国主震怒。"

"不要告诉我，你们非要杀水央，只是因为这个。"碧温玄不耐烦地道，"那些人族看到了什么？是看到了河络们要做的事吗——碧温衡找了那些河络，到底想干什么？"

湖镇脸色一变："公子既都知道了，还有什么可问的呢？"

"我若说我什么也不知道，你也不会相信。"碧温玄道，"湖镇，说出你所知道的，其他的与你无关。"

"知道水央搅入此事之后，我奉命追捕。"湖镇沉默了一下，似乎在权衡，最后才道，"国主单独召见于我，他说如果水央最终仍见到了公子，要我一定亲自面见公子，让公子回海中一叙。"

"让我回海里去？"这一点出乎碧温玄的意料，他眼中隐现出怒色，"可笑，我已经抹去了鲛人的一切，怎么还能再到海中？"

湖镇笑了起来："人族都可以到海中横行，公子骨子里毕竟是个鲛人，又有什么不能？只要你想。"

碧温玄紧盯着他："若是我不去呢？"

"国主说公子一定会去。为了能让公子回海里去，国主将这个交给了我。"湖镇从怀中取出一物。白玉般的薄片在这阴暗的陋室里，竟让碧温玄感觉一阵刺眼。他的心跳加快了速度。虽然在凝夜思最后显现的场景之中他已经看到这个东西了，此刻再见并不意外，但还是感到一种近乎焦渴的痛苦。

碧温玄微微抬高了声音，"这是在威胁我？"

"随便公子怎么想，只是我想奉劝公子一句，您最好能记得自己是个鲛人。别看您现在看着像个人，但永远也成不了真的人族。"湖镇的眼中忽然浊气散尽，竟像发出幽光，"你与羽族交好，但对于羽族而言，你也永远只是个异族！"

碧温玄霍然转身，从温九腰间抽出长剑，直抵面前鲛人的脖颈，冷冷道："做了阶下因，最好就不要这么肆无忌惮。"

湖镇却哈哈大笑起来："我湖镇入了销金河，便没有想要活着回去。不管水央死不死，我已怀了必死之心！"

他语中怀有无尽的悲怆。碧温玄看着他决绝的样子，心有所动，慢慢垂下手，把剑往地上一丢："我欣赏无畏的人。所以，你有什么遗愿，可以向温九说，能做到的，他会尽量替你做到。现在，把它给我。"

他朝湖镇伸出了手。湖镇慢慢把白色的物件交到他的手里。

握住它的一瞬间，碧温玄的手微微战栗了一下，但马上保持了稳定。他把东西放进怀里，转身就走。

温九跟上他，他步子不停，只是冷冷地吩咐道："别让他受太多罪。"

"是。"

湖镇此人不能不死，因为碧温衡这次做得太过分了。当初他们早就谈好，他可以在陆上成为鲛族的一个枢纽，但并不受制于鲛国。不管发生任何事，他都可以有自己的立场。可是现在，碧温衡轻易要除去他在海中最重要的代理人，如果他不给予足够的还击，那么他这里超然独立的地位，很快就会沦为空谈。

何况湖镇真的是激怒了他。他追杀水央尚可说是奉命行事，但他不该给阿执看那个东西，不该妄图用她来控制自己。

听闻此言的湖镇只觉得一阵绝望。他忽然跳起来，扑向地上的长剑。

觉察到异动的碧温玄终于停步。此时他们相距十步之遥，湖镇身上还锁着短紧的铁链，但温九还是如临大敌似的护在碧温玄的前面，大喝："把剑放下！"

湖镇却没有攻击碧温玄之意，而是手起剑落，生生斩断了自己的一只手臂！

温九不禁惊呼："你……"

湖镇的面容因痛苦而扭曲，他沉声道："湖镇自罚一臂，还请公子网开一面！"

碧温玄此时才微微转过头来。鲛人的断臂落在他自己的脚下，而他的半个身体已被血色浸透。碧温玄看见了鲛人武士眼里无声的诉求。

无论这个人表现得如何视死如归，他还是想活。他让他的属下全都先行逃离，自己来到这必死之地，并不是他不畏惧死亡。就算他断了臂，其实也未必能活，但为了换取一点点生的机会，他不在乎多受多少痛楚。

温九忧虑地看了一眼碧温玄。后者目无表情，神色幽深，一时看不出是怎么想的。稍稍静了一下，他终于说道："是条汉子。找人来给他裹伤吧。"

这竟是放过他了。湖镇撑着的一口气一松，整个人倒了下去。

碧温玄不悦地皱了皱眉，快步离开了这个地方。

第三十章　鲛泪无痕

对他来说，怎么处置湖镇只是件小事。他突然面临一个前所未有的选择——他要不要回海里去？

他常常梦见那一片碧波汪洋，可是回去，他真的能吗？

从湖镇那里他没有问出太多东西。很显然，碧温衡有个重大的秘密不能让他知道，或者说，不能让任何人知道。不管湖镇知不知道内情，他都什么也不会说的。而且，他们也不会相信，水央几乎一无所知。

碧温衡给湖镇的命令就是这个意思：要么杀了水央，让碧温玄得不到任何信息。要是碧温玄知道了什么，那无论如何要把他带回海里去。

他们在秋叶京毕竟没有劫持他的能力，只能通过湖镇传话——付出生命的代价也在所不惜。

要是知道读取凝夜思的内容时雪吟殊也在场，不知道碧温衡会不会吐血。

实际上现在碧温玄自己还完全在云里雾里。那到底会是一件什么事？照着碧温衡的安排去推测，那一定是一件自己知道了也不会立刻告知他人，甚至还会愿意涉险入海的事情。

碧温玄想了半天也没有结论，他又去了往生湖。水央正在睡着。此前她已经苏醒了，虽说没有性命之虞，但仍十分虚弱，倒有大半时间还在沉睡。他和她谈过一次，她所经历的和凝夜思所现并无二致，也没有更多的关键信息了。

他也不愿意她在这个时候再思虑操劳太多。她这些年做得已经够多了。

他在湖边待了一会儿，悄声吩咐人好好照顾水央，没有把她叫醒，便离开了。

他接着去看了阿执。阿执在窗台边数着花瓣。

阿执倒没有什么大碍，只是那天醒来之后便安静了许多，也不像往常那么喜欢缠着他。他也不知道这是不是件好事。

见他来了，阿执朝窗外探出手，随手一撒，收集起来的花瓣就纷纷扬扬，飘落如雨。美不胜收间，碧温玄拍手对她笑着："真好看啊，阿执真厉害。"

阿执转过头来，却没有像以往那样开心，而是看了他一会儿，突然说："阿玄在害怕。阿玄为什么害怕？"

他低下头去。女孩子天真的大眼睛静静地望着他。她什么都不知道，却那么敏锐地觉察到他的情绪，所以他们属于彼此。

然而阿执的面容那么宁静，哪怕她说着"在害怕"的时候，也看不出一点点不安。他的心忽地就静了下来。

"阿玄是在害怕，害怕失去阿执。"

"怎么会呢？"女孩似乎不明白他所说的含义，"失去，是什么意思？"

失去是死亡，是遗忘，是永远的消逝。可他又怎么向她解释这些？他只好笑着说："阿玄要出门去好长一段时间，阿执在家里乖乖的，好不好？"

"阿执也要去！"果然，她一下子就叫了起来。

"阿执乖，水央会陪着你的，我会让她留下来。"他继续哄着。

阿执露出迷惑的神情："水央是谁？"

碧温玄一时被噎住了，心里慢慢浮上一种悲哀。原来她再一次把水央忘记了。不管听到水央遇险时她是多么奋不顾身，不管水央曾经陪了她多久，她终究不记得她了。

碧温玄什么也解释不了，他只能说："家里有阿执，我才可以快快回来。不然我怕我忘了回到这儿的路。"

"阿玄在哪里，阿执在哪里。"她坚决地说，"阿玄不认路，阿执可以带他回来。"

他忽然抱住了她。

小小的人儿在他怀中扭动了一下，像是受到了惊吓。他们相处已久，但往常并未有过这样的拥抱。她抬起头，看见他的眼睛里一种没有过的情绪涌了上来，脱口说："阿玄乖，不哭。"

"不哭，没有哭。"他其实没有流泪。鲛人的泪，本来就与人的不同。他变为人之后，就再也无法流泪。他不知道她是怎么看出来他哭的。

"阿玄不怕，阿执在这里呢。"她慢慢地揽住他，抚摸着他的背，眼中竟现出温柔慈爱。

他没有看到，只是喃喃地说："我不会让阿执离开我的，绝不会。"

第三十一章

终 须 归 去

明月初升，汤子期离开玉枢阁，刚出来，却见车驾徐徐驶来，停在面前。她一怔，回头，雪吟殊来到身后。他刚处理完一天的政务，看着她，眼中的一丝疲惫便敛去了，道："走吧。"

他跳上车子。她仰头说："你要和我一起去碧府？"

"是啊。"他点头，理所当然地道，"你连着去了两天，都没有见到碧温玄。如果我不陪你去，谁知道他要躲到什么时候。"

汤子期跳上车，低声道："我只是想向他打听一下。"

奇风之毒是鲛国碧氏独有的一种剧毒，陆上极少见，也没有相关记载。这两天她询问了京中有名的药师，他们都对这种剧毒有所听闻，却不甚了了。为了简西烛，只有看碧温玄那里能不能打听到点什么了。

他们到了碧府，温九果然迎了上来："见过殿下，我们公子不在……"

雪吟殊不耐道："别推三阻四了。他不在府中，你怎么可能还留在这里？他躲了这两天还不够？叫他出来见我。"

"这……"温九踌躇着。

"你再拦着，我可要亲自去找了。"雪吟殊也不多说，大踏步便向府内走去。

"殿下稍等！"温九忙追上去，默然低头，"公子本来说过，挡殿下个三五日，待风翔典后再带殿下去见他。"

"我现在就要见他！"

221

温九情知无法再拦，只能说："两位请跟我来吧。"

他引着他们去了雾池。

雾池是碧府中最隐秘的一处所在。他们走过温泉园地的重重假山和曲折的回廊，进入一扇青铜门。门内昏暗，只有顶上斜斜的几扇天窗透下几丛光线。室内有一道回旋的石阶，拾级向下，轻薄的凉寒之意侵入全身。只因鲛人喜欢的温度，比陆上的种族要低一些。

石阶尽头是一汪海水。是真的海水，来自涩海。虽是无源的死水，但以复杂的手段运输，隔日更换，洁净新鲜，也因成本高昂而更显得弥足珍贵。这是鲛族最喜欢、最适宜的环境，也是养病的好去处。

此刻这个环境中弥漫着浓烈的草药气味和海腥气，令人不安。

雪吟殊越走越心惊，他迅速地冲下石阶，看见雾池里面碧温玄漂浮在水面上。他的身边环绕着大量的水草藻叶，青绿的水液浸染了他白色的纱衣，令他看起来愈加清冷而单薄。

"温玄，你怎么了？"雪吟殊内心震惊无比，"是受伤了吗？"

碧温玄浮在那里，声音仍然像惯常那样轻飘飘的，带着点不耐烦："温九真是没用啊，三天都挡不住你。"

"到底怎么回事？"雪吟殊急喝。

"我本来是个鲛人，想尽办法褪尽鲛族的一切，变成了陆上的人。可是现在又要想尽办法，长出伪造的鳍和尾，你说这是不是特别可笑的事情？"他仰着头，脸上是自嘲的笑容。

"你疯了！你要回海里去？"雪吟殊低喝，"为什么？"

"碧温衡的人传话，要我回去。你知道的，海里发生了很多事情，而碧温衡把秘密死死地捂住。以我的了解，我这个堂兄精明得很，不会做那种此地无银的事情。"碧温玄依旧满不在乎的样子，"他不顾一切要杀水央，一定是有这么做的必要，他要我回去，自然是笃定我会回去。"

"所以你更加不能回去，否则岂非落入了他的圈套？"雪吟殊仍旧焦急，"他认定水央把事情报给了你，便要骗你入海，再不放你回来！"

"我知道你担心我，可是这话不像你说的。"碧温玄笑了笑，"你稍一想就该知道，没有人会那么无聊。他派来的人宁愿自断一臂，也没有想要杀我的意思，说明他并不想置我于死地，而是确有要事，需要和我在海中相见。"

第三十一章　终须归去

他说得没错，如果不是关心则乱，雪吟殊很容易就能想到其中关节。但现在他们最被动的地方在于，并不知道碧温衡的死穴是什么。

想到这里，他看向汤子期："子期……"

汤子期领会了他的意思，对碧温玄说："你不要急。既然碧温衡要灭口的是一名月晓者，那他就有可能用授语之术传回了些什么。风翔典之后，我可以择机去问……月见石里的那个人。"

碧温玄沉吟了一下："这也不失为一个好法子。但还远远不够。"

"别去。"雪吟殊踏入池中，抓住他的肩，"由人变鲛的秘术是针对人的，凶险重重。何况你不是一个人，你是鲛族！再次变化一旦失败，后果不堪设想。"

"这我倒有把握。"碧温玄低笑一声，"我其实一直在找一个法子能让我重新入海，哪怕是暂时的。不然你以为，我帮玉霜霖是为了什么？"

汤子期奇道："玉霜霖告诉了你，像你这样的鲛族，如何重新变身入水的法子？"

"是啊。当年施术让我由鲛变人的人里，还在世的只有她了。"碧温玄道，"她说的与这些年我所知的相对照，秘术师们就为我定下了一套法子。他们说，只要我在这堆草药里头泡上几日，就能安全地入水几日了。"

"我不允许！"雪吟殊仍这样说，"你说的这些，从没有人试过，谁也不知道会不会成功！"

"别意气用事了！"碧温玄冷然，"海里的变动定然牵涉甚广，不然碧温衡不会那么冒进杀人。哪怕你们弄清了授语之术探到的零散信息，我也不认为能掌握得了大局。现在水央还没康复，其他人我信不过，你们羽族更没什么办法。而你心里难道没有把海中暗涌和越州异动这两件事联系起来？这事难保不会涉及翊朝，不管怎么样，只有我亲自赴海，才有可能厘清局面。我权衡过了，没有其他更好的法子！"

也许是从未见过他如此严肃激扬，雪吟殊怔怔地看了他好一会儿，才低声道："我以为你那么懒，不乐意管这些事。"

"你以为我真乐意管了？"碧温玄嘴角浮起一丝苦笑，"我倒想在秋叶京安安稳稳待着。要不是你们这些'心怀天下'的家伙爱折腾，我至于这样吗？"

"无论如何，等子期把情况问清楚再做决定，如何？"雪吟殊坚持着，"现在，你先从这儿出来。"

"如果她问到的消息能让我改变主意的话。"

"你为什么这么固执！"

"其实，也不光是因为碧温衡。"见雪吟殊生气了，碧温玄放低声音，像是感慨，语气里却没有波澜，"其实，我一直想回海里去，你知道的。那里毕竟是我的家啊。"

另两人沉默下来。过了片刻，碧温玄哆哆嗦嗦地抬起手。雪吟殊看见他手中一块白色的薄片，他愣了一愣，忽然想到什么，失声道："这是……"

"是啊，"碧温玄盯着自己手中的东西，"这就是我的尾骨，当年从我的尾巴上切割下来的，没想到我还能拿回它。"

雪吟殊冷哼一声："碧温衡倒拿准了你的心思，他知道你见了这个，一定会回去。"

他深深地叹了口气。他知道碧温玄变身为人之后，尾骨一直在他母亲那里保存。后来他母亲去世，这东西如何到了碧温衡那里，他们之间又发生过什么，他便不甚了了。碧温玄一直避而不谈，他也没有去追究。

可此刻想到面前这人要入海涉险，他还是感到一阵焦虑。他低下头，望着池中自己的挚友。后者的面色苍白，就像他自己手里的那枚白骨一样，冷硬而脆弱。他不禁想起自己初见这人的时候，也是这样的。

那时候雪吟殊才两三岁。一日，他到了母后的宫中，正巧看见有人送来一个长方形的箱子。他问母后那是什么。母后面色凝重，一时未答，他便自顾自地猜了起来。他说了什么长弓、乐器，结果通通不是。最后母后让他去打开，他便兴高采烈地跑过去掀开盒子。

玉质的盒盖入手沉重，他费了好大的力气掀开，一下惊呆了。盒中盛满液体，里面卧着一个湿淋淋的孩子。

那是个和他差不多大的小孩，在碧色的药液中深深地沉睡。他小小的脸上眉头深锁，像是在忍受着巨大的痛苦。

这个孩子后来被放到了宫中的繁花池中，像一尾虚弱的鱼。遵照鲛人方面的嘱托，他们每天为他更换海水和药液，全力保住他的性命。年幼的雪吟殊隐隐知道，这个孩子正在完成从鲛族到人族的最后阶段的转变。他忍不住每天来看，有时候一守就是大半天，好奇地凝望着他沉睡的样子。有一天，他终于醒了，在水底呛了一口水，就下意识地浮上了水面。

第三十一章　终须归去

雪吟殊看见那孩子的瞳仁是深黑色的，透着冷冷的光。他的喉中发出几个无意义的音节，然后定定地看向了池边目不转睛凝视自己的那个人。

两个孩子对视良久，雪吟殊才突然反应过来，向对方伸出手去："来，我拉你上来。"

对方却反而把手缩向身后。这孩子对这个陌生的环境充满了警惕和畏怯，周身散发出一种冷漠。雪吟殊笑了，不管不顾地迈下水去，将他的手攥在手里。

碧温玄一挣，却没能挣脱，只觉得冰冷的手心涌入热流，带来舒畅的暖意。他就那样带着他，一步一步从水中走到了岸上。那一小段路，是碧温玄用双腿行走的最初几步。

他就这样陪着他学会了行走，学会了人族和羽族的语言，陪着他从孱弱多病的幼儿，长成一个洒脱不羁的少年。他被鲛族抛弃，又在数年后成为鲛族与陆上至关重要的纽带。

现在他说，他要回海里去。

雪吟殊慢慢深入水中，抱住碧温玄的身体。他的皮肤冰冷滑腻，雪吟殊这才深切地体会到，他是一个鲛人。

一池的碧水濡湿了羽人惯穿的白衣，水藻溅得雪吟殊身上痕迹斑驳，他毫不在意，只是抓紧鲛人的背，看着他的眼睛："你要回来。"

碧温玄勉力一笑："我会回来。雪吟殊，我会回来。我还有阿执，还要和你喝个痛快。"

尽管这样说了，雪吟殊还是一直紧紧地抓着他不松手。就像一松手，这个人就会从这片水中蒸发。

"没事的，我是在海中出生的，海神会保佑我。"碧温玄安慰似的道，他看向了池边静立着的汤子期，补充道："我，会为你们找到奇风之毒的解法。"

"阿玄……"雪吟殊低声道。

汤子期缓缓步下石阶，在漫过脚踝的水中停住，俯视着池中略显狼狈的两个男人。

"碧温玄，"她说，"奇风之毒的解法，是你最后要考虑的事情。"

碧温玄笑道："你这两天来，不就是为了让我打听这个吗？"

汤子期吸了一口气："是，我们是盼着你能找到奇风之毒的解法，但我们也只是想让你帮忙从碧氏那里探听，绝不希望你以身涉险。别人的命不会比你的安危更重要。"

"我知道。"碧温玄点点头。

"保护好你自己。"雪吟殊一字一句道。

碧温玄看着他，将他的手慢慢握紧，然后笑了起来："明天就是风翔典了，真可惜，今年不能参加了。"

雪吟殊也握紧他的手，说："等你回来，我摘风翔典上最漂亮的燕子花给你玩。"

"其实我很喜欢秋叶京。"碧温玄点点头，"秋叶京的天空那么美，不管哪个季节，永远是透明的蓝。秋叶京的街市那么繁华，走在夜市里，花香和酒香都让人沉醉。还有风翔典，你们羽人在天空上狂欢，所有不能飞的人也会在地面上载歌载舞，真的是很开心。"

"嗯，明年你还可以像往年一样来。"

"好。做完我该做的事情，我就会回来，做回秋叶京人人羡慕的逍遥公子。"碧温玄放松下来，"到时候，我就哪儿也不去了。"

汤子期静静问道："阿执呢？你走了，她怎么办？"

"我送她和水央去了山上的一处别院。"碧温玄目光转向她，"汤子期，有空记得去看看阿执，她很喜欢你。"

"那，你什么时候动身？"雪吟殊终于恢复了他平日的冷静。

"就这几天吧。"碧温玄慢慢下沉，把自己埋到更深的藻叶中去，"他们说我在这堆玩意儿里泡个五六天，就可以去夏阳了，到了那儿，他们再为我施术，让我变成……一个鲛人。"

"明日之后，我再来看你。"

"回去吧，不要再来了。"池子里的人说，语气带上了一点不耐烦，"不要弄得我好像马上就死似的。明日就是风翔典，你们两个不去冥思祷告，还在这里磨磨叽叽的，简直枉为羽人啊。"

雪吟殊冷哼一声，站起来将湿漉漉的袍子甩开，大步迈上石阶。

他忍住了，不去回头看那池子里的男人。汤子期则默默跟随在他身后。

碧温玄静静注视着两个羽人的身影消失在石阶尽头，突然，他猛地拍水，水花溅起。随之他的整个人又猛地沉落，最终浮在藻叶上，睁大了眼望着空旷的穹顶。

他们每个人各有所欲、各有所求、各有使命、各有担当，谁都逃不过。

第三十二章

风 起 风 翔

不管发生了多少变故，对于羽族而言最重要的风翔典还是如期而至。

七月初六，贵族当中被选中于起飞仪式上随储君一同起飞的年轻人都已经进了城。按照惯例，次日夜，雪吟殊会在银穹塔上带领他们飞入夜空。

银穹塔顶是极天城的最高点，也是整个秋叶京的最高点。它是羽族宫城之中少见的非木质建筑物，在高耸的中央年木之上，直入云霄。不知道是哪一代的羽族永翼王，用水晶建造了这样一座高塔。在明媚的日子里，笔直的银色高塔流光溢彩，犹如云中一柄激滟的长剑。

它真的是一座属于羽族的塔。因为它内外没有任何阶梯，周身平滑，也没有可供攀缘之地。只有展开的双翼，才能带着你飞向塔顶。而塔顶是一个可容百人的平台。皇族的起飞仪式选在这里，正是因为只有在七月初七月升前精神力即达到巅峰的羽人贵族们，才有可能提前上塔，参加仪式。

风翔典前从来都有许多繁复的祷告礼仪，雪吟殊在初六夜间去了碧府，等回宫之后，礼官们已经急坏了，催着雪吟殊试穿典礼翔服、确定同飞人选，等等。

初七早晨，翊朝的例行朝会已经停了，不过雪吟殊还是先到了玉枢阁，打算处理完当日要务。没想到有人比他更早到，他进门时，汤子期正坐在窗前翻着一本药典。

知道奇风之毒的事情之后，除了寄望于碧温玄海中的渠道，他们也在四处寻觅其他解毒之法。但此前名医们都束手无策，因此此刻汤子期翻着药典，也不过是徒劳之举。

这一天，他们默契地没有再提眼下这一堆烦难的事情，只是轻松地谈了些与风翔典有关的趣事。到了平午，雪吟殊忽然想起一事来。

"云辰，你找两个人陪着汤罗大人起飞，随他而行。"他吩咐道。

"属下明白。"

"你是担心老师会在风翔典之时设法脱逃吗？"汤子期喷了一下道，"以他的脾气，八成是不屑如此的。"

"多一点防备总是好的，这件事情不容有失。"雪吟殊笑答。

她想了一想："那不如令城门四闭，今晚到明晚限制出城。"

雪吟殊沉吟一下："倒不是不行，今夜到明晨，羽人是不需要走城门的。今年如此之多贵族聚在京中，保守起见，也理应短时间城禁。但真的有必要吗？"

"风翔典后的次日，大部分人历经狂欢，总有些精神不济。老师如果真要出城，只会等那个时候从城门走。他飞不过你们这些年轻人，趁大家筋疲力尽之时混出城去，才是上策。"

雪吟殊笑了起来："本来只是略加防范，怎么反而弄得如临大敌？"

"是你说的，多一些防备总是好的。"

既这么说了，雪吟殊便颁了一道城禁令，并没有大张旗鼓，名义上又是为了风翔典的安全，四处风平浪静，没人觉得有什么不妥。

到了午后，银穹塔上典礼的一应筹备都已安排妥当，他该过去了。

他想起自己曾邀请过汤子期，此时要分别，不知怎么心里倒有些不快。他踌躇了一下，道："那你要去哪里起飞？"

"不知道。"她摇了摇头，就像洞悉了他的想法，笑着说，"你快走吧，反正银穹塔我上不去。"

"你上不去，我可是要上去！"门口出现一个矮小的身影。

随后匆匆而来的侍卫禀道："殿下，苏行大人来了。"

不等雪吟殊反应，巴齐陆走了进来，笑道："好不容易能参加一次羽族的风翔盛典，太子殿下能不能让我也上银穹塔去看看？"

起飞仪式上一般说来是没有外族人的。但六族近年交融，起飞仪式上有一位贵客，倒也不是什么不合礼数的事。所以雪吟殊爽快地答应了。只不过临时

第三十二章　风起风翔

多了一个河络要人，他吩咐下去简单，礼监却免不了又是一通忙乱。

"苏行大人，我会安排人带你上去。"雪吟殊道。

"不用，不用。"巴齐陆却摇起头来，"你们羽人能到的地方，我们河络也上得去。你只要吩咐下去，别让人赶我走就行了。"

"那自然。"

雪吟殊答应之后，这位苏行大人就快乐地跑出去，瞬间没影了。大概是想到能围观羽族盛典，一向持重的河络苏行就兴奋得像个孩子。

时间耽误了一会儿，随侍的礼官催着雪吟殊快走，他不能多说什么，也就飞快地走了。

目送着他的身影，汤子期有些怅然地笑了笑。她，又该去哪里呢？也许应该找一个没人看得到她的地方，静静等待吧。

今年的风翔典尤其盛大，对于秋叶京也意义非凡。

青都与秋叶京多年来的隐然对峙迎来了一个转折。也许其中有博弈、制衡、曲意逢迎和阳奉阴违，但不管怎么说，九州之中最优秀的羽人们，在风翔典这一天站在了秋叶京的银穹塔上。

自塔下振翅而上时，雪吟殊心中也不禁升起万千豪情。

直入云端的高塔上，整个羽族最尊贵的贵族在等待着他引领他们飞向天空。而高塔之下，千千万万的九州子民将顶礼膜拜。这一天，这个塔顶便是世界的顶端。

当他抵达塔顶时，所有在列的羽人行了振翼之礼。他们凝出羽翼，却不起飞，而是躬身低头，轻轻扇动巨大的羽翼，以示尊崇。这是只在风翔典之前使用，只有煌羽才可以完成的礼节。

那么多不同形态却同样优雅的光华之翼微微挥动，连成一片华丽的光浪。在这光浪最顶端，是凝翼悬停着的面容清俊气质华贵的羽族男人。

他那样年轻，对于羽族百余年的寿命来说，几乎还是一个稚子。他又是那么成熟，犀利睿智的眼睛，如同可以看穿一切。

长发随风扬起，他平静地接受贵族们的朝拜。而塔下是他的城市，他的天下，他的九州。

他可以俯瞰整个秋叶京，目光甚至延伸到这城市之外，越过销金河，穿过擎梁山，去往无尽的远方。

不过，不管是豪迈的胸臆，还是略带失落的寂寥，他都没时间去细细体会。随着礼官的唱礼之声，他开始领着贵族们祭星祭天以及祷告。

羽族的传统礼节庄重而繁复，此时来自礼监的各个司礼官齐声唱起祷歌。在神圣的歌声之中，象征幸运的燕子花飞起，用盛放的光芒将银穹塔的顶端装饰得熠熠生辉。歌声悠长悦耳，如同从远古穿越而来的回响，带着震慑人心的力量。不管多么淘气的少年，这一时刻都默默地聆听，感受着来自羽族血脉深处的荣耀。

等祭仪结束之后，明月恰好升起来了。

塔顶的年轻羽人们跃跃欲试。对于他们这些煌羽来说，等待月明，只是为了等待一个羽族同庆的时刻。他们的羽翼早已急不可耐，想要拥抱明月，开始狂欢。

当然，今年还有一个让他们特别兴奋的原因，就是太子殿下还给了一个好彩头。

前几天就传出消息，这次风翔典上，飞得最久的羽人，太子将会奖励给他一件宝物。

有意追逐这个奖项的人，在风翔典结束后须停落在北林的世家驻地上。最后一个降落在那里的人，便将得到最终的奖赏。年轻的羽人们这些天就纷纷相互打听，听说那件宝贝名叫"浮梭甲"。有人说它刀枪不入，有人说它质轻如同丝绸。总之，虽然羽人们对于奖品是件甲胄感到有些奇怪，但仍然对此兴致勃勃——东西是什么一点也不重要，皇族风翔典上胜利的荣耀，足够一个世家弟子炫耀十年。

雪吟殊向着明月洒下最后一盏祭酒。在这月力最盛的时刻，他的翅翼足有十余尺宽，光芒熠熠，似乎可与明月争辉。随着飒然地轻轻一跃，他飞向了明月。而他的身后，一百多名最优秀的羽族少年同时散向了夜空。

不仅如此，在这一刻，整个秋叶京的羽人都飞翔起来。他们展开的双翼发出光芒，如同星辰一般，将清寂的夜空装点得华丽而迷人。而所有地面上的种族，这一夜只能仰头遥望着羽族，看着他们傲翔于天，俯瞰众生。

一旦起飞，每一个羽人就都是自由的。抛去了身份贵贱，每个人都无拘无束地享受着一年一度的欢愉。有互订终身的男女相携而行，也有激情澎湃的年轻人比试着速度，当然更多的羽人潇洒不羁，只为感受明月而优雅地滑翔。

雪吟殊看着一个个羽人自身旁掠过，面带微笑。虽然作为一个煌羽，平日里这样的飞翔对他来说并不是那么求之不得，但在这特别的日子里，看着凌空翱翔的羽人们，他还是感觉到深深的骄傲和幸福。

只是这种幸福也有一点点缺憾。在他人眼中，他身为帝胄，手握重权，覆手云雨。但同时，他也有许多约束，许多不安。月见阁的隐患、溯洄海的暗涌、越州河络的野心、沿岸海盗的张狂……只有在这个夜晚，才能暂时抛却所有的忧虑，凝翼息心，静静地望着那一轮明月。

他漫无目的地飞翔了好一阵子，四周已没有旁人了。这个狂欢之夜对他来说是安静的，现在它已经过去了小半，有些精神力较弱的羽人可能都已落地。他想了想，决定回去。

路上他想起了那个河络。起飞仪式上，巴齐陆应该在，但他太忙乱了，以至于没有余暇去关注这位专门前来围观的贵客。羽人们都飞走了之后，他怎么下塔，好像也是一个难题。不过话又说回来，他本来是想找人带着巴齐陆上去的，那个河络却坚决拒绝。那么既然他能自己上去，想必下塔更不是什么难事吧。

他胡思乱想着，不知不觉已经到了极天城上空。

极天城上空杳无人迹，这是一种约定俗成，哪怕是起飞夜，普通民众也是会刻意绕过这个皇城内宫的。他慢慢下降，脚下那一片应该是云华台。

他母亲曾住过的地方。幼年时有多少个起飞夜，是她带着他在这里降落。

他突然看见了一个身影。

汤子期穿了一身水绿色的翔服，悬浮在云华台主殿的上方。轻盈宽大的纱袖荡开，映着羽翼上的微光，衬托出她的曼妙身材。他只看见她的背影，就一眼认出了她。

原来她在这里。他微微一笑，就要飞上前去。

但他突然停住了，因为她微微转过头来。

他看到了她脸上没有丝毫表情，在月光下洁白冷漠，如同一尊玉雕。她定在那里合着双眼，应该没有看见他。但不知道为什么，他心里竟响起一个声音。

她不是汤子期。

她是她，但又不是她。他与她不过几十尺的距离，竟有种相隔天涯的错觉。

她将一支笛管笼在纱袖中，放在嘴边，开始吹奏。

第一个音符跳出，他就知道这是首什么曲子。《归雁曲》，他从小到大烂熟于心的一支曲子。母后羽堇岚在世的时候，倦了累了最喜欢听这一曲。而她去世之后，他也会在每年她的生辰日时，去霜木园中吹奏这支《归雁曲》。

此时汤子期所奏的旋律，和他一直知道的竟有一些微小的不同。只是一两个音符的折转，这曲子中的一腔哀婉便消散殆尽，竟有了一往无前的气势。而至尾声处，原先轻柔的收束变作华丽的单音，霍然拔高，锐利逼人，最后归于极致的苍凉。

雪吟殊被这曲子魔住了。他想起来在霜木园中她说过，这曲子她听过一次。她并不特别精于乐理，那么，她不可能在听他又吹了一次之后，便学会奏这曲子，还赋予这样的转换和升华。所以她是谁？她是谁？！

一曲终了，汤子期默然俯视了云华台片刻，一挥衣袖，逐渐升高，离开了他的视线。

他竟没有勇气上前截住她问个明白。

他落在云华台上，只觉得满心空茫，又不知该往何处去。他定了定神，看见云华台的主殿就在前面。

云华台的主殿在羽堇岚去世后一直封闭着，无人敢动。此刻殿前的园子里，一名白发的老侍女在木桌边自斟自饮。

雪吟殊认得她是一直侍奉母后的玉瑛，这些年在宫里已经不太管事，安心养老。此刻她正自得其乐地自斟自饮。

他走到近前："瑛奶奶，您没去参加风翔典吗？"

"咦，殿下？"白发的老侍女站起身来，语气略带诧异，"人老了，飞不动了。年轻人这会儿还在疯吧，殿下怎么不去？"

雪吟殊笑了笑："不知为什么，我有些想母后了。"

玉瑛点点头，也有些伤感："皇后去得太早了。要是她还在的话……"

"瑛奶奶，"雪吟殊打断她的话，"你还记得母后所作的《归雁曲》吗？"

玉瑛愣了一下："这，当然记得。"

"我今天听人吹了这曲子，和母亲吹给我的一点也不一样。"雪吟殊坐了下来，"我从来没有想过这支曲子能吹成那样。"

"现在这宫里，还有别人能吹这曲子？"玉瑛奇道，回忆起了过去，有些出神，"不过它是有个不同的版本，我确实听过。"

"哦？"雪吟殊盯住了她，"《归雁曲》是我母亲所作，难道不是小时候她为了哄我高兴，随手写的曲子吗？"

玉瑛忽然有些局促，被他逼视的目光压得有些喘不过气来，嗫嚅了一会儿，才道："这么久了，你知道也不妨事了吧。《归雁曲》其实不是皇后娘娘作的，而是已故的长皇子作的。我曾听那孩子吹过一回，和后来皇后教给你的意境确实大不相同……"

玉瑛说着，又顿住了。她看见雪吟殊脸上蒙上了一层寒霜，不由自主地退后了一步："殿下……"

"长皇子，长皇子雪咏泽，对吗？"他近乎自语。

玉瑛不知所措地点了点头，雪吟殊的神情令她害怕。他心中似乎有什么被这一句话撕裂开来，使他周身散发出冰冷的寒意。玉瑛被惊到，错觉他沉默了良久，但实际上只有短短的一瞬。而后他站了起来，猛地举起桌上的酒壶，灌进自己的嘴里，再将酒壶狠狠砸向围栏，又一脚踢翻了矮凳，一桌的菜碟酒盏噼里啪啦碎了一地。

下一刻他肩上光芒大涨，再次冲向高空。

直到被天上的冷风一吹，他冷静了一些，一颗心里才剩下无尽的苍茫。

他以为月见阁是帝国的阴云。他以为他对抗的只是不问世事的雪霄弋。他不知道自己一切的一切，其实都笼罩在那个人的阴影下。

他的母亲一心惦念着那个人，他爱着的姑娘也属于那个人。

他很早就应该猜到，汤子期属于雪咏泽。她不属于月见阁，不属于羽皇陛下的权势，而只属于，雪咏泽一个人。

第三十三章
烈 火 悲 声

　　风翔典前这几日，除了银穹塔，最绚烂华美的地方就是秋叶北林了。

　　林木间悬浮着仙茏灯和燕子花，这些植物吸收了明月的光芒，将这一片林地装点成了又一方星空。而世家各自的家徽则悬挂在各自的帐篷和树屋外，各自华丽，各有特点。

　　到了风翔典的下半夜，世家驻地围绕着的那片林中空地热闹起来。这里的地面已经清理过，铺上了大量厚厚的绒叶，踩上去仿佛踩着厚厚的云朵。这是为了决出那个奖项而准备的。为了成为最后一个降落的人，一定有不少人到了精神力耗尽的时候也不愿落地。为了防止出现从半空坠落的意外，雪吟殊特意安排了这一片绒叶地，这里有极好的缓冲能力，基本可以保护他们不受伤。

　　狂欢过后，日出四刻，太阳缓缓升空没多久，雪吟殊就带着朝臣们到了北林。他带着一贯沉静而平和的笑容，来到树木与软篷搭建的观望台上。此次各世家的掌事在耗尽飞翔的精神力后，也陆续来到了他的身边。那项角逐说到底还是给那些争强斗胜的少年们准备的，他们这些人当然不会凑这个热闹。他们只是来见证最终胜者的诞生。

　　快到食时四刻的时候，雪吟殊简单用过早膳，就有几名少年回来了。他们盘旋在绒叶地上方，好像在犹豫要不要当第一批落地的失败者。过了一会儿，一个精神力最弱的少年实在支撑不住，光翼涣散，在空中挣扎扑腾了几下，便落到了绒叶地上。他爬起来不好意思地挠了挠头，观望台上的年长者们都笑了起来。

这是一名来自天氏的孩子，雪吟殊微笑道："赏，金珧花一枚。"

少年得了赏赐，高高兴兴地称谢退下了。

从他开始，陆陆续续地有人回来了，因为大家的精神力都已消耗得差不多。有人归来，知道自己获胜无望，便干脆利落地落下；有人却总想坚持到最后一秒。他们都得到了雪吟殊的赏赐。

到了平午，太阳高挂于空，月力渐稀，几乎所有参加风翔典的人都已经落地，林地上方只剩下两名少年。他们一个来自风氏，一个来自云氏，正在半空中相互怒目而视。

很显然，他们之中后一个落地的，就会成为最终的胜者，而另外一个则功败垂成。

"我们风氏才是能飞得最高、飞得最久的人。你们云氏在南药只会种草，还是快扛锄头去吧！"风氏的少年嚷嚷。

"九重霄，九重霄，霄即云也。云从未落入凡间。该一边去的是你们风氏才对。"云氏的少年言辞上也不落下风。

因为规则说明，不能以任何手段触及竞争对手，影响对手的飞行状态，所以这两个少年只好相互语言攻击，盼着对手早早摔下地去。偏偏他们声音清脆，口齿伶俐，吵起架来不出粗俗之语，反而听得底下的这些大人们津津有味。

听这两人吵了一会儿，雪吟殊终于摇头笑笑，问起旁人："你们看谁会胜？"

"我看云氏的少年说话中气十足，体力占优吧。"

"我们羽族能飞多久，什么时候看体力了？精神力才是最重要的吧。"

"那名风氏的少年一整夜就没有怎么飞过，保存实力就等最后这一会儿呢！"

果然，这一句问话引得大家积极讨论起来，热烈程度堪比廷辩。说了一会儿，有些人对风氏少年为了获胜，连风翔典之夜也留力不去飞翔的功利心颇有不满。风氏掌事不好说什么，吏师风鹰遥则淡淡地道："像他这般保存实力的年轻人，昨夜也不在少数，又还有谁能坚持到这时候？这两个孩子都是天赋异禀了，定是煌羽的苗子了。"

明月盛大的感召力，对羽人来说是体内原始的力量。在风翔典狂欢之夜，他们往往只有耗尽精神力才会甘愿降落。风翔典之后，禾除了有特殊原因去克制的人之外，其他人不论体能如何，精神力都是透支的，哪怕是整个羽族最拔尖的那几千位煌羽也有两日不太能飞起来。

此时已经是初八的接近日侧时分，自那两个少年回来，又过了一个对时。他们还能坚持不落，也真是了不得。

雪吟殊站起身来，笑道："我们出去看看吧。"

风氏云氏的两个少年应该也再撑不了多久。于是高兴地旁听他俩斗嘴的大人们兴致勃勃地走出篷子，继续围观他们的剑拔弩张。

雪吟殊望向天空，据他看来，风氏的那名少年胜算会更大一些。然而有一瞬间，他怀疑自己花了眼，因为他看见那两名少年的上方，又出现了一个人影。

一个淡绿色的身影飘浮在蔚蓝的天幕上，轻盈缥缈，近乎透明。

"怎么还有一个人？"大家也都发现了，惊讶地议论纷纷。

雪吟殊听到身边的云辰说："是……那是汤姑娘！"

是她。她就那样突兀地出现在人们的视线当中，带着冷傲轻蔑的神情，俯视着他们。

她比有备而来的那两个少年飞得还要高。怎么可能？她只是一个岁羽而已。她为什么能在所有羽人都筋疲力尽的时刻，仍能凌空而至，像个神祇？

"不好了！我们的树屋那边起火了！"雷家的人忽然叫道。

浓烟从远处升起，吸引了所有人的注意力。人们有一瞬间忘记了忽然出现在空中的那个女子，只有雪吟殊始终一瞬不瞬地望着她。

他看见她手中挽起长弓，眼神冰冷，而嘴角勾起一丝妖异的笑。

闪烁的火星在她的箭尖跳跃，他一下明白她想要干什么，立即凝翼腾空而起，伸手阻拦。

第一支燃烧的箭矢离弦而至。他双手探出，徒手抓住了燃烧的箭柄。

但没有用，她瞬息不停，连续射出剩下的两箭。

带着火苗的箭矢落入绒叶之中，火焰轰然升腾而起，迅速蔓延，像一只怪兽伸出橘红色的舌头舔舐着天空，一整片的绒叶地瞬间成了火海。

北林的羽人们尖叫起来，混乱的尖叫却退却成遥远的背景，雪吟殊眼中只有那毅然决然持弓的女子。

她射出三箭后，将长弓抛向火海。终于，肩上的羽翼消失，整个人也软软地落了下去。

他接住了她下落的身躯，带着她落在了火场之外。

漫漫大火映红了天空，映红了每个人的眼睛。

第三十三章　烈火悲声

上一次他这样抱着她时，她替他挡了一箭。

这一次，她嘴角凝着冰冷而苍凉的笑容，轻声说："你，救不了她。"然后便昏厥了过去。

秋叶京遭遇了数百年来最大的一场火。虽然准确地说，大火发生在城外，但撕裂半个天空的浓烟和火光，还是让城内的每个人都为之心惊。

不过火势虽然惊人，扑下去倒也快。毕竟是世家驻扎之地，可能发生的意外都有应对和防备。两个对时之后，北林空地便只剩烟雾漫漫。所幸人们是看着它烧起来的，因此除了被烧毁的林木和财物之外，没有太多人员伤亡。

但这个事件让每一个羽人震怒。羽族厌火，日常都极少用火。引起这样烧毁了成片森林的大火，简直比胡乱杀人还要十恶不赦。

纵火之人是在众目睽睽之下行动的。火势熄灭后稍微一查，就知道她除了在绒叶地上射出火箭之外，还在他们围观空中少年的时候在各大贵族的临时驻扎地周边放了几把火。甚至在那之前，她已将北林驻地附近用于浸泡坚果的几缸松油倒入了绒叶地。这也就是起飞夜人人都沉浸在狂欢中心不在焉，否则也不会让她轻易得手。

纵火之人一时昏厥，但很快醒来，被关押入宫。

她是有意在所有人的面前纵火的，根本不想隐藏。换句话说，她此举并不想伤人，而只是对贵族世家赤裸裸地挑衅。

据说那名女子醒来之后便一言不发。至于她为什么这样做，人们就众说纷纭了。

极天城正殿青和殿中，各大家族的掌事聚集在此，议论纷纷。

"听说这个女子是半年前突然来到太子身边的，不知怎么就从一名侍女成了'月影者'，深得太子倚重。"天氏掌事天晟来说着自己获知的消息。

"不但如此，她还是月见阁的人呢。"翼家掌事翼骁应和着。

"那就不对了，太子对于月见阁不是一向都想要除之而……"说话的人说了半截，觉得不妥，又生生咽了下去。

天晟来道："汤兄，那姑娘是你们汤家的，好像还是汤老爷子的学生，你知道些什么吗？"

汤成摇头苦笑："我们这次来秋叶京，差点连老爷子的门都进不去了，哪里还能知道别的事？"

"但不管怎样，纵火一事过于恶劣，让天下人知道世家所驻之地遭到如此羞辱，各大家族再没有颜面统领各自的属地了。"云氏的云兴歌一脸肃容，"天兄、翼兄，对那纵火之人，我们一定得咬紧了严惩不贷才行。"

几位掌事在青和殿上议论纷纷，只有青都经氏的经齐玉静静地站立一旁，面带微笑。

青都是绝不愿雪吟殊将雪霄弋取而代之的。他们前来秋叶京参加朝贺，只是为了不与其他世家公然为敌。现在出了这样的事，正是他们喜闻乐见的。

雪吟殊自内殿急步走了出来。所有人视线汇集，拱手作礼。

他没有坐下，只是站在白荆王座前肃容道："诸位都是为了北林失火案而来的吧？"

"是。"天晟来上前，"纵火行凶，罪不容诛！那女子究竟与各大家族有什么深仇大恨，不知殿下是否已调查清楚？"

"她倒并非与各大家族有什么深仇大恨，"雪吟殊冷冷地扫视众人，"而只是不愿意羽族奉我为九州之主而已。"

这句话说得狠重、直白、毫无掩饰，令台阶下的众人冷汗直冒。接着他们只觉眼前一暗，回头霍然发现，青和殿重重的朱门正缓缓关闭，没等人们反应过来，偌大的正殿已经封闭起来。人们陷入了极度的震惊。

"太子殿下，"翼骁首先按捺不住，"您这是什么意思？"

雪吟殊这才缓缓在白荆王座上坐了下来："现在殿中只有各位世家掌事，并无旁人。诸位率领家族中人来到秋叶京，真正的缘由是什么，我想不需要我多说吧。"

一时没有人说话。天晟来道："殿下，我们来到秋叶京，是为了羽族的未来，也是一心敬重殿下的为人，殿下此刻所为，实在是让我们惶惑不安。"

"我这么做，只是想让诸位明白，你们来了秋叶京，便早已与青都为敌。"雪吟殊语锐如刀，"谁也不要想抱着侥幸，你们的家主也早已做了决定。"

所有人都不明白殿下是怎么回事，为什么在这件事上从谨慎低调突然变得如此咄咄逼人，要逼得所有人与羽皇为敌。

翼骁道："那这个又与纵火案有什么关系？"

"纵火之人是得了青都的授意，因为你们的背叛。"

众人哗然，经齐玉忍不住道："怎么可能？世家朝贺改到秋叶京，羽皇陛下未做任何驳斥！要是他老人家不愿意，反对便可，又何须用这种下三滥的手段？"

"如果不是羽皇陛下的意思，那么青都之中，还有谁有这么大的胆子呢？"雪吟殊看上去是顺着他的话说了，言下之意竟是一定要坐实"青都授意"这一点。不是羽皇，那么怀疑便直指青都的经氏了。经齐玉一时辨不清他这样是为了什么，到了嘴边的话却卡住了，吐不出去。

"究竟是怎么回事，还请殿下让我们同审纵火之人。"一旁的天晟来看不下去，接口道。

他的话得到了场上众人的赞同，雪吟殊也不反对，干脆道："将纵火之人带上来。"

汤子期从侧殿入口被带了上来。她双臂被缚于身后，形同重犯，由两名羽林卫押送，来到殿前，跪在了他的面前。

众人的心头有诸般的好奇和疑惑，但谁也不敢开口，只有雪吟殊缓缓问道："汤子期，你为什么要在北林世家驻地放火？"

"汤子期，你为什么要在北林驻地放火？"他在她醒来之后，就曾这样一字一句地问过。

当时她咬紧了牙，缓缓抬头。触及那样的眼神，他一下惊住。那是多么痛切而不甘。可仅仅是一瞬，她便低头垂目，再不发一言。

到了这大殿之上，她仍是这样一副姿态，紧闭双眼，似乎对一切充耳不闻。

"你纵火只是为了向我们各大家族示威吧？"经齐玉有些急了，"你究竟有何目的？或是受了谁的指使？"

汤子期只是不答。接着不管世家的掌事们如何试探、逼问，她只是如同聋人哑女，闭着眼如同屏蔽了五感，只跪成一截枯木。

于是他们经历了最让人气急败坏的一堂审讯。不管审问的人七嘴八舌都问了什么，永远像一团棉花丢进水里，激不起一点回应。而尽管许多人的心里已经恨不得把这姑娘凌迟无数遍了，但在这贵族齐聚的大殿上，又没有人愿意第一个提出用刑。羽族的骄傲不允许他们这么做。

而雪吟殊不再开口，只是静静地看着汤子期。他想，她闭着眼睛，就不会有人看到她的眼底已是枯槁如灰。

他从未想过那样跳脱灵动的眼神，会有变得灰败如死的一日。

"既然这位姑娘不肯开口，我有一言。"终于经齐玉说，"请殿下将她赐死！"

"事情还没有问清楚，怎么能这样武断杀人？"雪吟殊语气平静。

"不管幕后主使是谁，这个人纵火已是事实，所有人都看见了。"经齐玉冷冷地道，"烈火乃万恶之首，用这种方式羞辱各大家族，如不格杀，我们羽族世家，包括雪氏皇权，从此都将丧失威仪。何况她现在也如此不予配合，对我们极尽轻蔑，更不能姑息！"

他的话引起一片赞同之声。雪吟殊脸上竟带上一丝微冷的笑意："经氏想得好，倒是一切都撇得干干净净。"

经齐玉无畏地仰起头："殿下如果怀疑此事与我们经家有关，还请拿出真凭实据。但要杀这个人，也是我经某提出的，她如真是受经家指使，大可与我当堂对质。"

场上的贵族掌事们在心中为经齐玉叫了一声好。他这样一来，既摘脱了经氏，又狠激了那女子。她要是真跳出来反咬经氏就好了，只要肯开口，总能挖出一点东西。

但那女子只是低垂着头，丝毫不为所动。看起来，是真的不会开口了。

"我听说，她是月见阁的人。"一直没有开口的风石林忽然说，"月见阁大长老汤罗大人据我所知也在京中，不知可否也请来问话？"

像是早就料想到有人会提出这一点，雪吟殊道："可以。请汤大人来吧。"

大家心焦地等了一会儿，汤罗来了。刚刚见过他的汤成吃了一惊。与几日前病后的憔悴不同，此刻他脸上的神气竟透出万般皆空似的哀戚。他缓缓走到长阶之前，看了看世家众人，却没有看地上的汤子期，只是望向雪吟殊，木然却又肃穆地说了一句话："此人纵火，月见阁并不知情。与月见阁毫无干系。"

那个始终一动不动的女子睁开了眼睛。

在场的众人心都一跳，一齐望向她，指望着她能说出点什么。果然，她微微抬起头，一直没有表情的嘴角竟抽出一丝笑意："是，我做的事，与月见阁毫无干系，全是我一人所为。"

"那你做的可与青都有关？"经齐玉急问。

然而说完这句，汤子期竟重又闭目，回到之前的状态之中，再不理会任何

第三十三章 烈火悲声

问话。

"够了！诸位，你们想要问的、想要看的，已经都摆在眼前。"雪吟殊从阶上缓缓走下，"那么，这人得羽皇授命，向世家驻地纵火，杀，还是不杀？"

他这一句问得所有人都安静下去。这桩纵火事件，人赃俱在，事实清楚，本是罪无可恕。可是硬生生扯上青都和羽皇之后，这个人的杀与不杀，就变得复杂起来。

除了自始至终与羽皇交好的经家，其余人来到秋叶京，虽然表面上看似表明了立场，实际上大多只是试探。一部分世家对于今后如何取舍，仍在摇摆观望，并未做出决断。但眼下这个"杀"字若出口，坐实帝弋羞辱世家的控诉，他们就只能与羽皇陛下势不两立了。

倘若走到这一步，向青都逼宫就迫在眉睫。无论结果如何，到时候每个世家的处境和利益又是各不相同的。对于那样即将到来的动乱，此刻被关在青和殿里的人，一个都脱不了干系。而更尴尬的是，现在在场的这些人只不过是这次率领世家子弟前来参加朝贺的领头人，这样真正关乎家族命脉的大事，哪怕是一直支持太子的风石林，也绝不敢贸然站定立场。

"可是此事未必与羽皇陛下有关啊！"沉默了许久，不知是谁小声咕哝了一句。

"不错。"雪吟殊却认真地点点头，"因此这件事还需要从长计议。羽皇陛下的心思，又岂是你我所能揣测的？"

他这么一说，底下的人都在心中不住地腹诽，可是他这句话却更加无法反驳。虽然雪霄弋如果真的叫了人来放火，一定是疯掉了，没有人能够理解。可是那位至尊的陛下这些年所做的事，又有几个人能够理解呢？

他的作为让天下人摸不着头脑，也因此各大世家才会开始倾向太子的政治立场。此刻谁的心里也不敢百分百地肯定，这个纵火案就一定不是他指使的。

许久没有人说话，还没等人们把心中盘根错节的利害关系都权衡清楚，便听雪吟殊道："诸位既然还不能做决定，那就把人押下去，来日再审。"

第三十四章
银 塔 风 鸢

她知道他想救她，只不过她已经罪无可恕。

汤子期回到关押自己的掖庭宫之后，又将青和殿的事情想了一遍。雪吟殊硬将青都和雪霄弋扯进来，也是无奈之举。她当众纵火已成事实，没有回转的余地。如此羞辱，各大世家不可能放过她，她必须死。

如果要保住她的命，那么对抗的不仅仅是世家的这几个掌事，还可能大大损伤世家与皇族的威望。世局本就不稳，与各大世家为敌对雪吟殊来说并非明智之举。

因此他只能向各大世家在京的这些人施加压力，让他们传出话去，纵火之事与雪霄弋有关。这样整件事情的性质就大不一样，她变成一个无足轻重的棋子，世家需要面对的变成了至高的羽皇。她的死或活，就不会有人在意。

她今天什么也没说。要是她说了"我的确是奉羽皇所命"，那么她就成为所谓的人证，会更加安全。但她不愿意这样嫁祸，更不愿意逼着雪吟殊做出逼宫篡位之事——一旦她指证了雪霄弋是纵火的幕后主使，现在就是迫其退位的最好时机，就算雪吟殊不想，也不得不那么做。

如果让她活着一定要掀起一番风雨一番动荡的话，不如由他来主导。在青和殿看到他的第一眼，她就知道他是怎么想的。

掖庭宫的夜晚阴冷潮湿，她蜷在草堆上，只觉得锁骨下的伤口隐隐作痛。那是之前的箭伤还没有好。不过这样的疼痛反而让她好过一些。忍着疼痛，她就不用去想火灾之前的事情了。

盛大而可怖的烈火，她看见了。可她不能去想，不能去想……

审问前，雪吟殊其实来看过她。他问她为什么，她没有说，她不知道该如何去解释。他也不逼迫，只是默默待了一会儿，便离去了。

现在，什么也不要想了。不如就在这里死去，也很好。不，她不要死，她要搞到一支入魂香，去质问那个人……

不知道是不是之前精神力被透支了，她有点恍惚。一些奇怪的念头在脑中掠过，让她快要陷入梦境。

"喂，醒醒。"

她以为自己真的做了梦，因为睁开眼来，一个河络站在这昏暗的监牢里。

"乌鸦嘴？"汤子期喃喃，"你是怎么进来的？"

"你不是就爱跟着我吗？现在什么也不要说，跟我走。"巴齐陆命令道。

他不知使了什么工具，轻易地就弄开了她身上的锁链。直到被他推搡着走到地道里，她才彻底清醒过来："你在掖庭宫外挖了地道？"

"你们羽人种了好多树，地下的土松得很，挖起来一点也不费劲。"巴齐陆高高兴兴地说。

汤子期无言以对地跟他走了一段路，在前面看见了叶画莳。"画莳姐姐，你也……"

"快点出去，巡兵刚刚过去一拨。"

汤子期定了定神："你们这是要带我逃跑吗？"

"不然呢？"叶画莳瞪了她一眼，"你知不知道我有多担心？幸好我正想办法的时候遇上了这矮……这位苏行大人。"

叶画莳知道纵火案意味着什么，所以打一开始就没有想别的路子，而是打好了强行救人的主意，正琢磨怎么闯入掖庭宫的时候碰见了挖地道的巴齐陆。两人不谋而合，便一起行动了。

走还是不走？汤子期有一刹那的犹豫。不过她留下来，对雪吟殊也没有什么用了。看着巴齐陆与叶画莳，她的精神忽然振奋起来。

"好，我们快走！"

然而走出地道后，他们很快就被巡逻的侍卫们发现了。巡兵们冲了过来，加上大呼小叫，很快就把整个宫城都惊动了。

"阿期，小心！"叶画莳放倒一名从背后袭向汤子期的侍卫，同时抛给她一柄剑。

汤子期手掌一凉。她终于把剑又握在手中。

她在秋叶京的这段时间不太使剑。她以为有其他的法子可以掌握自己的命运，然而到头来，终究还是需要持剑杀出一条血路。

她蓦然出手，剑光像这夜色里撒下的碎银，将猛扑过来的侍卫们一一撞飞出去。他们暂时解决了身边的敌人，但是显然，更多的人朝他们的方向蜂拥而来。

"现在往哪儿走？"叶画莳问。

"先出宫，再出城！"汤子期道。

"不，我们不出宫。"巴齐陆道，"城禁未解，我们就算不是钦犯也出不去。"

汤子期一窒，想起城禁的建议还是自己提出的。

"我们去宫城中心，或者说，我们去银穹塔！"巴齐陆说着，当先冲了出去。

两个羽人紧紧跟上。他们不走镶云道，而是踩着沿途连绵的树枝一路往上。这个时候河络的矮小身材就显出灵活敏捷的优势，巴齐陆的攀爬速度竟然不逊于羽人，还时不时大叫："快点，羽族姑娘们，别让我这个河络占了先！"

身前身后的追兵都很多，好在都是些普通宫卫，没造成太大的麻烦。就那么横冲直撞，三个人最终来到银穹塔底下。

"然后呢？"看着通体光滑直插天穹的银穹塔，叶画莳瞪视着巴齐陆。

巴齐陆吹了一声呼哨，很快，一个轻飘飘的东西落到了他手里。

那是一只鸟，却不是活物，通体由竹纸制成。巴齐陆扯下它身上的绳团，就把它丢到一边，绳头递给汤子期："把你自己拴好。"

绳子的一端一直延伸到塔上面。叶画莳已经领会到他的意思，怀疑道："这么细，不会断吧？"

"你怕会断，可以不上啊。"

巴齐陆手中的绳子只有一根，但却足够长，他迅速指挥两人将绳结在腰上扣好，然后将自己的身体也绑在了绳索末端。

"要上去了，准备好！"他大声喊。

不知他触动了什么机关，这根长绳快速而稳健地带着三人往上升去。大风自耳畔掠过，不是飞翔，却也有了几分飞翔的快感。汤子期听到叶画葤带着雀跃的叹息："哇，你看我们像不像一根绳上的三只蚂蚱？"

盯着悠然上升的绳索和三只"蚂蚱"，带着人匆忙赶到的云辰只得留下一脸的无可奈何。

身后有人搭箭瞄向三人，他抬手："把箭放下。"

是，一箭离弦，以他们羽人的箭术，射断那根细绳也不在话下。可是，上面那三人，有越州河络的苏行、月见阁的月晓者，还有一名重案钦犯，偏偏还是那位殿下心头的人……射下来哪个人出了意外，谁能担待得起？

"去，把情况回禀殿下。"于是他只能干巴巴地挤出这几个字。

银穹塔上风声呼啸。

塔顶上，前日风翔典的祭仪物还保持着当时的样子，塔顶边缘有一个辘轳似的机器，拉他们上来的绳子就盘绕在上面。塔上没有其他人，也不知道巴齐陆用了什么法子，竟能在塔下操控它的运转。他们上来之后，他把长绳收了上来，这下塔下的人就真只能望塔兴叹了。

塔顶中央的祭台上，趴着一只巨大的鸟类。走近可以看出，那也是机械的造物。它巨大的双翼似乎由轻皮制成，伸展开去足有数十尺宽。人站在它的腹下，渺小如蚁。

"这是风鸢引，我们河络的飞行器！我把这些零件一次次运上来费老大劲了，"巴齐陆跳上鸟头，"这样，只要踩好了风，我们就可以飞走了！"

汤子期与叶画葤在巨鸟身旁走了几步，不禁由衷钦佩河络的巧艺。她们当然听说过以积蓄的风力为能量，能载人飞翔的风鸢引，却没想到在此处能够见到。

"你为什么……会在这里准备这些？"汤子期十分惊讶，"总不可能是为了我吧？"

"我是给我自己准备的！"巴齐陆道，"我要离开秋叶京！"

"为什么要用这种方式离开秋叶京？"

巴齐陆调整着机械鸟头部的姿态，安静了片刻，才说："你们太子把浮梭甲作为奖赏，要赐给世家子弟。这样做无异于让浮梭甲尽人皆知。你们羽族是不可能放过这样的东西的。那时候我就走不了了！"

"……他没有想那么多。"

巴齐陆嘿嘿笑着："我不知道他究竟是怎么想的。我只知道，一旦你们羽族高层全对浮梭甲觊觎欲夺，我唯一的选择，就是与雪吟殊合作。只有雪氏成了浮梭铁矿的主人，各大世家或者其他野心家才不会找我们雷眼郡的麻烦。"

"要是这么说，你找雪霄弋也是一样的。"

"那我得先能到青都。"巴齐陆叹了口气，"我本来也不愿意那样想他的，可是风翔典之前，秋叶京中设了城禁。那就是说，在浮梭甲的威力召示天下之前，我是不可能离开的了。而在那之后，一旦我离开秋叶京，有多少人会对我暗中阻截，我可猜不出来。"

汤子期想解释，设置城禁并不像他想的那样，是为了留下他来。可是话到嘴边，却又觉得无可解释。

巴齐陆说的这些，她本该想到的。可是出了简西烛的事之后，她心中烦乱，竟然忽略了这一点。

"他是一个很好的朋友。"巴齐陆手上不停，"可是，他毕竟是羽族的皇太子，终有一天还会是这天下的共主！"

对于这样的身份而言，也许心怀坦荡、不施机谋才是一种奢求吧，不管是对于他自己，还是对于旁人。

"苏行大人，这个风鸢引你是用了多久装好的？"叶画莳已经绕着大鸟转了一圈。

"从风翔典开始，几个对时吧。"巴齐陆说，"装好倒不难，但我一个人要把材料全运上来，可是上上下下跑了好几趟。"

在羽族们展翅高飞，对一切疏于防范的时候，河络却在忙碌着这样一个大工程。

"本来你要一个人走，听说阿期出事，才改了计划？"

"对啊，我最后一趟下塔去拿东西，就听说她出了事。那有什么办法，我总不能看着那些人要了她的命吧。"巴齐陆说着说着恼怒起来，"我说你们羽族也真是，不就是放了把火烧了点林子，至于那么大动干戈，非要置人于死地吗？"

"这话可不能这么说，砍伐树木已经罪大恶极，何况纵火焚林。这要不是阿期……"

第三十四章　银塔风鸢

巴齐陆截断叶画莳的话："停，我是河络，你是羽族，咱们不谈这个总可以吧。你们两个快上来，帮我踩风。"

他制作的风鸢引要依靠存储的风力滑翔，必须预先踩踏四个角的滑轮，才能产生足够多的风能以备后用。叶画莳走上前去："用这个我们能飞多远？"

"本来要是只载上我自己，以银穹塔这高度算来，能滑五十里。"巴齐陆道，"加上你们两个的重量，我想应该还能飞个二三十里吧。"

空中飞出那么远的距离，应当足够摆脱追兵了。当然，要是在平日，一个煌羽团追来，风鸢引也难免得束手就擒。也就是风翔典之后的这天，煌羽们空中的战斗力大减，无法制伏这么一个高速飞行的庞然大物。

汤子期站在塔沿向下看："底下聚集了许多人。"

"哈哈，痛快。"巴齐陆笑了起来，"知道我为什么选这个法子吗？你们羽族就因为能飞，眼睛长在头顶上。选个你们不那么能飞的日子，我自翱翔而去，让你们跳脚，多爽啊！"

叶画莳正想反唇相讥，只听汤子期道："可是有人上来了。"

其实一直就有羽人在试图上塔。但是他们的精神力不如平时，往往飞不到半程就落了下去。

但这次这个人不一样。他正持续上升，已经接近塔顶。汤子期几乎可以看到他那双翅翼上纤毫毕现的光羽。

她举起袖箭，又放下。

她持剑等着他上来，哈出一口气，向身后风鸢引上的两人笑着大声道："你们踩着风机，让我拦住他！"

巴齐陆奋力踩着风轮，大声应道："交给你了！"

第三十五章

剑 如 君 心

"掖庭宫守卫都是干什么吃的,一个人都看不住?"天晟来仰头望着银穹塔顶,满面愤然。

尚在宫中逗留的世家掌事自然都知道了那三人夜闯银穹塔的事,一时间全聚在塔下。冲天一怒捉拿逃犯当然是办不到的,但评头论足一番还是可以的。

"这也怪不得他们。我们羽族一向在意防备来自空中的威胁,谁想到还有人打地底下的主意?"云兴歌快人快语,"还是河络太讨厌了!"

"那现在怎么办?"

"怕什么,再过几个对时,咱们的人飞行力就完全恢复了。上面那两个羽人听说是岁羽,再加个河络,高塔之上还怕他们跑了不成?"

"没那么简单。"风石林摇了摇头,"塔顶的祭台上有一个大东西,不知道河络在玩什么鬼花样。"

塔下除了各大世家的人,还有不少侍卫和朝臣。吏师风鹰遥遥望着高塔,喃喃道:"殿下他,毕竟是太年轻了啊……"

风石林道:"叔叔怎么这么说?"

"这本来是个绝好的机会与青都摊牌,也能真正得到各大世家的支持。只要他愿意舍了那个女子。"风鹰遥道,"那女子是月见阁的人,做出这种事,更是裁除月见阁的好时机。可惜啊……"

"难道为君者真的只有舍弃六欲七情,才能做一个英主吗?"风石林轻呼

第三十五章　剑如君心

了一口气，"我们羽族一向爱恨分明，不像人族心机苟且。叔叔，我倒真不希望我们未来的帝君，心底的血也是冷的。"

他这句话刚说完，忽然有人喊道："啊，有个人飞上去了！"

风石林眯着眼睛，看着缓缓上升的那人，忽然反应过来："那是太子殿下！叔叔……"他转头发现风鹰遥已不在身边了。

风鹰遥找到了云辰，急问："殿下怎么飞起来了？万一出什么事……"

"他到北林到得早，不像我们精神力透支过甚，还是能飞一会儿的。"云辰垂着眼睛，"而且他穿了浮梭甲。"

"那就是浮梭甲吗？"风鹰遥抬头望去。他知道这个东西的奇特作用，也是他提出将其赐给世家子弟的主意，只是并没有亲眼见识过。

银发银甲的年轻羽人飞翔在明月与高塔之间，就像在追逐着什么。年轻人总是有压抑不住的激情和一往无前的勇气。风鹰遥一直觉得这位殿下太年轻了，可此刻忽然对这种年轻生出发自内心的羡慕。

雪吟殊终于落在银穹塔顶。

一落地，就听见中间高高的祭台上传来巴齐陆的声音："喂，我们的浮梭甲好用吧？没它你只怕上不来！"

确实多亏了浮梭甲他才能顺利上塔。他回过身，祭台上有一只巨鸟，河络在上面飞快地蹬着腿。他一眼认出这河络的飞行装置，正想上前，一柄长剑拦在了他的身前。

持剑的是汤子期。她长发飞扬，正笑盈盈地看着他。

她又活过来了，不像之前那样心灰若死，眼底重新焕发出鲜活的生机。他很欣慰。

"想拦住我吗？"他也微笑起来，"那就试试吧！"

他抽出自己的长剑迎了上去，瞬间剑光交织，剑锋相撞，铮然作响。

水晶高塔直入苍穹，就像插入明月之中。正圆的明月犹如一面银镜，霎时间，镜中的两个剪影翩然舞动。他们的身影交错相叠，彼此撕咬，彼此相融。

茫茫夜色隐去了世间的一切熙攘，风烟山水都褪去了颜色。他与她的眼中只有对方和对方手中寒冽的剑。他们迅捷如电，脚步交错间只有晃动的残影。

剑意幽寒，满腔的血却温热。不做丝毫保留，用尽全力，是他与她最深切的诀别。

一边踩着风机一边观战的两个人在兴致勃勃地点评，巴齐陆说："小丫头根本不像你说的那么强嘛！"

"那是因为太子殿下也不弱啊。"

"也对。唯一的皇嗣什么的嘛，好像哪个方面都不会太弱。"

"可是阿期一定会赢的！哎呀！"

叶画葑惊呼出声。随着汤子期绵密的剑势，雪吟殊被逼到了平台的边沿，退无可退。他忽然站定，不闪不避，看着水银般的剑锋向自己当胸刺来。

剑芒微微上挑，从他的耳旁掠过。就这毫厘的偏失，雪吟殊竟探手握住了她的手腕，而另一只手上的长剑也霍然向前，直指眼前之人。

"铛！"她手中的剑掉落在塔下，而他的剑锋已抵上她的咽喉。

"子期，你输了。"雪吟殊淡淡地笑道。

"你……你也真敢赌！"汤子期叫了起来，只差没有脱口说"你耍赖"了。她要是不手下留情，哪里会给他这样的机会。

"有什么不敢？一个曾经舍身救我的人，总不会舍得杀我。"他眼中光芒锋锐如剑，"除非你是——雪咏泽。"

汤子期的眼瞳被一抹痛色深深划过，却又立即敛于无形。她笑笑："你知道了？"

雪吟殊幽深的目光凝视着她："你……真的是……他的傀儡？"

"他管这个叫'壳子'。"

"我很早就想到了，只不过不愿意相信。"

"什么时候呢？"

"你告诉我他可以操控森河的肉身的时候。"雪吟殊想了想，"可是那个时候只是隐隐约约觉得不妥当，却说不出为什么。"

"是的，我就是另一个森河。"汤子期向他伸出一只手，"这只手是我的，也是雪咏泽的。这具身体也一样。"

就像森河一样，当月见石里的那个精神体强行占据她的身体时，她的精神体就被临时禁锢在月见之境里。雪咏泽可以利用她的身体在这个世界中行动，虽然只是短暂的一两个对时。

"我一直觉得月见石那里有我没想到的东西，就在玉霜霖消失后，又找了几位寰化秘术师询问。他们听了我的描述，又试探了月见石之后，告诉我，月见石确实连着澎湃的寰化之海，其中也隐约有一个近似于人的精神核心。可是，外来的精神要突破那道通往寰化之海的障壁，进到月见石那一端的世界，是不可能的。他们推测，只有和寰化之海的内部交换过精神碎片的人，才有可能到达那个世界。”

“你就想到了我不会授语之术？”

“汤罗作为月晓者能够进入那片寰化之海，是因为他得到过雪咏泽分化出来的碎片之一。而你不是月晓者，不会授语之术，那么你这里就没有他的精神碎片。可是你几乎无所不知。”雪吟殊看着她，“关于雪咏泽，你知道的不可能仅仅是听汤罗说的。你不听命于汤罗，更不听命于我父亲，可是擎梁山上，你描述与雪咏泽有关的一切都如同亲见，我不相信你没有见过他。你一定到过月见石背后的寰化之海。所以只有一个可能，就是你有一点精神碎片被留在了他那里。到了这里，答案就呼之欲出了。你是和森河一样的人。”

汤子期声音很低，却仍在笑：“是这样。你还想到了什么？”

雪吟殊踏前一步，握住她的肩。他手上使了力，让她觉得肩骨都要碎裂似的：“可是我不相信！我不相信你和森河一样！你们一定是不同的。”

“为什么？”

“雪咏泽可以随意操控森河，只是因为他年老体衰才不敢那么做。”雪吟殊略微平息了一下自己，“可是你不同。我一直觉得很奇怪，他为什么在阻止玉霜霖的时候，冒着傀儡被毁掉的风险，使用了森河的身体，而不使用你？霜木园中只有一个森河，没有其他守卫，雪咏泽为了保护月见石，一定要能够从森河那里得知林中的动向才行。后来我从其他寰化秘术师那里知道，有可能霜木园的结界与森河的精神碎片是联动的，这样只要有人触动了结界，他便能从森河那里觉察到。他没有选择你，是因为无法从你这里觉察到结界的波动，甚至不能确定你在不在林中。”

“你说得对，也不对。他确实不能从我这里感知更多的东西。但是他不用我，是因为他不敢。”汤子期的声音变得有些清冷，“我与雪咏泽的契约，和森河不同。他可以随意使用森河的身体，却不能这样对我。因为这是我提出的条件。”

“条件吗……”雪吟殊的目光有一刹那的蒙眬，“他居然答应了？”

“当一个人愿意以生命为代价提出威胁的时候，对方很少能不答应。”汤子期冷冷地笑笑，"何况我的命，就是他在这个世界的命。"

"你是替他活着的。"他的手指抚过她的肩膀、锁骨、下颌，声音也变得苍凉，"你是属于他的。"

"我不想替任何人活！"她的目光抬起，有一种坚定，"我的确答应为雪咏泽保护月见阁，可是，看见这个世界的人是我，触摸这个世界的人也是我！我是汤子期！"

"可是你做不到。否则，他要对北林纵火，就不会得逞。"

"我只是答应让他回到秋叶京的风翔典上看看。"她的脸上终于一行泪流下，"没想到他竟然这样。"

此刻，雪吟殊看着面前这女子的目光，不光有怜惜，而是近乎悲悯。

她把身体给了别人，却指望着能够留下自己的心。他想象着精神体被驱逐、身体被剥夺的感觉，已经不寒而栗。可是她还在笑。她平日里一直在调皮地笑着。不知道她是怎样压制那样阴暗的疯狂的。

而他自己呢？他所爱着的姑娘，随时可能变成另外一个人。就算她有着一样的皮囊骨肉，他所喜欢的笑容还会在吗？那背后的灵魂竟然有可能是他死去多年的哥哥，这未必不是另一种疯狂。

"一个人，支撑着两个人的生命，一定很辛苦吧？"他说。她的泪滴落在他的手指上，微微温热。

辛苦吗？很多时候，为了奋力前行，反而会忘记什么才是辛苦吧。只有回忆的时候才会发现，坚硬如茧的心还是会痛的吧？

第三十六章

七 年 如 梦

　　七年前，她是在余阳街头遇见叶画莳的。或者准确地说，遇见一个月晓者的。

　　她把她带回客栈，然后汤罗看到了她。他看出了她的与众不同，问她愿不愿意跟他们回去。

　　她应该愿意吧，离开吃人的教坊，去往一个新世界。何况这位姐姐和这位先生，看上去都是很好的人呢。

　　她没想到"愿意"的意思是沉入一片黑暗。

　　当时，汤罗在四处为雪咏泽寻找与之相适应的精神体，好让他在这世上有一个合用的身体。他们虽然已经找到了森河，但是森河太老了，有太多的事做不了，也许很快就会死。所以他要汤罗再给他找一具年轻的身体。他甚至从未体验过"年轻"的滋味。

　　汤罗找了很多人。他那时带着月见石，走遍了许多地方。对于一些精神体，月见石的光芒会有微弱的变化，遇上这种人，他就会试一试，想法子把他们的精神体丢到寰化之海的边缘，让他们去挣扎，让雪咏泽去夺取他们的精神碎片。

　　绝大多数时候都失败了，雪咏泽无法将他们的精神碎片与自己的相融。那么对于他们来说，只是做了一个黑甜的梦，梦醒后不会有任何的异样。

　　只有在汤子期的身上，他成功了。

　　老实说，最初他并不觉得汤子期是个理想的目标。首先她是女的，他不想做一个女孩子。不过,她好歹是个羽人,这比凝不出羽翼的其他种族又好得多。但这一切都不重要。他没有想到,他竟然轻易地把这姑娘的精神游丝抽出一截,并飞快地与自己的精神体相融了。

他惊喜地拂开一个世界,看见眼神迷茫的小姑娘仰望着他。

幼小的汤子期睁开眼来,定了定神,想起之前的事情。在客栈里,汤先生为她点燃一支奇怪的熏香之后,她就沉入了一片黑暗。

那是真正的黑暗,不见一丝光。也是真正的虚无,就像连整个自己都已经全部消失了。然而,她的意识又是清醒的。她有过一会儿的惊慌,然后便凭着一个精神体原始的本能,挣扎着向这虚空的外头撞去。

这种努力不知进行了多久,一个世界在她眼前开启。青色的枝叶向远处延伸,其间点缀着馥丽或清雅的花朵,比余阳城最美的盛花会还要美。花叶的上方,飘浮着一个着白衣的俊美少年。

他是个羽人,飞起来倒不奇怪,可是他没有羽翼,就那样悬在空中居高临下地看着她。

少年将手掌覆上她的头顶,说:"从今而后,你就是我了。"

她觉得这男孩很有趣,仰头笑道:"哦?你说的,是什么意思?"

他很快让她明白了自己说的是"什么意思"。封闭而庞大的幻境,孤寂而荒芜的灵魂。无往不利的月见阁,关于羽族帝国的理想。在这个虚幻的世界中,他把他的毕生经历都注入她的精神之中,她就像用他的生命重活了一遍。

当然还有他们的契约。"你是我的,永远属于我。"他是这样说的。她明白,在他需要的时候,他可以随意操控她的身体;在他不需要的时候,她将像行尸走肉一样在真实的世界里替他活着。

她是他在那个世界豢养的壳。

"如果,我不愿意呢?"她听见自己的牙齿打着战。

"你没有其他选择了,汤子期。"雪咏泽看着她的眼睛闪闪发光,"你的精神碎片已经和我融为一体。你逃不掉了。"

"逃不掉吗?"教坊里的人也这么说,可这对她来说没有什么用。她冷冷一笑,猛地跃起,朝山崖冲去。

雪咏泽没有追赶,只是不屑地弹了弹手指。

她看到悬崖了,她不顾一切奋力向前,坠下了山崖。她睁大眼睛,看着大

第三十六章　七年如梦

地迎面扑来……有一瞬间她真的以为自己会就此死去。

可是这个世界里的一切，都只随一个人的心意而动。雪咏泽抓住了她的脖颈，一瞬间，壁立千仞消于无形。他们在剧烈涌动的云层间翻滚，就像怎么挣扎也逃不出这茫茫云海的两条鱼。

最后他问："宁愿死，也不愿意吗？"

她倔强地看着他，片刻后，无所谓似的笑笑："好了，反正你已经成功了，现在该放我出去了吧？不然太久了，我的身体会死掉的。"

他放开她，退后一步。

其实他还没有真正成功。他确实掠夺了她的精神碎片，但没有让她的心彻底臣服，就无法让她的身体真正接纳他。何况在这月见之境中，他是无所不能的神，可是在这个世界之外，他什么也不是。

"别想着死！"他大喊，"我不允许！"

在真实的世界里头，汤子期这个人如果死了，他费尽心机找到的"壳"也就没有了。

而她现在嘲讽的笑容，说的就是这一层意思——虽然在这里，她只能被动地任他予取予求，但只要她离开，就永远能掌握自己——最少最少，还能毁掉自己。

他不能容许这样的事情发生。他拉慢了时间，给了她许许多多的场景，用温柔的、凶狠的、疯狂的手段，想要磨平她的意志。可是她永远是那样嘲讽地笑着。

然而，不管多漫长的日子，总有走到尽头的一天。他再不放了她，外面的身体就要死了。

小女孩冷冷的眼神令雪咏泽急怒欲狂，他扼住了她的咽喉。

"如果你一定要死，不如让我杀了你。"

是啊，与其让她的身体在外面死掉，不如让他亲手杀死她的精神，不如让他吞噬了她。

他对她的精神体发起了狂风骤雨般的攻击。在这里，只要他不喜欢的东西，他都可以扭曲、折断、摧毁，哪怕是其他人的精神体。可是他遮不住那双眼睛。不管他多么凶残，小女孩的眼睛仍然会冷冰冰地浮现在他眼前。

她不反抗，因为根本反抗不了。也不屈服，也许这个世界上没有什么能令她屈服。

雪咏泽有些无措了，他没想到她的精神是这么坚决，说到底，他舍不得毁了她。这个小女孩是他重新看到那个世界的希望，汤罗一直尽心尽力地为他寻找壳子，可这么久了，除了森河以外，也只有她了。

他等了太久，也渴望太久了。

终于有一刻，他停止了攻击。她发现他们忽然间回到最初繁花盛开的场景中，而他站在花坛边上，眼神呆滞。

她不知他又要玩什么鬼花样，警惕地看着他。

没想到雪咏泽说："你走吧。"

他的声音带着疲惫的空洞，和这虚无的世界一样，无处着落。汤子期怀疑地问："你让我走？去哪里？"

"走啊，离开我，离开这个世界，想去哪里就去哪里！"雪咏泽咆哮起来，"趁我还没有改主意！"

"真的让我走吗？"

雪咏泽一言不发地坐了下去。声嘶力竭的大喊似乎耗费了他所有的力气。

汤子期慢慢向后挪动了几步，她扭头看向自己身后。一团白光在不远处温暖地闪耀着。不知为什么，她笃定地知道那就是这个世界的出口，而不是什么陷阱。她看着雪咏泽说："那，我走了。"

她赢了。她赌上了性命，坚持到了最后。没有失去自己的身体，没有什么交易。她三步并作两步向那白光处跑去，心脏怦怦跳得厉害。

他没有说是否已经把她的精神碎片还给了她，她甚至没有去考虑这件事，哪怕她会因此死去，只要这一刻，她可以选择走或者不走，她就是自由的！

在那之前，她忍不住又回头望了一眼。

那个少年在花坛边上哭泣。他没有发出一点声音，只有纤瘦的身体抽动着，纷落的泪水在面前蜿蜒成浅浅的一条小河。

她看见他不再是一个眼神凶厉的少年，而变成了伤心欲绝的男孩子，好像丢失了自己最心爱的玩具。她眼神复杂地看了他一会儿，不知怎么，脚不听使唤了似的，又走了回去。等她回过神来，发现自己已经再次站在了雪咏泽的面前。

"如果我帮你，你能听话吗？"

雪咏泽抬起头，女孩子的面庞在阳光底下像一朵盛开的鲜花，温柔而又倔强。他狂躁的心瞬间感受到了安宁。他迟疑着，最后乖乖地点了点头。

"如果我帮你，那身体还是我的，只是有时候借你用一下。所以你要用的时候，一定要和我约好，不能自己就用了，行不行？"

"嗯。"

"所以，这是我们的约定。我永远不属于你，但也永远不会离开你。这样好不好？"

汤子期后来无数次回想这一刻的情景，却总也想不出自己当时怀着什么样的心境。那时她脑中一片澄明，清楚地知道这是怎样的疯狂之举；又一片恍惚，像是已忘了自己是谁。

像一个姐姐哄着一个弟弟一样，他们终于达成了契约。

"所以你会替我在那个世界上活下去吗？"他渴切地问道。

"会。因为雪咏泽太可怜了。"

他不知道她为什么转瞬间就有了这样大的转变。他只是觉得她说得对，雪咏泽真的是太可怜了。他永远只能被困在这个华丽的荒原上。

最后她终于离开了月见之境。只是在离开之前，她的眼中显出一丝踟躇，不知道自己回往的那个世界，还会不会是原来的样子。

当她在客栈的小房间里醒来，看见了叶画莳焦灼的眼睛，而汤罗像一团灰色的影子，在屋子的一角模糊成一片。

"我见到他了。"她干巴巴地说，"你们带我回来，就是为了送给他的，对吧？"

她对汤罗有过深刻的怨恨，可不知为什么，那个契约似乎使她开启了新生。怨恨在月见幻境漫长而虚幻的历程中，消失了。

然后她发现自己一动都动不了了。她在幻境中待了太久，精神与身体之间已经有了裂痕，需要时间慢慢恢复。

她在那个小房间休养了很久，一直是叶画莳陪着她。有时候，叶画莳看向她的样子透露出不忍，她就笑一笑，以示这样并不必要。她自小漂泊，学会的就是奋力求生。不管答没答应雪咏泽，她都不会死，哪怕从今而后，她已经不是她自己，她还是会用尽全力努力活着。

活成自己想要的样子。

第三十七章
各 有 所 往

眼前的羽族男子有着斜长的眉、深邃的双眼。他和那个幻境中会大声狂笑、肆意哭泣的少年一点都不一样。

他们一个有着令人绝望的天真任性，一个有着不能偏移的沉稳坚定。他们无可比较。可是她深夜梦回时，常常看到他们的脸重叠在一处。

她回答不了雪吟殊的问题，只能沉默。雪吟殊又道："那么纵火一事，他为什么要这么做？"

"不清楚。"汤子期摇了摇头，"出事之后，我还没有拿到入魂香。"

"好。不管究竟是怎么回事，你们现在都跟我回去。"

汤子期还没有开口，风鸢引上面的巴齐陆就插话了："喂，太子殿下，你这可就不对了。你这时候要她回去，那些讨厌的家伙还不要了她的命啊。"

汤子期略略一动，雪吟殊出手迅捷，制住了她的行动，于是她就只能倚靠在他的怀里。他看着她："我绝不会让人伤害你。"

她心下沉重，说："然后怎么办呢？和青都决裂吗？"

"不管要怎么做，今后我不会让你离开我。不管你是汤子期还是雪咏泽。"

纵火事件之后，他就想清楚了。这个躯体里不管是哪个人，只要他将其留在自己身边，就可以安心。幽禁也好，拘囚也罢，那样雪咏泽做不了任何事，汤子期又可以……有一点点属于他。

她伸出一只手抵在他的胸膛上，定定地望着他道："可是，我毕生想要的，

258

只是自由。"

她忽然用全身的力气向他身后撞去。他的身后是千丈高塔，一旦跌下，万劫不复。他不得不将手中的长剑背身刺出，好让其钉住塔沿，让两人不再外滑。

这分散了他的力量，让他无法再钳制住怀中的女子。汤子期从他怀中脱出，向塔外冲去。

他已经准备好了封住她向祭台的去路，却万万没想到她会冲向平台之外，以一种决绝赴死的姿态。

"子期！"雪吟殊失声大喊，去够她的衣角，但只扯到一片布料，汤子期已经掉了下去。

但她并没有直线坠落，而是在空中横向画了一条大大的弧线。原来不知什么时候，带他们上塔的长绳已经被她牢牢抓在手里。长绳的另一头之前被巴齐陆在绞盘上卡住，因此她拉住的这一小段正好使她悬挂在塔外，如乘秋千一般，荡向了平台的另一边。

雪吟殊松了一口气的同时，意识到她正滑向塔顶平台的另一端。中央祭台上本来就堆放着风翔典后来不及撤走的杂物，此刻又多了一只巨鸟，隔挡了两人，她从他的视线里消失了。

同时，祭台上的大鸟站了起来，发出呜呜的声音，看来巴齐陆与叶画莳已经做好了滑翔的准备工作。雪吟殊知道他们在想什么，立即腾空而起。

他还能感应到明月的力量。虽然精神力已有些不足，但他还有浮梭甲。他手持长剑，飞到了风鸢引的上方，凌空下击。他的目标是那只大鸟的双翼。他已经将眼下的局面判断清楚，他们三人要从此地离开，靠的必然是这只机械鸟。只要破坏了它，他们自然走不了。因此他也不管汤子期，而是只对着大鸟轻薄的双翼下手。

"啊啊啊，别伤我的风鸢引！"巴齐陆心疼地大叫起来。

他的反应也够快，手下一扭，一面巨大的布幕就飘荡起来，正好覆在风鸢引的上方，阻隔了雪吟殊的攻势。那是之前造这风鸢引时剩下的辅料，本来起飞时是要扯下来的，居然正好派上了用场。风鸢引上的风把它吹鼓起来，像一面横铺开的保护着风鸢引的风帆。

雪吟殊被这一大面白帆迷住了眼睛。不过这也只是短短一瞬，在利剑之下，很快白帆被切出一个口子，雪吟殊没能伤及大鸟的双翼，却顺势钻入了白浪之下。下面是发出低吼蠢蠢欲动的风鸢引。

他看准了鸟头处手执机关的河络，知道只要毁了那儿的机枢，就可以让这个东西无法运转。他向那儿冲了过去。

有人在面前阻拦他，是叶画莳。他浑不在意，轻轻闪过。巴齐陆也站了起来，一脸严肃地迎上。雪吟殊脚下不停，并不将面前这个严阵以待的河络放在眼里。

猛地跃起的河络躬身向他狠狠撞来，阻住了他的步伐。不过他轻盈错步，没有让对方沾到一点自己的衣角，仍是继续朝着鸟头的机枢处掠去。

在前面，最后一个挡着他的人，是汤子期。在他飞起破开白浪似的布幕时，她已经从悬绳上了塔，奔上了祭台。她站在巨鸟头部的机枢前，不像另两人那样焦急地阻拦，而是静静地望着他。

他没有丝毫迟疑。不管是谁，这个时候已经没有人能阻止手执长剑的他了。

"雪吟殊，我跟你回去。"汤子期道。

他的动作凝滞了一下。她接着说："我跟你回去，你让他们走吧。"

他已经掠过了她的身边，剑锋直指机枢上密布的弦，头也不回："凭什么？"

"你本来就没有想留下巴齐陆。不管你要把浮梭甲赐给风翔典那天的优胜者是为了什么，你说过，无论如何都不会用你的身份强留他下来，不是吗？"

"……是。"

"所以，我们的苏行大人喜欢在羽族不能飞的时候自己飞走，你就让他飞不行吗？"汤子期故作轻松地笑着说。

"不行。"巴齐陆大摇其头，"你跟他回去，那些人还是要为难你。他们逼他杀你，你怎么办？"

"不会的。"她静静地道，"只要我认罪，他们没有选择，只能剑指青都。"

巴齐陆窒了一下。如果雪霄弋真的成为众矢之的，那么他去青都促成这项交易真的还有意义吗？

雪吟殊显然也想到了这点。他终于点点头："好，只要你跟我回去，我就让他们走。"

叶画莳道："那我也不走了，我和你一起回去。"

她要跳下风鸢引，汤子期却阻止了她："不，你必须走。"

第三十七章　各有所往

叶画莳扬眉看着她。

"画莳姐姐，去青都吧。"汤子期道，"因为简大哥已经到了青都。"

"你说什么？"

"他受了伤，但是你放心，他暂时性命无忧。"她没办法说太多。但只要叶画莳到了青都，他们两个到了一处就好了。

叶画莳还在惊疑不定，但确实也没有时间了。汤子期与雪吟殊跳下风鸢引，巴齐陆不再说什么，开始准备启动风鸢引。

两人并肩站在祭台旁，看着河络制造的庞然大物抬起了头。风鸢引的双翼张开了，伸展开来后笔直有力，一望过去几乎遮住了半个明月。它缓缓滑行，晃晃荡荡地离开了祭台。

汤子期忽然软倒下去。

雪吟殊一把搂住她，这才发现她的半身已经被渗出的血色染透。她十天前受的箭伤没有痊愈，又和他斗了剑，还拎着绳索晃了一大圈，伤口撕裂也在意料之中。他用衣料按住她的伤口，自己的白衣马上也被染红了一片。

"子期，你坚持一会儿！"他放下她，站起身寻找巴齐陆送他们上来的绞绳盘。

他必须立刻带她下塔去。他的精神力不足，难以负重飞翔，现在只有用那条绳子了。

他感到背后掠过一阵风。

汤子期从地上跳了起来，向远处奔去。

她扬起的长发在月光下闪闪发亮，跑动的身姿轻盈如羽、矫健似鹿，而雨滴般的鲜血洒向身后。在这一刻，她像一个纸做的剪影，被狂涌的风吹动，离他而去，飞向远处。

此时风鸢引刚刚飘离塔顶平台，叶画莳向她伸出手："阿期，抓紧！"

雪吟殊追过去时，她已经上了风鸢引，而风鸢引离银穹塔的塔顶已有十多丈的距离。但雪吟殊疾冲的脚步没有停，他决然跃出，也像一只飞鸟，扑向了正渐渐远离的风鸢引。

他的翅翼已经暗淡无光，支撑不了他飞那么远。但他还有浮梭甲。翅翼一挥之间，他急速向前，竟然真的让他堪堪抓住风鸢引的一根翼骨。

汤子期回身俯视，正可以看见他的眼睛。雪吟殊浅褐色的眼睛闪动着复杂难明的情绪。有沁入骨髓的绝望，也有一往无前的炽烈。他在风中飘荡着，只用一只手抓着一根翼骨，像是抓着最后的希望。

他们近在咫尺，狂风却掩去了彼此的呼吸。她想向他伸出手去，却不能。于是他只能紧紧握住风鸢引上的一根竹骨，直到掌心磨出淋漓的鲜血。

雪吟殊挂在一侧的重量让风鸢引失去了平衡，正艰难地挣扎。巴齐陆死死抱住机枢上的一根操纵杆，试图维持这只巨鸟的平衡。但这太难了。还没稳住一会儿，风鸢引就继续侧倾，它几乎快要翻转过来，倾斜着下落。

"雪吟殊，我们全都要被你害死了！"河络忍不住大骂起来。

汤子期听见雪吟殊说："望来日，与你共奏一曲《归雁曲》。"

他的声音飘忽如梦呓。她不知道他这句话是对谁说的，又或许，他自己也不知道。

她只是看到他松开了手。

雪吟殊脱离了风鸢引，向下坠落。她看到他的身后，是茫茫无尽的夜空和灯火璀璨壮丽华美的极天城。

她想不出这样的放弃蕴含了怎样的决绝和不甘。她只是看着他如同一片轻羽无助地坠落，让她自己也生出一种一跃而下的冲动。

终于，雪吟殊的身后光芒暴涨，他的羽翼再度凝聚。那是他最后用于飞翔的精神力。它带着他随风滑落。

不管底下有多少人发出怎样的惊叫，终于自由了的风鸢引发出一阵乘着气流的呼啸，仰头冲向高空，飞向夜空的尽头。

晨光薄雾，如纱如幕。浩瀚河山，尽收眼底。

"小心，要着陆了！"河络的声音里带着点紧张，更多的却是面对挑战的欢欣雀跃。

风鸢引离地面越来越近，巴齐陆细致地操纵着它的速度和方向。它掠过一层层的树梢，掀起大量的尘土和枝叶，最后终于在一片林中空地停了下来。

三个人都趴在一旁，久久不能移动。尤其是巴齐陆，简直瘫软在地，除了大口喘气，什么也做不了。

汤子期把他从地上拉了起来，环顾了一下四周："这儿是擎梁山南麓吗？"

"不知道。"巴齐陆活动了一下酸麻的手腕，"本来我是算好了大致的降落点的。加了你们两个人，又被雪吟殊那么一折腾，哪有办法再算明白，只能闷头飞了。"

风鸢引跌落在一旁，整个散了架，汤子期问："它全坏了吗？"

"是啊。本来就是一堆临时找的材料做的，还能怎么样？"巴齐陆走过去扒拉那一堆废木和皮料，"能让我们安全到这儿已经不错了。原先它是个只能向下滑翔的机器，雪吟殊那么一来，我们全得玩完。还好我有这个……"

巴齐陆从风鸢引的残骸中捡出一块小小的黑铁，放在手心："最后那一会儿多亏了它，我才好歹把风鸢引拉了起来。"

"浮梭铁还能这样用吗？"那确实是一块小小的浮梭铁，应该是之前制作浮梭甲时剩下的。

"只是用那么一下子，也就在我手里才能有效，在别人手里可不成。"巴齐陆口气虽大，倒也没有言过其实。

"你要带着它去青都？"

巴齐陆点了点头。不管翊朝的局势即将有什么变化，他总要把自己该做的事做完。

"青都……"一直没有说话的叶画莳遥望天空，轻声喃喃。

她没有焦急地追着汤子期问简西烛出了什么事。也许在听说这件事的时候，就做了充足的心理准备。她要到简西烛身边去，什么事情都一起面对，如此而已。

"你呢？要去哪里？"巴齐陆转头望向汤子期。

她说："我和你们一起去青都。"

"那，你还要帮他吗？"巴齐陆呵呵笑着，饶有兴味地看着她。

她知道他指的是雪吟殊。那么，她还要继续站在雪吟殊的立场上吗？

一直以来，她要帮雪吟殊，最重要的原因是保护月见阁。那么纵火事件之后，她和雪吟殊还能站在一起，共看山河九州吗？月见石中的那个人，她又该如何去面对呢？

她出神地想了一会儿，似乎没有结果，最后洒脱地笑了起来："不知道。该怎么办，看我高兴吧！"

"那就走吧。加快脚程，争取天黑前能找到歇脚的地方。"

两个羽族姑娘都点了点头，三人的身影很快隐没在晨林的雾霭之间。

巍巍擎梁，茫茫潍海，山河海川的另一头，万年青都在默默等待。

── 尾声 ──

五日后，碧府外。

华丽的马车停在高大的朱门外头。虽是盛夏，但马车是一副严实紧密的冬天装扮，厚厚的绒布车帘挡住了车窗，就好像里面的人在这种天气也觉得冷似的。

如果真看到里面的人，可能就不会说"好像"了。因为里面坐着的男子，就是严严实实地裹在皮裘里面，可见是真的怕冷。尽管如此，他的面色还是苍白如纸，只有嘴唇是种不正常的殷红，看上去体内存有某种病症。

帘子掀开，一个羽人上了车。

"你才来，"碧温玄抱怨道，"你再不来，我可就不等了。"

雪吟殊不以为忤，只是关心道："阿玄，身体还好吗？"

碧温玄笑了笑："被那些带着秘术效果的草药一通折腾，能好才怪了。不过比起当年，难受程度还是差远了。"

"也许经历过极致的痛苦之后，其他的都不算什么了吧。"雪吟殊的语气中有一种慨叹。

"你呢？"碧温玄打量着他，"听说你从银穹塔上摔下来，差点粉身碎骨？"

"怎么会？一个煌羽要是摔死了，岂不是奇耻大辱。"

碧温玄看着他："但你确实伤着了吧？"

雪吟殊偏开头去。他从银穹塔，更准确地说，从风鸢引上摔下去的时候，确实差点因力竭而得不到缓冲，最后也受了点伤。但相比碧温玄而言，这点伤根本不重要了。

"现在都在传，太子殿下舍身一跃为红颜，可是让街头巷尾的说书先生大赚了一笔。"碧温玄也不管他怎么想，还是那么一针见血，"这么一来，各大世家对你的信任，恐怕要大打折扣了。"

"那又怎么样？"雪吟殊看上去倒不为此担心，"我和我父亲之间，他们最终只能选一个。"

雪氏并没有其他堪用的继承人。而就算雪霄弋多年疏于国事，在羽堇岚和雪吟殊的执政下，雪氏仍旧是羽族唯一的王族，无论哪一家想取而代之都是不可能的。不过，整个九州对羽族王权虎视眈眈的人，却一直在暗中等待。

因此他不担心羽族的各大世家，有的是比世家更值得担心的东西。

"阿玄，真的不用我陪你去夏阳吗？"他不再多说自己，而是郑重地看向挚友。

"我是去海里，你去又能做什么？"碧温玄不羁地笑着，"况且你自己这里也是一个烂摊子。我猜猜，接下来你是要去青都，还是要去越州？"

"如果你不需要我去夏阳，我会去青都。至于越州，让云辰去。"

"云辰？"碧温玄略带意外地挑了挑眉。但细细一想，便也了然。

他若和越州取得联络，归根结底还是为了浮梭铁矿。究竟能造出多少浮梭甲，其实并不重要。重要的是，不能让浮梭铁矿落到其他人的手中。浮梭铁矿一事现在尚且是个秘密，既然从巴齐陆这里无法着手，那么只好直接与雷眼郡的长老会和阿络卡交涉了。他自己大张旗鼓地去越州，那才容易天下大乱。而风鹰遥之类的心腹之臣，是一定要留在秋叶京看顾大局的，如此一来，云辰反而是最好人选。

"就算没有浮梭铁引起的这一系列事情，我也要去一趟青都。"雪吟殊淡淡地道，"月见阁之事，再不能拖延了。"

碧温玄若有所思地道："你非要去青都，是不是也因为沿海的那件案子已经得到了确切的证据？"

"嗯。"

雪吟殊没有说太多，是不想让他再忧心。碧温玄也不再多问。这时车帘掀开一道缝隙，温九说："公子，我们该走了。"

"那么，殿下请回吧。"碧温玄做了个请下车的手势。

两个人没有再说更多，雪吟殊拍了一下他的肩："保重。"

他下了车，目送马车辚辚而去，阳光下扬起纤微的烟尘。

好像一夜之间，所有人都离开了秋叶京。也许所有人都会离他远去，他会有惘然，可是不会惶惑，只会坚定地前行。因为他深知，每个人都有属于自己的方向。